아빠의 아버지

아빠의 아버지

발행일	2024년 4월 12일

지은이	안동윤		
펴낸이	손형국		
펴낸곳	(주)북랩		
편집인	선일영	편집	김은수, 배진용, 김다빈, 김부경
디자인	이현수, 김민하, 임진형, 안유경, 최성경	제작	박기성, 구성우, 이창영, 배상진
마케팅	김회란, 박진관		
출판등록	2004. 12. 1(제2012-000051호)		
주소	서울특별시 금천구 가산디지털 1로 168, 우림라이온스밸리 B동 B113~115호, C동 B101호		
홈페이지	www.book.co.kr		
전화번호	(02)2026-5777	팩스	(02)3159-9637

ISBN	979-11-7224-069-1 03810 (종이책)	979-11-7224-070-7 05810 (전자책)

(주)북랩 성공출판의 파트너
북랩 홈페이지와 패밀리 사이트에서 다양한 출판 솔루션을 만나 보세요!
홈페이지 book.co.kr • **블로그** blog.naver.com/essaybook • **출판문의** book@book.co.kr

작가 연락처 문의 ▶ ask.book.co.kr
작가 연락처는 개인정보이므로 북랩에서 알려드릴 수 없습니다.

아빠의
아버지

안동윤 지음

북랩

시작하면서 드리는 말씀

약관(弱冠)의 나이를 지나 불혹(不惑), 지천명(知天命) 소리를 들은 지가 엊그제 같은데 어느덧 망팔(望八)을 바라보는 나이에 누군들 한 번쯤 뒤를 돌아보면 감회가 새롭지 않겠는가?

세상에 태어나 생로병사(生老病死) 과정을 걷고 있는 동안 지금 내 인생의 계절이 어디쯤 와 있는지 한 번쯤 뒤돌아보고 싶다. 오늘이 있기까지 산전(山戰), 수전(水戰), 공중전(空中戰)을 겪으며 살아왔다. 나라마다 지나온 역사가 있듯 내 인생의 행로 또한 드라마틱한 역사가 아닐 수 없다.

호랑이는 태어나서 가죽을 남기고, 사람은 죽어서 이름을 남긴다고 하지 않았는가? 한번 태어나 족적은 남기지는 못하더라도 세상에 왔다 간 흔적이라도 남기고 싶어 이런 지면을 빌려 엮어본다. 지난 일들이 주머니나 바구니 속에 들어 있는 게 아니다 보니 흐릿흐릿한 기억들이 흩어지기 전 주섬주섬 찾아 퍼즐을 맞추고 정리해본다.

자전적 의미의 일기 같은 글로 읽어주시면 좋겠고, 중간에 혹시 신앙이나 정치 이야기가 나오면 좌우의 경계를 살짝 넘을 수도 있겠지만 어디까지나 객관적인 입장에서 적었다는 말씀을 드리고 싶다.

부끄러운 과거를 숨김없이 솔직하게 기술하고 싶고, 어쩌면 나의 독백이지만 회개의 시간이 될 수도 있겠다.

승현아, 네가 커서 철이 들 때쯤 이 할아버지는 이 세상에 없을 것이고, 할아버지는 이런 분이셨구나 하며 우리가 만났던 좋은 추억들을 기억했으면 좋겠다. 수정하고 잘 정리하여 인생을 알아가는 너에게 선물하고 싶어 이야기를 시작한다.

2024년 4월

浩然 / 安東允

차례

난, 아빠도 없고
엄마도 없었다

두 분이 없어서 안 계신 게 아니라, 오늘까지 내 입으로 엄마 아빠라고 단 한 번도 불러본 적이 없이 그냥 아버지 어머니라고만 불렀다.

당시 친구들은 아버지를 아빠라 부르는 이가 없었고, 엄마를 엄마라고 하지 어머니라고 부르는 친구도 없었다. 난 장남이었고 내 밑으로 남동생과 여동생이 있었는데, 내가 자연히 어머니라고 부르니 동생들도 그렇게 따라 불렀다.

나를 포함한 이남 일녀의 삼 남매는 지금까지 만나도 오손도손 살갑게 이야기해본 적이 없다. 그렇다고 사이가 나쁜 것도 아니고 그냥 상시적인 이야기만 했지, 크게 웃고 떠들어본 적도, 다투거나 싸워본 적도 없다.

지금 생각하니 어릴 적 주변 환경에서 그렇게 된 것 같다. 어머니는 옛날부터 다른 여자들같이 수다를 떠는 것도 아니고 항상 현모양처 타입이셨다. 그때 유행하던 계 모임도 안 하시고, 오로지 교회와 집밖에 모르셨다. 정확한 시간을 정해서 식사를 준비하셨고 특히 아버지를 귀하게 섬기셨다.

내가 안 볼 때 싸우셨는지는 몰라도 우리 앞에서는 한 번도 큰 소리 낸 적이 없으셨고, 우리도 그렇게 책망을 들은 적이 없었다. 우리가 잘하고 착해서 그런 게 아닌데도 한 번도 꾸중하지는 않으셨다.

어머니는 정확한 분이셨고 한복을 입은 모습은 곱고 단아한 자태셨다. 남들이 참 고우세요 하면 즐거워하셨고 나도 그 부분에는 동의한다. 어머니는 교회와 시장과 집으로 일상생활을 쳇바퀴 돌듯이 하셨고 학교 다녀오면 항상 집에만 계셨지 어디 모임에도 교회 행사 외에는 다니시지 않으셨다.

아버지와 함께 여행을 하려고 해도 멀미가 얼마나 심하신지 십 리도 못 가셨다. 항상 새벽 기도와 저녁 기도는 내가 기억하기엔 평생 한 번도 빠지신 적이 없다.

외할머니와 어머니 두 분은 교회 부흥회만 있다고 하면 20리 길도 걸어서 다녀오시고, 평생을 무릎 꿇고 기도하고 성경 보시는 것이 인생의 기쁨이요 유일한 믿음이자 낙이었던 분들이다.

저녁 9시만 되면 "야들아 나 기도(祈禱)한다" 하시며 우리를 2층 방으로 올라가라고 하셨다. 지금 생각하니 우리 형제자매 특유의 관계가 형성된 것은 다른 이유와 성격의 문제들도 있겠지만 그런 기독교 집안의 환경과 어머니 성품의 영향 때문인 것 같다. 다른 집 아들들같이 한방에서 뒹굴지도 않았고, 각자 자기 방에서 생활하다 보니 자연히 그랬던 것 같다.

우리 사촌들도 마찬가지다. 명절 때 만나 산소 가서 추도 예배를 드리고 나면 그냥 각자 흩어진다. 다른 집은 제사 음식에 술과 돼지 고기를 가져와서 마시며 웅성웅성하며 흉도 보고 이야기하며 정을 쌓는데 우리는 술도 안 먹고 말똥거리는 맨 정신으로 살다 보니 그 렇게 되었나 보다.

난, 남산동 어머니의 엄마 집에서 산파의 도움을 받아 해방둥이로 태어났다. 당시엔 산부인과 병원도 없이 전부 그렇게 가정에서 출산 했다. 당시는 남아 선호 사상이 있던 때라 집안의 맏이가 장남으로 태어나니 친척들도 구경 오고 집안 사람들의 자랑거리가 되었다.

외갓집에는 외할아버지와 외삼촌, 이모님이 함께 살고 계셨고 나 는 이모님과 나이 차가 10살이 났으니 처음 태어난 조카가 동생같 이 귀여워 마리아 유치원이란 곳을 항상 데리고 다녔다.

유치원 다니고 두 달인가 되었을 때 6·25 전쟁이 발발했고, 그로 인 해 피난을 가게 되면서 유치원의 기억은 흑백사진 한 장 남아 있는 게 전부다. 얼마 전 그 마리아 유치원에 가서 혹시 그 당시 자료라도 있 나 교적부를 찾아보았지만 전쟁 통에 전부 소실되었다고 한다.

남아 있는 어릴 적 기억이라곤 피난 갈 때 아버지의 커다란 8호 자전거를 타고 가 낙동강에서 배를 기다릴 때 뒤에서 들려오던 폭 격 소리와, 걷고 또 걸어서 경남 밀양까지 갔던 기억뿐이다. 피난길 엔 사촌들과 함께한 대식구가 지낼 마땅한 처소가 없다 보니 피난

민들과 뒤섞여 문간방 하나를 빌려 많은 식구가 함께했다.

한번은 잠자리를 잡는다고 혼자 집을 나간 지 하루가 지나고 우연히 길에서 쪼그리고 앉아 울고 있는 나를 사촌이 발견하여 집으로 데리고 왔다고 하니 그때 미아가 되었다면 고아원 출신으로 오늘날 나의 일기장이 바뀌어 기록되었을 것이다.

그렇게 어린 나의, 그리 길지는 않았던 피난 생활의 남아 있는 기억은 여기까지다.

난 초등학교는 다니지 않았고 국민학교를 다녔다. 대부분 사람들이 초등학교라고 말하지만 난 일부러 국민학교라고 말한다.

초등학교 명칭이 되기까지 소학교에서 보통학교를 거쳐 국민학교라 불렸고, 일제 잔재를 청산하고 민족정기를 바로 세우기 위해 1996년부터는 지금의 초등학교로 불리게 되었다.

1954년, 또래들보다 한 살 일찍 국민학교에 입학했다. 6·25 전쟁 후라 학교 시설이라고는 허름한 토담이 전부였고, 학급은 남녀 모두 합하여 두 반이 있었다. 교실엔 칠판도 없었고 바닥은 가마니를 깔고 앉았으며, 학생들 나이도 천차만별이라 많게는 6살까지 차이가 나는 학생도 있었다.

교실이 부족해 여기저기 다니며 이동 수업을 다녔고, 주로 남산

공원의 계단에 앉아 선생님은 밑에 서시고 우리는 아래를 내려다보며 수업을 들었다. 이북에서 피난 온 집의 학생들은 우리보다 덩치가 커서 그 친구들에게는 감히 아무도 대들지 못했다.

선생님은 우리를 귀여워하셨는데, 졸업 후 20년이 지나 스승의 날에 선생님을 모시고 보니 우리보다 엄청 큰 분 같았던 선생님과의 나이 차는 불과 11살이었다. 가끔 만남을 가졌지만 지금은 대구에서 아무도 알아보지 못하고 치매를 앓고 요양원에 계시다니 마음이 아프다.

국민학교부터 교회 생활을 시작했다. 할머니 어머니 다음 모태신앙 3대고, 내 아들이 4대, 손자가 5대로 내려가는 신앙생활을 오늘까지 이어오고 있다.

난 국민학교 다닐 때는 아주 어리석고 부끄러움을 많이 타는 아이였다. 한번은 교회 크리스마스 발표회 때 노래를 부르다가 부끄러워 울고 쓰러진 적이 있었다. 그래서 두고두고 식구들로부터 심심하면 놀림을 받고 했다.

당시엔 학원이란 전혀 없었고, 공부하라는 사람도 없고, 그저 밤이 저물 때까지 동네 친구들과 모여 놀고 또 놀기만 했다. 놀이라고 해야 깡통차기, 팽이치기, 구슬치기, 막대치기, 연날리기, 제기차기였다. 여름은 미나리꽝에서 잠자리 잡고, 겨울에는 외삼촌이 나무로 만들어주신 앉은뱅이 스케이트를 타고, 연도 날리고, 마당에서 대나무 바구니에 줄을 달아 모이를 주고 숨어서 새가 들어오면 줄을 당겨 참새도 잡고, 길가에 웅덩이를 만들어 위장한 뒤 사람들을 똥통 구덩이에 빠지게 하거나 가느다란 철삿줄에 지폐를 묶어 할머니들이 돈을 따라오게 해 골탕 먹이기도 하면서 해질녘까지 놀고 돌아다녔다.

스케이트를 타면서 얼음 구멍에 빠져 아랫도리가 꽁꽁 얼었지만, 모닥불에 가서 꽁꽁 언 손도 녹이고 옷도 말리고 그랬다. 외삼촌은 나에겐 맥가이버였다. 부탁만 하면 새 잡는 고무총이나 낚시, 스케이트 등 각종 놀이 기구를 만들어주셨다.

당시 여학생들은 공기놀이, 고무줄놀이를 하고 놀았는데 남학생들에게는 여학생들 고무줄을 끊고 도망 다니는 것도 즐거운 놀이 축에 들어갔다. 정월 대보름 달불놀이를 한다며 깡통에 숯을 넣어 돌리며 저녁을 맞았고 그것을 말리는 어른들은 한 분도 계시지 않았다.

그때 우리가 얼마나 순진했나 하면, 저녁 먹을 시간에 어머니가 찾아 집에 가서 저녁 먹고 올 때까지도 깡통차기는 계속되었고 순진한 술래는 집에도 못 가고 아직 숨어 있다가 놀이를 계속하기도 했다.

마땅한 놀이 기구나 장난감도 없고, 전쟁 후라 곳곳에 탄흔들이 남아 있고, 도로 여기저기는 포탄의 흔적으로 도로는 움푹 패어 웅덩이가 여기저기 많이 있었다.

길가에 버려진 총알이나 탄피들을 주워 가지고 철둑에 올라가 철길 위에 탄피를 올려놓고는, 레일 위에 귀를 기울여 기차가 달려오는 철컹철컹 소리를 듣고 나면 곧 기차가 지나가면서 철길에 올려둔 탄피는 납작해져 그것으로 칼을 만들어 놀곤 했다.

그때 친구 중 한 명은 냇가 위 철교에서 안타깝게 기차를 피하지 못하고 치여 희생된 학생도 있었다.

그때 동네 꼬붕의
권력은 대단했다

이름이 갑부, 을부라고 하는 쌍둥이 형제가 있었다. 나보다는 다섯 살 정도 나이가 많았다. 누구와 싸울 때는 쌍둥이 형제들이 함께했기 때문에 아무도 우리에게 덤비지 못했다.

우리는 그 형들의 밥이었다. 모이라고 할 때 모이지 않거나 심부름을 하지 않으면 그날은 코피 나는 날이라 우리 모두는 그 형들의 충실한 부하였다. 그 형 중 한 명은 지금 뉴욕에 사는데, 한 30년 전에 미국 갔을 때 만나서 어릴 적 동네의 추억을 이야기하며 밤을 새웠다.

또 한 달에 며칠씩 해질녘이면 아랫동네와 윗동네 사이에 패싸움이 벌어진다. 주로 돌 던지기 싸움이다. 형들이 앞에 서고 우리는 돌들을 주워 형들에게 공급하면 형들이 주로 전투에 참가한다. 만일 그때 빠지거나 하면 다음 날 끌려가서 욱신하게 얻어터지곤 했다.

당시엔 전쟁 후라 마을 곳곳에 공터가 있었는데, 종종 공터에 큰 천막을 치고 서커스단이 공연을 했다. 서커스단이 공연하는 날엔 온 동네를 다니며 북을 치고 다녔다. 우리는 신이 나서 그 사람들을 졸졸 따라다니며 시간을 보내곤 했다. 코끼리도 원숭이도 있고 분장한 난쟁이들이 줄타기 묘기를 할 땐 가슴이 조마조마하기도 했다. 그때 서커스단 이름이 동춘 서커스단이었다.

표 살 돈이 없으니 그저 형들을 따라 천막 개구멍으로 숨어들어 구경하는데, 그곳을 감시하는 기도들에게 잡히면 얻어터지고 다음부터는 그러지 말라고 한 소리를 듣지만 입장은 시켜주곤 했다.

극장도 하나 있었다. 극장 문을 지키는 문지기(기도)가 친구 형이라 우리는 심심하면 극장에 가서 영화를 봤다. 대부분 흑백 영화에 스크린에는 줄이 생겨 비 오는 것 같을 때가 많았고, 요즘과 같은 광고 상영 대신 영화 상영 전엔 항상 대한 뉴우스란 것을 틀었다.

뉴우스는 대부분
정부 홍보 영상이었다

뉴스 아나운서 이름은 이광재였다. 극장의 의자는 전부 딱딱한 나무 의자다. 영사실에는 영사기 2대를 교대로 필름을 바꿔가며 상영해야 하는데, 잘못하다 순서가 바뀌기도 하고 전기도 자주 나가 영화 상영 중간에 발동기를 돌려야 하기도 했다. 그럴 때면 극장 안은 관객들의 고함과 휘파람으로 소란했고 표를 물러달라고 야단했지만 영화가 다시 시작하기만 하면 금세 조용해지곤 했다.

가끔은 변사가 대사를 낭독하는 무성영화도 상영했는데, 그 변사 목소리 흉내를 잘 내는 학생은 학교에서도 인기가 있었다. 수업 시간에 선생님이 나와서 변사 한번 하라고 시키는데 그 친구 인기는 '짱'이었다. 그때는 극장 간판을 모두 사람이 직접 그렸기 때문에 극장에서 간판 그리는 사람은 대접도 좋았고 멋있어 보였다.

영화의 제목은 기억이 나지 않지만 당시 인기 배우로는 김승호, 이예춘, 신영균, 허장강, 도금봉, 최무룡, 문정숙 같은 분들이 있었고 많은 우리나라 영화에서 주연으로 나왔다.

당시 도로는 돌자갈 비포장이라 좋은 차도 없었고, 미군들이 쓰다만 트럭을 개조하여 만든 GMC 트럭이 있었다. 우리는 그때 트럭을 그냥 '제무시'라고 불렀다. 미군 트럭들이 지나갈 때 "초크렛드 기부미" 하며 자동차 뒤를 따라다니면 껌이나 초콜릿을 던져주었는데, 그땐 미군들이 그렇게 위대하게 보였다.

거리마다 넘치는 상이군인과 걸인들, 전쟁고아들은 양철로 된 깡통을 차고 집집마다 구걸하며 다녔다. 또 미군부대에서 나오는 꿀꿀이죽 같은 짬밥을 받아서 마땅히 먹을 장소가 없어 따뜻한 양지에 삼삼오오 옹기종기 모여서 먹었다. 거리에 구두닦이도 많았다.

그들을 슈샨 보이라고 했는데, 길 가는 사람에게 "딱슈 신딱슈" 하면서 구두를 닦았다. 운 좋은 하우스 보이는 미군부대 영내에 거주했는데 우리는 그들을 "쇼리"라고 불렀다.

말 잘 듣고 착한 아이들은 군인을 따라 미국으로 가서 어떤 아이는 양자로 그 집에서 공부하며 성공한 사람도 나왔다. 또 홀트 아동복지회에서도 세계로 입양하는 사업을 해 우리나라에서 많은 아이들이 해외로 떠났고, 수십 년이 지난 후 그들이 성공해 고국의 헤어진 부모를 찾으려고 한국어도 잊어버린 채 사진 한 장 달랑 들고 부모를 찾는 안타까운 사연들이 TV를 통해 전해지며 우리의 눈시울을 적시기도 했다.

마땅한 놀이가 없었던 우리는 제무시(GMC) 트럭 머플러에서 나오는 휘발유 냄새가 좋다며 자동차 뒤를 쫄쫄 따라다니면서 그 공기를 마시며 놀았고, 여름이면 앞 냇가에서 사기로 된 그릇에 된장을 넣고 무명천을 고무줄로 감아 구멍을 내어 피리나 붕어를 잡기도 하고, 수영이나 씨름 등을 하며 놀았다.

당시에는
구제 물품이 인기였다

주로 미국에서 가져온 구제 옷이나 커다란 통에 든 탈지분유가 인기였는데, 탈지분유를 한입 털어 넣으면 목이 막혀서 애를 먹었다. 그래도 그것마저 먹을 수 있는 형편에 있던 사람들은 운이 좋은 편이었다.

자동차(自動車)라고 해야 몇 대 없고, 내가 살던 중소도시에는 1시간에 겨우 자동차 30대도 다니지 않는데 사거리엔 교통순경이 있어 드럼통을 잘라 만든 단상 위에서 수신호를 하곤 했다.

옷도 나일론과 같은 원단이 없던 시대라 광목으로 만든 바지저고리를 입거나, 겨울에는 시커멓고 누런 코가 왜 그렇게 많이 나오는지 항상 검정색 교복 옷소매는 코를 닦아서 반질반질한 옷을 입고 다녔고, 날씨는 얼마나 추웠는지 귀와 발이 동상에 걸릴 때면 어머니가 무를 넣고 끓인 물에 발을 담가 언 발을 녹이곤 했다.

위생을 챙기기 어려웠던 만큼 피부병도 유행하였고, 신발이래야 검정 고무신이라 여름에 양말 없이 신으면 미끌미끌했다. 시내에 있는 우리들은 그렇게라도 놀았지만, 시골에 있는 또래들은 산에 가서 나무를 하거나 소 먹일 꼴을 뜯는 게 일과였다.

책가방이란 구경도 어려웠던 시절이라 넓은 보자기인 책보에 책과 공책을 넣어 다녔고, 그마저도 없는 대부분의 학생들은 책도 없이 학교에 다녔다.

교실에서는 도난 사고도 종종 있었다. 한 학생이 "선생님 연필 잃어버렸어요" 하면 선생님은 모두의 눈을 감기고 연필 가져간 사람은 손을 들면 용서한다고 하였는데, 나는 그때마다 가슴이 콩닥콩닥 두근거리곤 했다.

학교 갔다 오자마자 책가방은 던져두고 놀기만 하였는데도 그때는 공부하는 놈들이 많이 없어서 그런지 나의 성적은 항상 상위권이었기에 부모님으로부터 칭찬을 받았다.

가정 형편이야 모두 거기서 거기였다. 전기밥솥이나 전자레인지 등은 이름도 들어보지 못했고 냉장고는 더더욱 턱도 없던 시대였기에, 저녁에는 호롱불을 켜거나 집안 형편이 좋은 집은 촛불로 밤을 밝히곤 했다.

여름에는 모기가 얼마나 많은지 모기장 없이 자다가는 온몸이 모기에게 뜯겨 제대로 잘 수도 없었다. 당시 모기장은 요즘처럼 바람이 잘 통하는 것도 아니라서 답답하다 보니, 자고 나면 커다란 모기장은 한쪽에 제쳐두고 저녁에는 다시 펴고 했다. 자다가 소변을 보려고 모기장을 들락거리면 어머니에게 제발 펄럭거리지 말라고 혼도 많이 났다.

모기뿐 아니라 벼룩과 빈대도 득실거렸다. 천장에서 빈대가 떨어지기도 하고, 그 당시 미군부대에서 나온 DDT를 옷 속에 뿌리고 옷을 벗어서 털면 빈대나 벼룩이 뚝뚝 떨어지고 했다. 지금 생각하면 그 DDT가 고엽제 같은 성분이었던 것 같다.

난방이라고는 보일러도 없었고 구들바닥에 장작불을 피워서 아랫목 장판엔 항상 까맣게 탄 표시가 있었다. 부엌 아궁이 위에 솥을 걸어 밥도 하고, 그 물로 목욕도 하곤 했다.

수도(水道)도 없던 시대라 어느 정도 사는 집에는 작두샘이란 것을 만들어 여름에 남자들은 목말이나 목욕을 하며 시원함을 달래고, 아낙들은 밤이 되면 몇 명씩 모여 앞 냇가로 가서 멱을 감고 하면서 여름을 보냈다.

금성(Gold Star) 선풍기가 있었지만 그것마저 귀한 시대라 부채 장사와 골목골목 다니며 나무에 페인트칠을 한 사각 박스를 메고 "아이스케키나 얼음 사탕"을 외치는 아이를 어렵지 않게 만날 수 있었다. 위생 검사도 받지 않은 지하수나 얼음 사탕을 먹으면서도 당시의 여름은 즐겁고 시원하게 보냈던 기억으로 남아 있다.

배탈 한번 나지 않았던 게 지금 생각해도 신기하다. 그때 그 아이스케키가 지금으로 말하자면 스타벅스의 아이스커피나 설빙보다 맛있는 것 같았다.

겨울엔 아버지가 사업차 출장을 많이 다녔던 관계로 항상 보온을 위하여 아랫목에 따스하게 지은 저녁밥을 넣어두고 이불로 싸놓았다. 이것이 오늘날 보온밥솥의 전신이 아니었을까?

슈퍼나 마트가 없던 시대라 오일장이 서면 그야말로 시장은 인산인해를 이루었다. 장에 오는 사람들은 나물을 뜯어 오기도 하고, 장작 등 땔감을 지게에 지거나 소달구지에 실어 와서 팔았다. 대부분 시골에 계신 분들이 장날에 나올 땐 새벽밥을 먹고 20㎞, 즉 50리나 되는 왕복 길을 걸어 다녔고 시장에서 막걸리 한잔 드시고 집에 갈 땐 꽁치나 갈치, 고무신들을 사 가지고 어깨에 메고 콧노래 부르며 집으로 가신다.

시장이래야 제대로 된 곳도 없고 우(牛)시장 같은 현대 시장이 없어 닭, 돼지, 소, 오리 등도 함께 팔았다. 장날이면 사람들은 넘쳐났다. 여기저기 야바위꾼들은 경찰 눈을 피해 화투로 촌놈들 돈을 많이 훑쳤다. 그렇지만 시끌거리는 사람 사는 냄새가 좋았다. 가끔은 고갯마루에 숨어 있다 소 팔고 돌아가는 사람을 강도질하는 사람들도 있던 시대였다.

6·25가 발발한 지 얼마 지나지 않았기에 거리에는 전쟁으로 팔다리를 잃고 목발을 짚은 상이군인들이 집집마다 구걸을 하며 다녔

다. 어린 난 그분들이 무섭고 두려웠다. 지금 생각하면 한없이 부끄럽다. 모든 삶을 잃고 무너진 분들을 진정한 전쟁 영웅으로서, 국가 유공자로서 비록 본인들 대부분 돌아가셨겠지만 지금이라도 그 가족들에게 특별하게 대접해주어야 한다고 생각한다.

이승만은 1945년 10월16일 미국에서 돌아와 새 정부를 세웠다. 1954년 제1공화국의 제3대 국회에서 대통령 이승만(李承晩)에 대한 3선 제한의 철폐를 핵심으로 하는 헌법 개정안을 통과시킨 제2차 헌법 개정이 이루어지고, 사사오입 개헌(四捨五入改憲, 반올림)은 당시 정족수 미달이었던 자유당이 헌법 개정안을 통과시켜 대한민국 헌법 제3호가 제정된 사건이다.

그때의 구호는
"뭉치면 살고 헤어지면 죽는다"

위헌적인 사사오입 개헌으로 출마가 가능해진 이승만은 1956년의 대통령 선거에서 당선되어 소원을 성취하였지만, 당시 시대에 자유당의 정당성은 사실상 상실되었다.

그런 민족 상존의 상처는 쉽게 아물지 못했다. 그런저런 시기를 지나 서서히 생활에도 변화가 생기기 시작했다. 부엌의 난방도 나무에서 연탄을 땔감으로 때기 시작한 시기였다. 연탄 생활은 어려웠지만 온기 가득했던 시절을 떠올리게 하는, 1960년대 말까지 도시의 연탄 전성기를 이뤘다.

추운 겨울날 연탄불이 꺼질세라 어머니는 밤잠을 설치며 시간에 맞춰 연탄을 가시곤 했는데 나름 고초가 따랐다. 밑에 있는 연탄과 새로 넣을 연탄의 구멍을 맞추는 일도 쉽지만은 않다.

연탄은 나무보다 편리해서 화덕 난로 연탄은 하루에 2번 정도만 갈아주면 화력도 좋고 편리했지만, 연탄가스 중독 사고로 많은 분들이 희생되기도 하였다.

부엌에는 석유 난로가 꼭 필요한 주방 기구가 되었고, 집집마다 재봉틀도 유행했다. 재봉틀이 있는 집은 부자 축에 들었다.

주로 시집올 때 혼수품으로 가져왔는데, 그중에 미제 SINGER란 제품이 단연 유명 브랜드였다. 얼마 전 서울역사박물관에 진열된 것을 보았다. 석유가 나지 않는 우리나라에서는 주된 연료가 연탄이다 보니 탄광 산업이 부흥하기 시작한 것도 1960년 이후 경제개발 5개년 등의 산업 발전과 맞물리면서부터였다.

태백뿐 아니라 정선·삼척·영월·보령·문경·화순 등의 탄광 도시가 태어났다. 탄광 산업이 활성화되자 한밑천을 꿈꾸는 이들이 전국에서 작은 산골 마을로 몰려들었다. 화전민들이 흩어져 살던 태백은 거대한 탄광 도시가 되었다. 그 주역은 탄광 노동자, 광부와 그의 가족들이었다. 광부들은 함백·태백·연화 등을 파헤치며 불을 품은 검은 돌을 캐내 사람들에게 온기를 전했다.

당시 대졸 초임 월급이 5만 원 안팎이었는데, 탄광 노동자 월급은 20만 원 정도여서 전국에서 일하겠다고 몰려든 대졸자들도 있었다. 그곳에는 TV며 전화기가 집집마다 있고 개도 만 원짜리를 물고 다닌다는 소문도 있었고, 돈도 사람도 넘쳐나다 보니 자연스레 유흥 문화도 함께 발전했다.

그들은 고된 노동 생활에 알 수 없는 내일에 대한 불안함을 술이나 유흥으로 달랬고, 탄을 캐던 광부들의 일터를 '막장'이라고 하였다. 지하 100m가 넘는 막장에서는 사고가 끊이지 않았고 많은 광부들의 희생이 따랐다. 태백 시내 연화산 자락에 세워진 산업 전사 위령탑이 그들을 추모하고 기린다.

물질적 풍요와 생사를 건 노동을 오가며 위태롭게 잘나가던 태백의 호황이었지만, 1990년대 들어 정부의 석탄 산업 합리화 정책이 시작되면서 대부분의 탄광이 문을 닫게 되었다.

일터를 잃은 광부들
역시 태백을 떠났다

한때 13만 명이 넘는 인구를 자랑하던 탄광 도시에 남은 이들은 고작 5만 명 정도. 가파른 언덕배기에 다닥다닥 붙은 사택들의 모습은 시끌벅적하던 한때를 증명할 뿐, 주인 잃은 빈집은 폐광 마을의 쓸쓸함 그 자체이다. 지금 그곳엔 강원랜드란 내국인 전용 카지노가 들어서 지역 발전이라는 명분으로 운영 중이지만 카지노로 인하여 많은 사람들이 도박 중독으로 인한 트라우마를 벗어나지 못해 정신병 치료를 받거나 생명을 포기한 사람도 많다.

그러다 보니 지역에서 특히 잘되는 사업은 그나마 숙박업소와 전당포 정도였다. 카지노 왔다가 차량을 버려두고 가는 사람, 명품 시계나 가방 등을 맡겨두고 하염없는 세월 동안 주인은 나타나지 않고 있다고 한다.

변 여사 이야기

여사님은 강남 도곡동 타워팰리스 69층에 살고 있습니다. 남편 은 공기업 임원으로 있다가 작년에 퇴사하고 1남 1녀의 자식이 있는데, 아들 며느리와 이혼한 딸과 5살짜리 외손자와 같이 살고 있습니다.

아들은 K 병원 인턴 과정을 하고 있고 변 여사는 경상도 출신이 지만 Y 여대를 졸업하고 강남 S 교회 권사님에다 단발머리가 잘 어 울리는 분이십니다.

변 여사께서 타고 다니는 차는 삼각별 B 사의 S600으로 얼마 전 교환했습니다. 남편은 7년 된 아반떼를 타고 있고, 여사님은 강남에 서 내로라하는 마담뚜로 이름만 들으면 알 만한 그 동네에서는 소 문난 분이십니다. 여사님의 운전기사가 관뒀는지 잘렸는지는 모르 지만 6개월마다 바뀝니다.

변 여사는 65세에 외손자가 하나 있지만 다른 사람이 할머니라고 부르면 기겁을 합니다. 신사동 성형외과에서 얼굴을 당기고 펴고 보 톡스도 맞고 지방 흡입 수술을 해서 언뜻 얼굴을 보면 할머니 같지 않은데 목의 주름은 어쩔 수 없나 봅니다.

한번은 신라호텔 커피숍에서 다른 사모님이 자기와 같은 디자인의 옷을 입은 걸 보고 옷 가게에 와서 그런 고가 브랜드 옷을 같은 디자인으로 팔 수 있느냐 쪽팔려 죽겠다며 주인에게 씩씩거리다 두 번 다시 안 온다고 하며 나갔습니다. 집에 와서까지도 분이 안 풀리셨는지 괜히 며느리한테 야단을 합니다.

이튿날 골프 약속이 있습니다. 며느리에게 이야기할 땐 야 자 반말입니다.

"야! 내일 골프 티업(Tee Up) 시간이 7시 30분이니 6시까지 기사 대기시켜. 그라고 지난번 아이언 7번 왜 빼먹었어. 덤벙대지 말고 조신하게 행동하고 잘 챙겨 보고. 마실 물하고 선크림 잊지 말고 모자도 챙이 넓은 걸로 넣어라. 그라고 등때기에 파스 좀 발라도가. 거기 말고 밑으로. 그래, 그래 됐다. 나 댕기오께. 시아버님 못 보고 나가니 저녁 먹고 온다고 전해라."

날씨는 맑고 컨디션은 좋습니다.

"평일인데 차가 일키나 많노. 이 기사, 이렇게 가면 시간 내에 갈 수 없으니 좀 빨리 갈 수 없나?"

"사모님 여기 구간은 카메라가 쎄 빌랐습니다."

"그런 건 신경 쓰지 마. 그까이 고지서 날라오면 내면 될 것 아니야. 자네는 신경 쓰지 말고 운전이나 하세요."

오늘은 대학 동창들과 두 달에 한 번씩 하는 모임입니다. 전부 선크림 잔뜩 바르고, 여기 온다고 어제 백화점에 들러서 백바지 한 벌씩 산 것 같습니다. 옷이 얼마나 딱 붙는지 궁디가 다 보일 것 같습니다.

한 조로 나갈 4명 중 한 명은 친구인 영숙이로 이혼녀이고, 향옥이는 강남에서 카페를 하고 있고, 모르는 남자가 한 사람 왔는데 알고 보니 영숙이 남자 친구랍니다. 지난번 남자 친구는 성격 차이 때문에 헤어졌는데 지금 친구는 키가 땅딸막하고 볼품은 없지만 주식을 하여 돈은 디기 많다고 합니다.

변 여사는 이렇게 4명이 한 조가 되어 출발합니다. 오늘을 위하여 스크린에 가서 이 프로에게 코치도 받았습니다. 평소 보기 플레이 정도는 합니다. 영숙이 남자 친구도 있고, 멋진 샷을 날리고 싶습니다. 변 여사가 맨 처음으로 드라이브를 잡고 1번 홀에 섰습니다. 굿샷 하려고 하는데 아뿔싸, 그만 OB를 하고 말았습니다. 정말 쪽팔려 죽는 줄 알았습니다.

남자 친구는 상견례라고 저녁에 자기가 한잔 낸다고 하여 후에 보기로 하고, 친구들 3명은 점심 먹고 사우나 들러 마사지 받고 저녁이 되어 룸살롱에 들릅니다. 들어갈 때 술집이라 혹시 교회 아는 사람 만날까 봐 여기저기 두루 살피고 원샷, 투샷 위하여 한 번 더 하고 놀다 집으로 돌아왔습니다.

이튿날, 주일 예배를 위하여 교회에 가야 합니다. 예배 시간 10분 전인데 교인들이 줄지어 들어가고 준비 찬송이 시작됩니다. 헌금함 앞에 섰습니다. 감사헌금, 십일조헌금, 일천번제헌금, 목사 차량헌금, 사업 축복헌금, 새차 구입헌금, 오늘은 헌금 종류 85가지 중 5가지를 주님 전에 드립니다. 헌금 위원들이 옆에서 지켜봅니다.

봉투에는 이름과 헌금 종류, 금액이 컴퓨터에 기록되어 목사님이 하나님보다 먼저 아십니다. 변 권사님은 헌금을 많이 하면 할수록 하나님이 축복을 잔뜩 주실 줄 굳게 믿고 있습니다. 예배 마치고 목사님은 변 권사님의 손을 굳게 잡고 다음에 만나자고 인사합니다.

요사이 변 여사님 소식이 궁금하시다고요? 글쎄요, 소문으로는 코로나 양성 판정 받고 지금은 격리 중이라는 이야기만 들었습니다.

그런저런 세월을 지나
중학교에 입학

1959년 대한민국은 어떠했는가. 6·25가 끝난 지 불과 6년밖에 되지 않아 사회 전체적 분위기는 반공이 지배했다. 국민들은 가난으로 보릿고개를 벗어나지 못했으며 미국의 무상 원조에 크게 의존해야 했다.

그 와중에 재벌이 본격적으로 등장한다. 가난에 허덕이던 시골 사람들은 '무작정 상경', 서울로 서울로 인구 집중이 심화된다. 국내에서는 라디오가 첫 대량 생산돼 신세계를 열었다.

1959년도 실업자 수는 정부 추산 210만여 명이었다. 당시 전체 인구는 2,297만 명이었다. 어린이를 빼면 성인의 30% 넘게 실업자였다. 거리엔 실업자가 넘쳐났다.

망국 과외 교육열은 이때부터 불붙었다. 부모들은 자식을 교육시키기 위해 못할 것이 없었다. 결국 1959년 소위 명문 중학교들은 무시험을 포기하고 학교별로 입학시험을 치러 선발하기 시작했다.

내가 있던 지역은 특별히 입학시험은 치르지 않고 누구나 원하면 중학교에 들어갔고, 우리 중앙국민학교 졸업생 60명 중 약 40명이 같은 학교에 다녔다.

학교는 걸어서 30분 정도 걸렸고, 학급의 한 반은 65명 정도 되었다. 나는 키가 커서 뒷자리에 앉았고 항상 60번 이상의 번호를 받았는데, 개인별 책걸상들이 있어서 좋았다. 교복에 교모도 썼는데 교모에는 송설 마크가 있었다.

중학생 때부터는 도시락을 싸 가지고 다녔다. 노란 양은 도시락에 반찬은 대부분 단무지나 김치 무뱅이, 고추장이 대부분이다. 그래도 소고기 장조림이나 콩조림 등도 있었고 우리 집에는 개, 닭, 토끼, 돼지도 키웠다. 토끼는 내 당번이라 학교 다녀오면 클로바나 민들레, 아카시아 잎들을 먹였다.

한번은 집에 오니 개가 없어졌다. 집에서는 모두 모른다고 하여 가축시장 개 상점에 갔더니 철망 상자 안에 우리 개가 있었다. 나를 보니 반갑다고 야단이다. 나는 울며불며 잃어버린 우리 개라 했다. 사람이 모이고 경찰도 왔다.

그 상인은 그냥 할머니에게 샀다고 했는데, 울며 떼를 쓰는 나를 당할 수 없었다. 알리바이를 대지 못했다. 나중에 안 사실이지만, 할머니가 나 모르게 팔았던 거였다. 지금 생각해도 미안하다. 닭을 키우시던 어머니는 달걀을 몇 개씩 모아서 시장에 내다 팔기도 하고, 계란말이를 밥 위에 얹어줄 때가 많아서 친구들의 부러움을 샀다.

도시락은 3교시 마치면 대부분 다 까먹는 경우가 많았다. 우리는 도시락을 먹을 때 마구 흔들어서 비빔밥으로 먹었다. 겨울엔 보온 도시락이 없던 때라 교실 난로 위에 노란 양은 도시락을 올려놓는데 맨 밑에 있는 도시락은 밥이 다 탔지만 그것도 맛만 좋았다. 우리 집은 이층집이었는데, 아버지께서 외지에서 사업하시는 관계로 집도 허전하여 외갓집 식구를 모셔 와서 함께 생활했다. 동생들은 지금 집에서 태어났다.

내가 학교를 다녀오면 교복 입은 모습이 그렇게 좋았다고 외할머니는 언제나 좋아하셨다. 지금 내가 손자들을 보고 귀여워하는 걸 보니 그때 할머니의 마음을 알 것 같다.

학생들의 40% 정도는 자전거를 타고 다녔다. 한번은 학교를 다녀오니 아버지께서 자전거를 하나 사 오셨다. 지금도 자전거 회사의 이름이 기억나는데, Miyata라는 일본제 6호 자전거였다. 얼마나 좋았는지, 학교만 갔다 오면 매일 자전거를 닦는 게 일과였다. 전교생 중 의사 아들 L군과 양복점 아들 C군만이 나와 똑같은 자전거를 가지고 있었다.

당시 전기가 부족하여 가정에는 일반전기와 특선이란 게 있었는데, 일반전기는 수시로 전기가 나가고 특선은 그런대로 정전이 되지 않았다. 방이 두 개 있는 집에는 벽 윗부분에 구멍을 내고 전구 하나로 두 방에서 같이 사용하였다. 우리 집의 전기는 특선을 썼고 전화기도 백색전화와 청색전화가 있었는데, 백색전화는 마음대로 매매가 된 관계로 프리미엄도 상당했다. 당시 택시 회사 전화번호는 51번이었고 우리 집은 105번이었다.

수동식 전화는 전화기 옆에 배터리가 붙어 있었고 옆에 달린 핸들을 돌려 우체국의 여성 교환원에게 원하는 번호로 접속해달라고 하는 수동식 전화기였다. 전화번호보다 상호나 이름을 부탁하면 교환원은 헤드폰을 쓰고 교환기 구멍 사이로 플러그를 옮겨 가며 서로를 연결해주는 방식이었다.

전화기가 흔치 않던 시대라 옆집의 전화도 받아주고 했다. 당시 시외전화를 할 때는 교환원에게 시외 서울 몇 번 부탁한다고 하면 회선이 부족하여 몇 시간씩 기다리기가 일쑤였다. 그래서 교환 아가씨께 잘 보여야 하고 명절엔 선물을 주는 게 관례였다. 일반인들은 우체국까지 가서 몇 시간씩 기다리며 시외전화를 했다.

얼마 후 그런 수동식 전화에서 전자식 전화로 바뀌었다. 전자식 전화기는 핸들을 돌리지 않고 전화기 옆에 배터리 부착 없이 그냥 전화기만 들면 바로 교환원과 연결이 되는 전화기다. 전자식 전화기도 얼마 사용하지 않아 다이얼 전화로 바뀌었다.

전화기 전면에 동그란 다이얼이 부착되어 있어 다이얼만 돌리면 교환원 없이 자동으로 원하는 번호로 접속되는 시대가 되었다. 다이얼 전화를 사용하면서부터 전화의 국번이 부여되었다. 국번은 22국이니 23국 하면서 10단위 국번으로 한참을 사용하게 된다.

전화도 했지만 전보도 많이 이용했다. 전보 내용은 되도록 줄여 간단한 뜻만 전달했다. 특히 군대 있는 아들 휴가 수단으로 거짓 전보도 많았다. 내용은 그냥 "부 위독 속히 상경바람", 즉 아버지가 위독하니 빨리 오라는 내용 또는 "음7일 남아순산 부", 즉 음력 7일에 남자아이 출산했다는 내용 등이 있었다.

자동전화가 되면서부터 전화는 우체국에서 통신공사로 넘어갔다. 그때부터 공중전화란 게 거리 이곳저곳에 생겼다. 빨간 사각 박스에 한 사람만 들어가면 꽉 차는데 연인들은 거기를 두 사람씩 비비고 들어가기도 했다. 요금은 도수제라고 해서 통화 시간만큼 요금이 자동으로 계산되는 시스템이다.

길거리마다 사람이 많이 다니는 버스 정류장이나 역 주변에는 공중전화 부스가 많았다. 요금은 10원짜리, 50원짜리, 100원짜리 동전을 주입하는 방식인데 통화 중간중간 동전을 계속 넣어야 한다.

통화가 끝나고 남는 동전은 낙전이 되지 않기 때문에 뒷사람을 위하여 송수화기를 전화기 위에 두고 나오면 뒷사람이 그 나머지 금액을 사용할 수 있는 선심성 배려도 있었다. 그 이후 선불카드가 나왔다.

공중전화에서 벌어지는 일들도 많았다. 뒷사람들이 기다리고 있는데 혼자 오랫동안 통화하면 거기서 술렁이기 시작한다. "여보슈, 당신 혼자 쓰는 전화요? 바쁜 사람 있는데 빨리빨리 끊으세요" 하면 대부분의 사람들은 미안해하면서 나오는데 간혹 그것 때문에 먹살 잡고 싸우는 사람도 있었고, 심지어 공중전화 때문에 살인 사건 난 적도 있었다.

지금은 고층빌딩이 숲을 이루고 있지만 당시 청계천은 피혁공장에서 나오는 폐수가 흐르는, 썩어 빠진 죽음의 개천에 가까웠다. 그래도 그곳에서 빨래하고 목욕하고 심지어 생활용수로 사용하기도 하였다.

사람들이 많이 살다 보니 화장실이 문제였다. 화장실이란 이름은 없었고 통시라고 하였다. 아침마다 통시 쟁탈전이 벌어졌다. 그때 화장지가 어디 있나, 시멘트 포대나 신문지 쪼가리로 뒤처리를 하면서 그 많은 사람들의 순서를 기다리기가 얼마나 어려웠겠나. 그럼에도 돌이켜 생각해보면, 가난했지만 웃음은 잃지 않고 살았던 시절이었다.

청계천 주위로는 하꼬방 촌이 형성되었다. 동네 사는 사람들이 앞집 옆집 모두가 형편이 비슷하다 보니 지금같이 아파트 평수나 자가용 등으로 비교하는 사람도 없었고, 이웃 간 서로를 향한 정들이 있었다.

그렇지만 이웃 간 다툼 역시 많았다. 제대로 된 직업도 많지 않고 거친 삶들이 많다 보니 막걸리 먹고 돌아온 남자들끼리의 싸움은 하루도 거르지 않았다. 곳곳에 달동네가 많았고 여기저기서 서울로 서울로 밀려오는 사람들로 인하여 방이 부족하다 보니 한 집에 두세 가구가 사는 게 보통 생활 형편이었다. 지금은 천당 밑 분당이라고 부르는 성남에도 피난민과 철거민들이 밀려들면서 지금까지 이어지는 모란 민속 오일장이 서게 된 것이다.

당시에는 변소에서 나오는 소변이나 대변도 돈 받고 팔았다. 팔았다기보다 시골에서 농사짓는 사람들이 비료가 없다 보니 수레를 끌고 다니며 "퍼, 퍼" 소리치며 수거해 가면서 금액은 자기들 멋대로 잔돈푼을 주고 가기도 했는데, 그것을 똥통, 똥바가지라고 하였다.

옛날 할아버지 이야기를 들어보니, 볼일을 보고 싶다 하면 자기 집으로 달려가서 볼일을 보았다고 한다. 제주도에는 육지와 달리 변소 밑에 돼지를 키워 그 돼지를 제주 똥돼지라고 하였는데, 한동안은 맛 좋다고 유행하기도 하였다. 보통 사람들은 이발관이나 목욕탕은 일 년에 두 번, 음력 설과 추석 전날에 많이 갔다. 그것도 시내 사는 사람들 말이지, 시골 있는 친구들은 소죽 끓이는 가마솥에 물을 끓여 목욕했다고 한다.

이런 격변기를 겪으면서 중학교를 졸업했는데, 졸업 기념으로 아버지께서 세이코 손목시계를 사주셨다. 중2 때는 합창단에 들어가서 특활 활동도 하고 극장에서 발표회도 가졌다. 어머니와 어머니의 어머님과 이모님도 함께 구경 오셨는데, 내가 교회에서 쓰러진 경험이 있다 보니 마음을 졸였지만 발표회 때는 잘 해냈다.

또 탁구를 잘 쳐서 대표로 시합을 나간 적도 있다. 중학교 때도 역시 공부보다는 노는 데 신경을 썼던 것 같다. 학교 다녀오면 가방은 던져놓고 놀이터로 달려 나갔다. 나뿐만 아니라 대부분, 아니 우리 친구들 거의 전부 그랬다. 30W 동그랗고 희미한 전등에서 40W 기다란 형광등이 나왔다. 껌벅껌벅 스타트 큐를 거치며 불이 켜지면 훤한 불빛은 대명천지 같았다.

선거에서 당선과 낙선의 거리는
천국(天國)과 지옥(地獄)만큼 멀다

김 사장은 조기 축구회 회장이며 산악회 회장이기도 하다. 사업은 광고업을 한다. 매년 선거철만 되면 마음이 싱숭생숭하다. 고향에서 초, 중, 고를 나왔으니 아는 사람도 많다. 가끔 친구들이 펌프질도 한다.

지난번에 나와 낙선했지만, 이번에는 산악회나 조기 축구회에서 적극 밀어주기로 한다. 아내는 한사코 말렸지만 때가 되면 흔들리는 마음에 일도 손에 잡히지 않고 사업은 제쳐두고 동네방네 다니며 이 사람 저 사람 명함 주며 인사하기 바쁘다. 지난번에는 건방지다, 인사를 안 한다는 소문이 있어 보는 사람마다 코가 닿도록 인사하며 다녔다. 목욕탕 가서는 동네 사람 등도 밀어주고 이발소와 각종 모임에도 빠지지 않고 다니며 명함을 돌렸다.

지성(至誠)이면 감천(感天)이라고, 드디어 시의원 당선이다. 의회에 가니 국회의원 배지 비슷한 것을 가슴에 달아주는데 오늘부터 신분이 바뀐다? 당장 의원님 신문이다. 공무원들이 내하는 태도부터 다르다. 여기저기 행사 초대가 많다. 의원님 좌석은 언제나 앞자리다. 좌석을 찾아가면 사람들이 의원님 길을 피해준다. 보는 사람마다 의원님 의원님 하면 마눌 보기도 근사하고 기분 땡긴다.

여기저기 이 사람 저 사람 부탁도 들어온다. 괜히 으스대고 싶어
진다. 하루 이틀도 아니고 저녁 귀가 시간이 자꾸 늦어진다. 그때부
터 마눌의 온도 메타가 올라간다.

"당신은 말이야, 사업은 나 몰라라 하고, 하루 이틀도 아니고, 정
말 이럴 겁니까?"

의원님은 맨날 하는 소리 의회(議會) 핑계에, 어제는 경숙이 집 결
혼에, 오늘은 황칠이 집 초상집에, 내일은 진득이 집 개업에, 모레는
의회(議會)에서 공짜로 보내주는 외국 선진지 시찰에, 연봉도 수당
제외하고 4,000만 원 정도 되지, 식당 가면 돈 낼 놈들 줄 서 있지,
세상에 이렇게 좋을 줄 알았으면 진작 할 걸 그랬다.

복도에 서 있는데 마이크에서 안내 방송에 "회의 시작할 때 되었
습니다. 의원님들 회의실로 입장하여 주십시오." 뒤에 보니 방청객
에, 기자 플래시에, 이럴 줄 알고 사진발 받으려고 빨간 넥타이 하고
이발소에도 다녀왔다.

오늘은 일찍 집에 들어와 저녁 뉴스 보니 "어라, 내 얼굴은 하나도
안 나왔네." "의원님, 당신은 초딩이잖아요." "그리고 기자 생리 좀 알
아보세요." "기자 땅 파놓고 합니까?" 엊그제 시작한 것 같은데 벌
써 4년이 지났나? 선거하지 말고 이대로 8년 쭉 하는 법이라도 발의

하는 놈 없나?

초딩 중딩 지나다 보니 벌써 3연임(連任)이라. 요번엔 의장 한번 해야 할 텐데, 물밑 로비가 움직인다. 김 의원(金 議員) 보니 벌써 제 편 많은 것 같고, 최 의원(崔 議員)은 동네 후배라 연대가 될 것 같긴 한데, 중간에 누굴 끼워 가지고 해야지. 누가 좋을까?

저녁마다 오늘은 박 의원(朴 議員), 내일은 윤 의원(尹 議員) 소주로 원샷 또 투샷. "그래 정보 좀 들어봤어?" "그냥 맨입으로는 어렵다 카든데." "그라마 우짜마 좋노?" "맨입에는 좀…." "그카다 잘모 하마 국립호텔 간데이." "에이, 그걸 누가 알아요." "너 비밀 지키레이."

"여보, 이번 의장 선거 있잖아. 이번 아니면 기회 없는데 당신이 좀 도와줘. 제발 부탁이야." 마눌 曰, "지난번 빚도 아직 못 갚았는데. 나 정말 몬산다. 자꾸 그럴 끼면 우리 이혼하자."

선거 날이다. 12대 8로, 4표 차로 의장 당선이다. 그런데 글마 노 의원(盧 議員) 있잖아. 그 친구 사람 잘못 봤다. 그렇게 밀어주기로 해놓고 고무신 거꾸로 신더라. 괘씸한 놈이구나.

이튿날 아침, 아파트 초인종이 울린다. 문을 열어보니 말쑥하게 차려입은 사람이 "의장님 모시러 왔습니다." 비서가 깍듯하게 인사한다. 의장은 목에 깁스가 들어간다. 마나님이 아파트 5층에서 내려다보니 시장 차(市長 車)와 동급인 신형 제네시스에 의장 남편이 뒷자리에 타시고 등청하신다. 멋져 보인다.

첫 등청인데 의회까지 10㎞ 거리가 짧은 것만 같다. 방금 동창이 지나가면서 나를 알아보았으면 좋을 텐데, 의장 차는 얼마나 선팅을 진하게 했는지 밖에서는 안에 있는 사람을 볼 수 없어서 아쉽다.

의회 청사에 들어서는데 민주노총 데모 때문에 차량 출입을 통제한다. 하지만 의장 차임을 알고 그냥 통과시킨다. 의원 생활할 때는 5년 된 소나타라 주차장 찾기가 힘들어 3번 정도 왔다 갔다 했는데, 기사는 의회 현관 앞에 바짝 세운다. 벌써 사무국 직원이 기다리다 뒷문을 열어준다. 청사로 들어가니 김 비서가 엘리베이터 버튼을 누르고 기다리다 3층을 눌러준다.

3층에 내리니 여기저기서 보내온 화환과 난들 때문에 통로가 복잡하다. 사무국 직원이 의장 방으로 안내한다. 공기 청정제를 뿌렸는지 향긋한 냄새가 난다.

책상과 의자도 의원 생활할 때보다 크고 넓다. 책상 위에는 한 번도 사용하지 않은 크리넥스 휴지가 있고, 각종 필기도구가 새것으로 놓여 있고, 일간신문이 잘 정리되어 책상 왼편에 있고, 컴퓨터도 새것으로 준비되어 있다.

자리에 앉아본다. 푹신한 게 감촉도 좋다. 인터폰으로 비서에게 "시장 전화해봐." "네, 그렇지 않아도 시장님께서 축하 인사드리러 오신답니다."

"의장님, 인터넷 신문 최 기자 2시에 인터뷰 취재 온답니다." 그럴 줄 알고 어제저녁 어떤 이야기 할까 준비해놓았다. 1863년 11월 19일, 게티즈버그 전투의 격전지였던 펜실베이니아주 게티즈버그에서 열린 국립묘지 봉헌식에서 에이브러햄 링컨 미국 대통령이 연설한 내용을 잘 짜깁기하여 '시민의, 시민에 의한, 우리 시민을 위하여 목숨 바칠 각오로 일하겠습니다.'

인터뷰 취재 중 사진도 찍고 최 기자 자리에서 일어선다. 의원 초딩 때 기억도 있고 해서 최 기자에게 봉투를 건넨다. "의장님, 안 그러셔도 되는데요." "최 기자, 내가 주는 것은 괜찮아. 그리고 사진은 말이야, 책상에 앉아 턱을 괴고 있는 것 사용해줘. 난 키가 작아서서 있는 것은 짜리몽땅해서 보기 싫단 말이야."

빨리 기사가 나왔으면 좋겠는데 스마트폰을 들고 사무실을 어슬렁거려본다. 내일은 현충일이라 비서가 내일 스케줄을 알려준다. 연설문은 김 비서가 준비한다고 한다.

행사가 아침 10시라 집에서 바로 현충원에 간다. 벌써 사람들이 많이 와 있다. 자리는 시장 옆 자리다. 앞 좌석엔 시 의원 삐까리들이 자리를 차지했고, 막상 관계되는 국가 유공자 유족들은 뒤 좌석에 앉든지, 자리 없는 사람은 그냥 기다린다.

내 차례가 되었다. 김 비서가 연설문 A4를 건넨다. 한참을 잘 읽어가다가 바람이 불어서 그걸 따라가 잡느라 애를 먹었는데, 사람들이 속으로 많이 웃었을 것 같아 신경이 쓰인다.

점심을 위해 식당에 간다. 조금 늦게 도착했는데 벌써 사람들이 내가 오길 기다리며 시장 옆자리를 비워놓았다. 그때 비서가 귓속말로 "의장님, 2시에 행사 있습니다."

그날 오후, 행사장에 도착한다. 시민들이 타고 온 차도 많아 행사 요원들이 차량 출입을 통제하지만 내 의장 차는 무대 바로 밑에 도착한다. 여러 사람들이 누군가 궁금해서 쳐다본다. 앞 좌석의 김 비서가 재빨리 내려 뒷문을 열어준다. 여러 사람이 쳐다보는 가운데 차에서 내린다. 이것을 요새 말로 하차감(下車感)이라고 하는구나.

의회에도 아파트에도 화분이 천지 삐갈이라. 아파트 302호, 501호 집에도 가져가라고 했다. 설거지를 하고 있는 마눌님은 괜히 기분이 좋다.

한편 마눌님은 이제 의장 부인 됐으니 시장 가서 콩나물 값도 깎지 말고, 목욕탕 때밀이 아줌마나 미장원 원장은 열심히 운동 했으니 팁도 줘야지. 그때 학교 갔다 오는 큰딸 "엄마, 엄마 우리 아빠 의장 되었다면서요? 학교 선생님이 나한테 대하는 태도가 달라졌어요."

지금도 그 의장님은 누구를 만나도 어제도 오늘도 내일도 평생을 여기저기 다니면서 "내 의장 때 말이야", "내가 의장 할 땐 말이야" 하며 무용담을 한다. 듣기 좋은 꽃노래도 한두 번이라고 하는데….

벌써 선거 때가 가까이 오고 있다. 와, 시의원도 이렇게 좋은데 국회의원은 얼마나 좋으랴. 좋아, 이번에도 운동화 끈 단디 매고 해보는 거야.

그 의장님은 마르고 닳도록 의장을 하셨는지, 그 후의 이야기는 모르겠다.

- 浩然의 妄想 -

때는 1960년,
나라 전체가 진동하는 데모가 발발한다

3·15 대통령과 부통령을 뽑는 선거에서 부정선거로 인하여 전국적
으로 번진 대규모 시위였다. 자유당의 이승만 정권은 이기붕을 부
통령으로 당선시키기 위하여 4할의 사전투표와 투표함을 바꿔치기
했다는 내용이다.

그런 제1공화국을 지나는 정치적인 길목에서 고등학교를 휴학하
고 한 달 정도 있다가 4·19를 맞았다.

시작은 1960년 4월 11일, 마산상업고등학교 김주열 학생이 최루탄
탄피를 얼굴에 맞은 채 마산 밤바다에 떠 있는 시체가 발견된 것이
부산일보 전면에 보도되면서 데모의 불길은 가마솥에 기름을 붓는
꼴이 되었다.

마산에서 학생들이 시작한 데모는 삽시간에 전국적으로 번져나갔
다. 학생뿐 아니라 직장인, 주부 모두 함께 하는 데모였다. 어린 나
이지만 형들을 따라다니며 함께했다. 최루탄과 총 소리도 들렸지만
군중들과 함께한 행진은 두렵지 않고, 우리는 그것을 4·19 의거, 4
월 혁명 등으로 부른다.

그해 4월 26일 이승만 대통령은 하야를 발표하고 프란체스카 여사와 함께 이화장을 떠나 다시 돌아올 수 없는 조국을 뒤로 한 채 하와이로 망명하여 그곳에서 생을 마감하였다.

1965년 그때 나이 향년 90세로 생을 마감하셨고, 국립현충원(國立顯忠院) 대통령 묘소에 안장되었다. 이기붕은 권총으로 일가족 모두가 자살하였고, 최인규 내무부장관이 있었는데 이승만에게 "지당하신 말씀이십니다"라고 아첨하는 것밖에 없어 세간에서는 지당장관(至當長官)이라 불렸다. 그 후 결국 5·16 군사 혁명재판으로 1961년 12월 21일 곽영주 및 임화수와 같이 교수형에 처해진다.

이듬해 일어난 5·16은 1961년 5월 16일에 박정희 소장을 비롯한 대한민국 육군 장교들이 일으킨 정변이다. 제2공화국은 출범 9개월 만에 무너졌고, 박정희를 수반으로 하는 국가 재건 최고회의가 등장한다.

당시 국군에는 이승만 정권 때부터 군의 부정부패와 비리, 승진가도 등에 불만을 품고 4·19 혁명 이후 정군 운동을 벌여 미국과 충돌했던 일본군의 장교 세력들이 있었다.

육군 소장 박정희와 1961년 2월 강제 예편당한 김종필을 비롯하여 육군사관학교 8기생을 중심으로 한 장교들은 이로 인해 1961년 5월 말 강제 예편이 예정되었고, 이에 비밀리에 쿠데타를 기획하게 된다.

정변 세력들은 예비사단 병력과 포병단, 해병대와 육군 제1공수특전단 등을 동원하여 1961년 5월 16일 새벽 서울을 비롯해 대구시, 부산시 등의 방송국 등 주요 시설을 무력으로 점거하였다. 주한미군과 주한미국대사관의 공식적인 반대 성명에도 불구하고 대한민국 육군참모총장 장도영과 통수권자 대통령 윤보선을 회유함으로써 국무총리 장면을 사퇴시키고, 봉기 60여 시간 만에 제2공화국을 무너뜨려 행정부, 국회, 대법원의 역할을 포함한 대한민국의 전권을 군사혁명위원회로 가져온다. 우리는 그것을 5·16 군사정변, 5·16 군사 쿠데타, 5·16 혁명 등으로 부른다.

학교는 휴교하였고, 군복을 입은 군인들은 거리 곳곳에서 순찰하고 저녁에는 통행금지(통금)가 있어서 우리 동네 산바산 위에 있는 사이렌이 내는 "오오옹" 하는 공포스러운 소리를 들으면서 잠들곤 하였다.

당시 공무원의 월급이 300환(화폐 개혁 전)이었다. 지금 경찰 공무원 20년 차 20호봉이 380만 원 정도 되니 그 시대의 삶을 가늠해볼 만하다. 직장인들은 월말이면 봉급 봉투를 직접 받았고, 지금같이 맞벌이 부부가 없다 보니 생활도 어려웠는데 그래도 밥 먹고 자식 학교 보내고 살림살이 꾸려나간 게 신기할 따름이다.

지금 봉급은 연봉으로 계산하여 온라인으로 주지만 당시엔 얄팍한 노란 월급봉투에 현금으로 줬다. 남자들은 술 먹고 하자니 자연스레 마누라 몰래 뼹땅을 하였고, 소위 대폿집이라는 단골 식당 벽에는 외상 장부같이 숫자가 그려져 있었고 주모들의 인심도 좋아서 상부상조(相扶相助)하며 살아왔다.

여기서, 이승만에 대하여
잠시나마 알고 가야 한다

이승만은 대한민국 1, 2, 3대 대통령을 역임하였는데, 한마디로 '이승만이 없는 자유 대한민국은 태어나지도 못했다'라고 할 수 있다.

대부분 사람들이 우리 건국의 아버지 이승만에 대하여 몰라도 너무 모르고 있다. 그냥 부패한 독재자, 미국의 앞잡이, 친일파로만 비난하는 사람이 많다. 특히 고종으로부터 사형선고를 받았다는 사실을 국민의 90%는 모르고 있는 것 같다.

한성 감옥에서 5년 6개월, 혹독하고 지독한 맹추위 속 독방의 형틀에서 죽었다고, 아버지께 시체 찾아가라고 했을 만큼 모진 고문 속에서 살아남아 미국 선교사들에 의해 미국 유학을 가게 된다.

선교사들은 그가 신학을 공부하여 목사가 되기를 바랐는데 조지 워싱턴대학, 하버드대학원 석사, 프린스턴대학원 박사 학위를 짧은 기간에 모두 마쳤을 정도로 뛰어난 능력을 알아본 것이리라. 이승만은 전제군주제에 대항한 근대화 혁명, 일본제국주의에 저항한 민족주의 혁명, 공산주의에 맞선 자유주의 혁명 등 세 번의 혁명을 일으켜 이 땅에 온전한 자유 민주주의 국가를 세운 입지전적인 혁명

가라고 말할 수 있다.

특히 1948년 실시한 토지개혁으로 공산주의로부터 이 땅을 지켜 낸 것은 가히 하늘의 축복이고 신의 한 수라 할 수 있다. 토지개혁으로 개인이 자신의 땅을 소유할 수 있었기 때문에 북한군이 예상하지 못했던 부분, 즉 국민들은 내 땅을 지키기 위해 북한군에게 필사적으로 저항하고 공산주의 이념에 넘어가지 않는 일들이 벌어졌던 것이다. 어쨌든 토지개혁을 통해 남한의 공산화를 저지할 수 있었던 게 바로 이런 이유 중에 가장 큰 핵심이었다.

이승만 시대에 등장한 인물들 중 특히 김구, 안창호, 김좌진, 박용민, 김성수 등 굵직한 우리 애국자들이 등장하지만 그중 미군정 시대의 박헌영은 정판사 위폐 사건을 주도해 하마터면 공산주의에 나라를 통째로 넘겨줄 수도 있게 한 인물이었다.

아무튼 태평양전쟁(제2차 세계대전)에서 일본이 패하면서 1945년 8월 15일 항복을 발표하자 한반도의 북위 38°선 이남은 승전국인 미국의 군정하에 놓였고, 이때부터 1948년 8월 15일 대한민국 정부가 수립되기까지 3년간의 해방공간은 총체적 혼란에 빠져 있었던 시기였다.

아이젠하워 대통령이 백악관을 방문한 이승만 대통령에게 "한일국교 수립이 필요하다"라고 했다. 이 대통령은 "내가 살아 있는 한 일본과는 상종하지 않겠다"라고 했다. 아이젠하워가 화를 내면서 자리에서 일어섰다. 그의 등을 향해 이 대통령은 소리쳤다. "저런 고 얀 사람이 있나!" 이런 한국 대통령은 영원히 없을 것이다.

한국을 아는 일본인들은 과거사는 묻어두고 문제 삼지 않은 채, 일본 대중문화 개방과 어업 협정 등 일본에 득이 되는 정책을 많이 펼쳤다. 일본에서 좌우를 막론하고 싫어하는 한국 대통령은 이승만 이다. 이승만은 일본에 이익을 주는 미국의 모든 정책을 거부하면 서 자기 영토(독도)를 지켜온 유일한 대통령이다. 이런 일본 사람들 에게 "이승만 대통령이 한국에서 친일파 소리를 듣는다"라고 하면 뭐라고 할까.

참고: 이승만 이야기를 쓰고 있는 지금 제 자신이 너무 흥분되고 재미있어 이야기를 밤새 해도 며칠 밤을 새워야 하고 책으로도 몇 권 분량이 될 것 같으니, 이승만에 관한 자료나 우리의 전근대사를 통하여 조국의 탄생과 위대한 이승만을 바로 알기 위하여 책을 구 입해 꼭 읽어보시고 자녀들께 필독을 권하기를 간곡하게 부탁드립 니다.

내 마눌의 나들이 전편(前篇)

"여보, 여기 좀 보세요." "알았어! 그냥 갔다 와." "여기 와서 한 번만 들어보세요." 또 냉장고 문을 열고 교육시킨다. 며칠 행차하시면 그러려니 듣는 체해야 한다.

"이건 김치, 이건 두부찌개, 그리고 반찬마다 이름을 적어놓았으니 제발 찾아서 잡수세요. 렌지에는 3분 돌리시고, 냉동실에는 생선 있어요. 전자렌지에 구워 먹으면 돼요. 국은 그냥 두면 쉬니까 꼭 끓여 놓으시고. 다녀와서 냉장고 열어보고 또 그대로 있으면 속상해요."

마눌이 어디 다녀올 때마다 똑같이 되풀이하는 지시 사항인데, 나는 냉장고 문 여는 것 자체가 골치 아프다. 솔직히 나는 참기름과 들기름을 절대 구별 못 한다. 특히 냉동실의 얼음 뭉치들은 뭐가 뭔지. 여자들은 보물찾기 선수 같다.

"참, 그리고 빨래는 통에 있어요. 세탁기 좀 돌리세요. 며칠 그냥 두면 냄새나요. 알겠지요?" "알았으니 잘 다녀와. 올 때 전화해. 마중 나갈게."

내 마눌의 나들이 후편(後篇)

오늘은 그녀가 옵니다. 아니, 그분께서 오십니다. 날씨는 쾌청한 주말 아침입니다.

세탁기도 돌립니다. 그것도 색깔 있는 것, 없는 것 구별하여 두 번에 걸쳐서 진행 중입니다. 그냥 감으로 울, 란제리 표준 모드가 좋을 것 같아 그렇게 합니다. 빨랫줄에 널 땐 옷을 툭툭 털어서 말립니다. 이불도 햇볕에 말리고, 방도 거실도 사흘 만에 처음 걸레질하여 먼지 하나 없게 하였습니다.

아침도 1식 3찬으로 챙겨 먹고 싱크대 설거지도 반짝반짝하게 하였습니다. 세탁할 동안 앞산에 다녀올 겁니다. 오면서 꽃집에 들러 식탁 화병에 꽃을 선물로 장식할 겁니다. 마음 같아서는 태극기도 게양하고 애국가도 불러주고 싶습니다. 이래저래 점검해도 모든 건 잘된 것 같고, 샤워하고 한잔하는 커피 맛이 죽입니다.

드디어 보무도 당당하게 그녀가 대문을 들어서는 순간 파란 하늘 장독대 위에 널려 있는 수건이랑 옷가지들이 바람에 흔들리는 모습이 마치 선녀가 춤추는 듯합니다. 먼저 부엌에 가는가 했는데 냉장고 문부터 열어봅니다.

"여보, 하나도 안 먹었네? 내가 그렇게 이야기했는데 하여튼 당신은 못 말려." "그러니 내가 해놓지 말고 다녀오라 했잖아. 당신은 그렇게 이야기하지만 난 냉장고만 열면 어지러워. 제발 냉장고 숨 좀 쉬게 1/2만 채워주시고, 용기 비싸더라도 Lock & Lock 정품 쓰세요. 짝퉁은 열기도 힘들고 보관도 안전하지 않아요."

잠시 후에, 마눌은 옷을 갈아입고 외출하려는지 대문을 나가려고 한다.

"여보, 어디 가?"

"응, 시장에요."

아휴… 어떡해, 지금도 냉장고는 가득 찼는데…. 언제 또 미역국 끓여 냉장고에 넣어놓고, "여보? 며칠간 갔다 올게" 할까 걱정되는 오후입니다.

- 浩然은 愛妻家 -

이야기 중 잠시 옆으로 갔는데
다시 시작해본다

5·16을 지나면서 국민들의 삶의 질은 조금씩 나아지기 시작한다. 그렇지만 당시 국민 소득이라야 필리핀 $254, 북한은 $137, 우리는 북한보다 못한 $84였다. 일하고 싶어도, 취직을 하고 싶어도, 산업도 취약하고 일할 곳도 마땅히 없었다.

땔감을 위하여 나무를 전부 베다 보니 산마다 민둥산을 벗어날 수 없었고, 하루 먹고 하루 굶고 하는 국민들이 많았다. 앞날이 암울해 보였지만 박정희 군사정부는 우선 산림녹화 정책을 시작으로 경제개발 5개년 계획을 발표하여 마을 안길과 지붕을 개량하는 새마을 운동을 시작하였다.

"새벽종이 울렸네, 새아침이 밝았네" 음악에 맞춰 우리는 눈을 뜨고 일어났다. 오늘의 대한민국이 있기까지 영웅들이 계셨다. 정치적으로는 이승만 대통령과 박정희 대통령 두 분이고, 국가의 경제를 부흥시킨 건 500원 동전의 거북선을 보이며 영국의 영란은행으로부터 조선소 자금을 마련한 현대의 정주영 회장과 일본에 상주하다시피 하면서 각종 기술을 전수받아 온 삼성의 이병철 회장, 뚝심의 포철 박태준 회장이란 굵직한 지도자들이 중심이 되었다.

박정희의 고속도로 건설은
'신의 한 수'라고 할 수 있다

1963~1980년 실업 문제 해소와 외화 획득을 위하여 7,900명의 파독 광부를 파견한다. 1964년 5월 9일 미국 정부의 파병 요청에 따라 1964년 9월 11일에 베트남 전쟁 참전 파병도 시작한다.

대일 청구권 자금을 받아 포철을 세우고 월남 파병으로 목숨과 바꾼 피와 땀이 서려 있는 돈으로 고속도로도 만들고, 박정희는 파독 광부와 간호원을 만나러 갈 때 타고 갈 비행기가 없어 비행기를 빌려 타고는 이 나라 저 나라를 돌아 독일 광부들과 간호사들을 만나 얼싸안고 통곡하며 울었다. 고국에 따라 오겠다는 사람들을 두고 돌아올 때의 심정은 어땠을까?

당시 야당 지도자라고 하는 김영삼과 김대중은 고속도로 공사 현장에 배를 깔고 도로에 누워 반대 데모를 했다. 만약 그때 시기를 놓치고 포기했다면 어떻게 각종 산업이 발전했을까. 고속도로가 생겨 현대의 자동차 산업이나 기타 모든 물류가 원활하여 급속도로 산업이 발전한 계기와 원동력이 되었고, 이 또한 그의 이야기를 여기서 다 풀어 쓸 수 없다. 박정희를 독재자라고 하지만 박정희 같은 영도력이 없는 분 같았으면 어림 반 푼어치도 없지 않았겠는가?

지난 열일곱 분의 대통령과 현 대통령 모두를 합쳐도 이룩하지 못했을 거다. 역사엔 가설이 없다고 하지만 만약에 이분들이 안 계셨으면 어떻게 되었을까? 어림 반 푼어치도 없을 거라 확신한다.

박정희 재임 기간엔 어렵고 힘든 일도 많았다. 1968년 1월 21일에 북한 124부대 소속 무장군인 31명이 청와대를 기습하여 대통령 박정희를 암살하려다 미수에 그친 사건이 있었다. 당시 유일하게 생포되었던 김신조의 이름을 따서 김신조 사건이라고도 한다.

이들은 청와대에서 500미터 떨어진 곳까지 접근했다가 경찰에 발각되어 총격전 끝에 생포된 김신조를 제외하고 대부분의 북한 특수부대원이 사살됐다.

이틀 후인 1월 23일에는 미국 군함 푸에블로호(승무원 83명)가 동해에서 첩보 활동을 하다 북한에 나포되기도 하고, 1974년 8월 15일 광복절엔 문세광이라는 제일교포 흉탄에 영부인 육영수 여사를 잃으시고, 또 1976에는 판문점 도끼 만행 사건이 있었다. 이런 크고 작은 일로 인하여 상심도 크셨다. 그 후 1979년 10월 26일에는 궁정동에서 부하 김재규로부터 흉탄을 맞고 비명을 달리하셨다.

그런저런 세월이 흘러
고등학교에 가다

고등학교는 서울로 유학을 가기 위해 Y고등학교에 입학했지만, 공무원이던 외삼촌이 지방 전근을 가시는 관계로 포기하고 다시 고향으로 내려왔다.

우리 학교는 중학교와 고등학교가 같은 건물과 같은 교정이라 낯설지 않았고, 동기들 대부분이 같은 중학교 출신들이다 보니 서로가 서로를 잘 아는 사이라 중학교의 연장 생활 같아 낯설지 않았다.

학교는 전통도 있고 지역에서는 알아주는 명문 학교라고 해서 여학생들 사이에는 꽤 인기도 있었다. 음악이 좋아 악대부에 들어가려고 했는데, 집에서 딴따라 된다고 말려서 못 갔다. 지금 생각하면 많이 아쉽다.

선배들 중에는 '다이나마이트'라는, 논다면 노는 선배 클럽이 있었다. 우리 몇몇에게 들어오라고 했지만, 그 선배들은 술도 먹고 담배도 피우는 불량 서클이라 우리는 들어가지 않았다. 선배들의 회유와 유혹이 있었지만 우리끼리 비밀로 만나 거창한 이름의 '라이온스 클럽'이란 걸 결성했다.

회원 자격은 확실한 기억은 없지만 키는 165㎝ 이상이었던 것 같고 100% 찬성 등 아주 까다로운 절차가 필요했던 것 같았다. 나름 그 학년 또래에 비하면 덩치도 있고 유도나 철봉을 잘하는 친구도 있었다. 우리 클럽 친구들은 키도 크고 덩치도 있어 감히 아무도 근접하지 못했다.

등하교 시에는 규율반을 한다고 교문에서 하급생들 명찰 불량이나 머리 긴 놈들 잡아 혼내주고, 방과 후면 모여서 어슬렁거리고 다녔지만 누구 하나 시비 거는 사람이 없었다. 사춘기라 몸도 근질근질하고 공연히 지나가는 학생들에게 시비도 걸고 했다. 시험 때면 컨닝은 당연히 했다.

작은 애들이 대부분 공부를 잘했다. 작은 애들은 앞에 앉기 때문에 컨닝 페이퍼는 뒤에서 오기보다 앞에서 오는 것이 안전하고 편리하다. 시간은 다 되어가는데 앞에 놈이 꾸물거리고 있으면 덩어리가 불난다. 앞에서부터 컨닝 페이퍼가 돌아와야 하는데 가끔은 배달 사고도 났다. 뒤로 오는 동안 앞의 놈이 오랜 시간 가지고 있거나 선생님께 발각되는 경우다.

어느 정도 기본 공부는 하고 와야 하는데, 어떤 놈들은 맹탕 페이퍼만 의지하다 보니 4지 선다형에서 번호 순서가 바뀌어 20점 맞는 친구도 있었다. 그래도 시험 끝나면 꼭 후기를 나눈다. 꼭 무용담을 이야기하는 것 같다.

공부 잘하는 작은 친구가 컨닝 협조를 잘해주면 우리는 학교를 나와서 짜장면도 사주었다. 그때는 탕수육도 시킨다. 시험 감독 선생님은 대부분 창문을 내다보시거나 신문만 뚫어지게 보시고 알면서도 눈감아주셨다. 여학생들은 치마 밑에 페이퍼를 숨겨서 한다는데, 남학생들은 주로 손바닥이나 손목에 장전하곤 했다.

그래도 우리는 농땡이 소리만큼은 듣지 않았다. 전문 농땡이들은 연애를 잘한다. 연애 잘하는 친구들은 또래 여학생들과 청춘 사업도 벌였다. 도시락은 3교시 후에 다 까먹었으니 배는 출출하고, 운동장 철조망 넘어 허름한 양철 지붕 토담 한옥집에 5원인가 하는 젠자이에 호떡을 잘하는 '빼상'이라는 사장님 집에 간다. 설탕이 귀했던 당시에는 가루 속에 있는 설탕이 연탄불에 녹은 쨈은 꿀맛이었다.

더구나 당시는 먹는 게 부실하고 활동량이 많은데다가 수업을 빼먹고 눈 피해 숨어서 먹는 것이라 더욱 맛있었다. 성장기에 인생을 같이하는 친구들과 먹는 것이라 훨씬 정감이 간다. 어떤 놈들은 빵을 먹고 토끼고, 우리는 자전거나 그 당시 콘사이스를 잡히고 빵이나 젠자이를 먹었다. 그렇다 보니 일상 수업 시간에는 사부링이 많았다.

그때 호랑이 선생님께 귀때기를 붙잡혀서 주범은 칠판 앞쪽에, 그냥 참가자들은 교실 뒤쪽에 손들고 무릎 꿇고 있었는데 그 당시에 그런 일들은 일상 행사처럼 반복되었고 겨울에는 학교 뒷산에서 전교생 토끼몰이도 하였고 전교 마라톤 대회도 했는데 상의를 벗고 시내를 한 바퀴 돌고 왔다.

그때 친구들이 생각나 글을 하나 적어본다.

"빼상을 아십니까?"

그 옛날 학교 정문 앞 젠자이 가게 자그마한 빼상 사장님 있잖아. 어떻게 빼상이라는 별명으로 불리게 되었는지는 모른다. 아마 자그마한 체구에 빼빼 말랐다고 한 것 같다.

빼상 토담집 쪽문 사이로 드나들며 추운 겨울 따뜻한 젠자이 한 그릇에 누르스름한 빵 한 조각 넣고 후후 불며 먹던 젠자이… 생각만 해도 입안에 침이 고인다.

수업 시간에 토껴서 먹다가 조종욱 선생님께 잡혀 혼나던 그때 추억이 깃든 빼상집 말이야. 어느덧 그리운 시절도 헤아려 보니 벌써 57년이 흘러버렸구나.

지금 젠자이 가게가 사라진 그 자리는 빌딩으로 변하고 빼상과 은사님들은 어디에 계시는지?

그땐 왜 그리도 추웠는지, 가메실 올라갈 때 북풍한설 손발이 얼어 터지고 코에서는 누런 콧물이, 눈에서는 눈물이 나와도 용감하게 달려갔던 우리들. 봄이 되면 백일홍 핀 송정 우물가에서 미래의 꿈을 나누던 친구들이 보고 싶다.

지금 생각나는 그 이름. 곰내기의 손농띠, 모강의 판덕이, 영등포 모가지, 소주를 나발 불던 진우, 조폭도 아니면서 강남을 내 집처럼 주름잡던 효일이, 멋쟁이 상용이, 코부레끼 뼈다리, 고스톱을 평생 칠 것 같이 좋아했던 성우. 뭐가 바쁘셨는지 그렇게 일찍들 가셨구나.

오늘도 잿빛 하늘을 쳐다보며 그리운 추억을 생각해본다.

마트에서의 첫 경험

난생 처음 카트를 만져본다. "거기 동전 넣으세요." 버벅거리며 "어디요?" "100원 동전 넣고 하세요." 카트를 꺼내려니 도무지 나오지 않는다.

바지 주머니 뒤적인다. 동전이 없다. 뒤에 계신 아주머니, "이걸로 하세요." 아주머니 덕에 카트를 꺼냈다. 집 나올 때 "여보, 마트에서 담금주도 하나 사오세요." 줄 올리고 내리고 했다.

난, 제일 가기 싫은 곳이 마트와 백화점이다. 우리 식구는 내가 옷을 사기 싫어하니 내 입던 바지를 들고 가서 옷을 사 온다. 마트도 마찬가지다. 가끔 따라가서 카트 뒤를 따라만 다녔지, 오늘같이 카트를 혼자 꺼내본 건 태어나서 처음이다.

우리 집엔 아직까지 정수기가 없다. 여태 수돗물을 끓여 먹었는데 여름도 되고 간 김에 생수 3묶음, 담금주 3병을 샀다. 카트가 가득 찼다. 78,000원 계산하고 카트 반납하러 갔다.

그런데 이번엔 카트를 넣고 100원을 찾아야 한다. 동그란 것을 꽂으면 될 것 같은데 도무지 앞에 꽂으려니 짧아서 안 되고, 이리저리 머리를 굴리다가 뒤에 있는 카트의 연결 부분에 꽂으니 반갑게도 100원을 찾아 집으로 왔다.

난, 오늘 대단한 일을 했다. 뿌듯하다. 아마 우리 친구 중 이런 것 한 번도 안 해본 놈들이 많을 것 같아서 그냥 속으로 웃어본다.

2학년 들어
공부는 해야겠고

영어, 수학 선생님 댁을 방문하여 과외를 받았다. 노는 데 집중하다 보니 진도가 많이 뒤처졌지만 선생님께서 지도를 잘해주셔서 그런대로 성적은 중상(中上) 정도를 유지할 수 있었다.

중, 고등학교 6년 동안 아버지가 사주신 자전거로 사고 없이 고등학교를 졸업할 때가 되었다. 4·19, 5·16이 지나던 때라 도시는 어수선했지만 상가들은 서서히 자리를 잡아가는 듯했다.

감호시장에는 어물전이 발달해 여기저기 상인들이 찾아와 전국의 5대 시장으로 우뚝 서고, 중앙시장 역시 포목과 의류 시장으로 장날이면 발을 붙일 수 없을 정도로 붐볐다. 교통편이라야 서울 가는 기차는 새벽 기차와 저녁 도착하는 정도가 전부였다.

지금 KTX로 가면 1시간 20분 걸리는 거리를 비둘기라는 칙칙폭폭 화차(火車)를 타고 6시간 이상 걸렸다. 기차는 정거장마다 섰다. 기관차에 물도 넣고 속도도 빠르지 않아 장난으로 올라타고 내리고 했다. 그래도 교통수단은 그것밖에 없었다.

1967년까지 객차들은 통일된 이름 없이 노선에 따라 통일호, 풍년호, 증산호, 협동호, 부흥호, 갈매기호 등으로 불렸다. 그러다 보니 교통의 중심이라 경북선 점촌, 문경이나 거창, 함양, 진주 방면에서 서울로 가려는 사람들은 여기서 하룻밤을 쉬고 새벽 기차를 타야 된다. 역전에는 가방을 든 아주머니나 험상궂게 생긴 청년들의 호객 행위가 있었다.

우리는 그 사람을 히끼라고 불렀다. 손님 하나 가지고 서로 자기 집에 끌고 가려다 보니 맨날 싸움판이다. 손님들은 여인숙으로 데려가는데 여인숙 앞에 가면 빨간 입술을 진하게 바른 예쁜 아가씨들이 웃음으로 반긴다.

어리석은 시골 호구들은 돈도 많이 빼앗겼고, 쓰리꾼도 정말 많았다. 이 친구들은 험악하고 불량자라도 우리 클럽 친구들에게는 손을 벌리지 않은 걸 보면 그 당시 어떤 클럽이었는지 짐작이 갈 것이다.

이제 대학에 가야 하니 아무래도 공부 쪽으로 시간을 많이 가졌지만 밤이 되면 창가에서 휘파람을 불며 유혹하는 소리에 가끔씩은 호출당했다.

그 시기에 우리 집에도 외할아버지께서는 돌아가시고 이모님은 결혼해 떠나시고 외할머니와 우리 가족이 함께 살았다.

당시 유행하던 외국 영화는 '벤허'였다. 감독은 윌리엄 와일러, 배우는 찰턴 헤스턴이 출연했다. 그때 70㎜ 시네마스코프라는, 가로로 넓게 벌어진 대형 스크린에 돌비 시스템이 처음 적용된 웅장한 사운드와 마차가 달릴 때 찢어지는 소리, '욕망이라는 이름의 전차', '사운드 오브 뮤직', '닥터 지바고' 등에서 비비안 리의 연기가 지금도 눈에 선하다.

비비안 리는 그 후 남편 올리비에와 1960년에 이혼했고, 가끔 무대에 오르다 1967년 결핵으로 죽었다. 향년 53세. 우리는 학교에서 단체 관람을 하게 된다. 영화가 너무 멋지고 재미있어 밤에도 한 번 더 보았다.

대표되는 서부 활극으로는 클린트 이스트우드 주연 '황야의 무법자', '하이눈' 러시아 태생의 강렬한 이미지의 율 브린너, '리오 브라보'에서 항상 시가 물고 있는 멋쟁이 신사 존 웨인이 총을 쏘고 나서 총구에 바람을 한번 불고 집어넣는 폼을 잊을 수 없다. 뭐라고 해도 '오케이 목장의 결투'는 몇 번씩 재미있게 보았고, 지금도 보고 싶다. 서부 활극을 좋아해 극장에 부모님 몰래 다녀오기도 했다.

명화라고 하는 영화 중에는 '러브 스토리', '티파니에서 아침을', '로마의 휴일', '파리의 연인', '전쟁과 평화', '하오의 연정' 등에 출연한 오드리 헵번, 그레고리 펙 등 다수가 있었다. 오드리 헵번은 영화계 은퇴 이후 유니세프 대사로서 인권 운동과 자선 사업 활동에 참가하고 제3 세계 오지 마을에 가서 아이들을 도와주고 인생을 의미 있게 보냈다.

코미디로는 '웃으면 복이 와요'에서 구봉서, 곽규석, 송해, 서영춘 등이 활약했고 배삼룡, 이주일, 전유성, 임하룡, 서세원, 이경규, 김형곤, 이용식 등이 서민들의 밤 시간을 즐겁게 해주었다.

연속극으로는 MBC에서 1980~2002년까지 1088회 방영한 '전원일기'의 최불암, 김혜자, 고두심 등이 브라운관을 뜨겁게 달구었다. 당시 길거리엔 사람 통행이 없을 정도로 국민들의 사랑을 받았다.

KBS의 땡칠이 심형래를 탄생시킨 '여로'는 우리를 웃고 즐겁게 만들어주었고, 외국 가수로는 폴 앵카, 엘비스 프레슬리, 닐 세다카, 프랭크 시나트라, 냇 킹 콜 등이 음반계를 주름잡았다.한국 영화에도 신성일, 엄앵란, 김지미, 최무룡 등이 출연하는 다수의 한국 영화가 있었다.

사극으로는 '춘향전', '태조 왕건', '성웅 이순신', '세조대왕', 신상옥 감독의 '궁녀' 등이 있었고, 소설은 박경래의 『토지』, 최인호의 『별들의 고향』을 필두로 『영자의 전성시대』, 김동리의 『바보들의 행진』 등 다수가 줄을 이어 출간되었다.

학창 시절 동고동락(同苦同樂)하던 시대를 지나 사회생활을 하며 또 다른 친구의 경계를 생각해본다. 학교 마치고 결혼하고 서로 떨어져 연락 없이 바쁘게 산 세월 속에서 친구 아닌 사람들을 가까이서 보게 된다. 직업도 다르고 모습도 많이 변해 있다. 하기야 각자 형편과 처지로 인하여 의리만 중요하다고 하기엔 많은 세월이 흘렀다. 살아가는 동안 우리는 많은 사람들을 만나게 된다. 그리고 구분하고 판단한다. 어떤 경치를 보고 보기 좋다, 싫다, 맛을 보고 맛이 있다, 없다, 기분이 좋다, 싫다를 마음속으로 하는 경우도 있고 표현할 때도 있다.

사람 관계도 마찬가지다. 서로가 서로를 평가하기도 하고, 마음속으로 점수를 매기기도 한다. 나 역시 남들로부터 그런 심판을 받을 것이다. 그런데 자기가 생각하는 상대를 남과 같이 있는 자리에서 흉을 보는 것은 비판이 아니고 비난이다.

남자들보다 여자들은 어떡하든 자리에 없는 사람을 씹어야 재미가 있는 것 같다. 여자들은 오랜만에 곗날 나가서 뒷골이 간지러울까봐 화장실도 못 간다는 우스개 이야기도 있다.

한번은 집사람 친구가 우리 집에 왔다. 둘이 무슨 비밀 이야기가 있는지 마누라는 "당신은 방에 좀 들어가 있으세요" 하더니 친구는 소근소근 이야기를 마치고 떠난다.

친구 나간 뒤 내가 "여보, 그 친구 뭣 때문에 왔는데?" 하면 "여보, 여보 이 말 절대 남에게 하면 안 돼" 하면 나는 "당신 귀에 들어왔으면 세상 다 알고 있는 소문이니 마음대로 이야기 해" 하며 웃는다.

세상에서 남 흉보는 재미가 참기름 한 병보다 고소하다는 이야기도 있다. 지금 이 글을 읽고 웃고 계시는 당신 집에도 마찬가지 아니

신가? 사람 사는 집 이야기는 모두 도긴개긴, 오십보백보 쉽게 말하면 이놈 저놈 집구석들 사는 건 거기서 거기라는 말이다.

이야기가 또 다른 방향으로 틀고 있다. 밥 먹고 하라고 해서, 밥 먹고 양치질하면 지금 신나는 이야기가 이어지질 않는다.

한여름의 전쟁

"밤새 괴롭혔으면 됐지, 여기까지 따라와서 도대체 왜 그래?"

"하루 이틀도 아니고 여름내 따라다니며 나한테 애 먹이고 무엇이 부족해? 어제저녁도 그랬잖아. 스토킹 수준도 넘었잖아. 벌써 몇 해째야? 어디다 호소할 데도 없고 경찰에 신고할 일도 아니지만 설령 내가 신고하면 웃으면서 '할아버지가 참으세요'라고 하겠지?"

"그래, 너는 낮엔 방구석에 숨어서 널브러져 자겠지만 나는 그래도 할 일이 있잖아?"

"도대체 네 소속은 어디야?"

"이 아침 공기 좋고 조용한 곳에 올라와서 쉬려고 왔는데 너무한 것 아니야?"

"한번 생각해봐. 내가 너하고 같이 놀아줄 군번이 아닌 건 너도 알잖아? 당장 피를 봐야 알겠니?"

"나야 뭐 너를 당장 없애버릴 수 있지만 너는 생사가 달린 문제 잖아."

그래서….

"참아준다. 하기야 너도 먹고살려고 하는 짓이지만 지금이라도 조용히 나를 떠나다오."

"이제 인내심의 한계를 넘은 것 같구나. 한 번만 더 와서 손등에만 앉아 봐라. 네가 내 피를 빨기 전 한 방에 조질 끼다. 하루살이라고 지금까지 참아왔는데…."

- 모기와의 戰爭 中 -

가뜩이나 독수리라

자꾸 틀리고 생각이 지워져요. 친구 이야기 하나 할게요. 나는 약속을 아주 중요하게 생각하는, 틀림없는 사람입니다. 어느 신문사 후배가 있습니다. "그래, 다음 달 7일에 어디서 만나자"라고 하면 그것이 약속이고 믿음입니다. 우리 둘은 저나 나나 '저놈은 틀림없는 놈'이라는 것이 머리에 꽉 박혀 있기 때문에 서로를 신뢰하고, 별도로 연락 안 해도 일 년 전에 한 약속도 지킵니다.

약속 하나를 정확하게 지키면 모든 것에 믿음이 갑니다. 세상에는 흐리멍텅한 놈들이 많아요. 특히 선약(先約)을 부잣집 밥 먹듯이 뭉개는 놈 말입니다. 나는 자랑 같지만 약속 시간 10분 전에는 꼭 도착합니다. 늦을 듯하면 꼭 연락합니다. 약속은 나 자신과 할 때도 있지만 상대가 있기 때문에 그렇습니다.

약속에 늦는 사람에게 이야기합니다. 당신 회사 회장이 내일 몇 시에 만나자고 연락이 오면 당신 같은 사람은 밤새 잠 못 이루고 새벽에 일어나 목욕재계(沐浴齋戒)하고 이발관 다녀와서 만나자는 장소 앞에서 학수고대(鶴首苦待)하고 계실 겁니다.

표현이 좀 과했나요? 한 가지를 보면 열 가지를 안다고 합니다. 우리는 특히 가족과의 관계를 뭉개버리는 습관적인 실수를 많이 하고 살고 있습니다.

여러분에게 가르치려고 하는 게 아닙니다. 내가 그렇게 하니까 여러분도 같이하자는 이야기입니다. 우리는 촌놈입니다. 서울 친구가 이야기합니다. "야, 너 서울 오면 밥 한번 살게, 연락해. 내 사무실로 와라." 그런데 한양 길이 어디 일이십 리입니까? 헛말인지 몰라도 참 고마운 말씀입니다. 일 년에 한 번도 안 만날 텐데, 나 같으면 어디서 만날까 내가 자네 있는 곳으로 갈게 해야 고향 촌놈에게 배려하는 친구라고 생각합니다.

나는 몇 년 전 우리 친구 단톡방에 공개적으로 공지했습니다. 여러분, 앞으로 고향에 올 때 큰일 아니고 간단한 볼일 있으면 차 가지고 오지 말고 KTX 타고 오면 내가 마중 가서 차 태워 볼일 보는 데 동행하고 식사 한 끼라도 대접할 테니 그렇게 공지하였고 지금까지 3명이 다녀갔습니다. 하고 안 하고는 각자 마음이지만 나이 들어 친구에게 작지만 베푸는 마음이라서 했는데 내가 생각해도 기분이 좋습니다.

친구라는 이름, 정감(情感)이 가는 단어입니다. 보고 싶기도 합니다. 서로 말은 안 하지만 친구끼리도 판단하고 마음에 점수를 매깁니다. 요사이는 식당 가서 나올 때 운동화 끈 매는 놈보다 휴대폰 보면서 꾸물거리고 나오는 놈이 있습니다. 자기는 똑똑한 것 같지만 보는 사람은 알고 있습니다.

동기회 총무를 몇십 년 하면서 모아둔 회비 달랑 해 먹고, 천연스레 낯 들고 다니며 사는 친구, 또 그런 사실을 알면서 모른 척 하는 그 친구에 그 마눌.

부부 교사 30년 했으면 중소기업 2개나 운영한다고 하는데 먼저 야, 짜장면이라도 하게 친구들 한번 모아보라고 하지 못하는 융통성 없는 친구.

30년 이상 된 강남에서 재건축도 못 하고 비도 새고 섀시 문도 덜렁거리는 아파트에 살면서 시세는 30억이니 40억이니 돈 자랑질 하면서 오랜만에 만난 친구 따뜻한 밥 한 끼 못 사고 돈 없어 쩔쩔매는 친구에게 집 줄여서 편하게 살으라고 해도 마누라가 말을 안 듣는다나?

"친구(親舊)는 동기(同期)일 수 있지만, 동기(同期)라고 모두 친구(親舊)라 부를 수는 없다."

대학 생활하러
서울로 출발

당시 기차는 KTX도 없었고 무궁화와 비둘기가 있었다. 객실 창문은 아래위로 여닫게 되어 있었고 창문 밑 재떨이엔 담배꽁초가 항상 가득했고 실내는 담배 연기로 자욱하지만 누구 하나 담배를 피워도 아무도 끄라고 말하지 않았다. 열차 구내를 오가며 판매하는 홍익회 직원이 복잡한 통로를 다니며 판매를 했다. 주로 사이다, 김밥, 삶은 달걀, 소주, 오징어 들을 판매했다.

대전역을 지날 땐 한 2분 정도 정차하는데 잠깐 내려서 먹는 '가끼 우동' 맛이 일미였다. 그 유명한 노래도 있듯이 대전발 0시 20분에 출발하는 기차, 그때 먹는 우동의 맛이 늦은 밤 열차라 특히 좋았다. 대전역 플랫폼에 잠시 내려서 먹다가 열차가 떠나면 그릇째로 가지고 기차 안에서 먹고 가기도 했다.

서울역에 내려 시계탑을 지나면 공중전화 부스가 즐비했다. 군복 입은 군인, 직장을 구하러 시골에서 이제 막 상경한 듯한 여인들, 자식 집에 다니러 온 아주머니들이 줄지어 있고 사람들은 얼마나 담배를 많이 피우는지. 그 시절엔 그래도 예의는 차렸다.

어떤 놈이 앞에 와서는 말할 땐 "죄송하지만 담배 한 대만 빌려주세요." "성냥불 좀 빌려주세요." 꼭 죄송하다는 말은 빼먹지 않고, 두 번 다시 만날 수 없을 것 같은데 내일 당장 갚을 듯이 빌려달라고 한다. 시골 어른들에게 담배 빌려달라다가 야단맞는 놈들도 많았다. 당시 시계가 귀해서 길 가는 사람에게 이번에는 "죄송합니다"가 아닌 "실례지만 몇 십니까?" 담뱃불 빌릴 땐 "죄송합니다", 시간 물을 땐 "실례지만" 하면서 꼭 예의를 갖추고 물었다.

나는 노량진으로 가야 한다. 첫 생활은 아버지의 사촌 형 집에 가야 한다. 나는 아저씨라고 불러야 하는데 그냥 큰아버지, 큰어머니로 불렀다. 아버지와 나는 귀가 얇아서 남의 말을 잘 듣는다.

큰아버지는 아버지께 당시 마포, 정릉 다니는 소형 노선번호 815의 주주가 되라고 했고, 당시 버스 한 대 값이 상당했을 텐데도 그것을 드리고 대신 나를 집에 데리고 있겠다 해서 갔는데 혹시나가 역시나가 되어 6개월 있다가 그 집을 나왔다.

1970년대 하숙비 독방은 15만 원이었고, 한 학기 등록금은 7만 원이었다. 하숙집 주인은 아시아 변리사협회 부회장이셨던 양재관 씨 댁이었고, 사모님은 제주도 출신 부 여사란 분이셨다. 생활을 위하여 하숙을 시작한 게 아니고, 일본식 집이고 집이 크고 적적해서 시작한 일이셨다. 언덕 위에 있어서 전망도 좋았다.

주인 내외분들이 얼마나 좋은 분이셨던지 자기 아들 대하듯이 하셨고, 우리도 두 분께 폐가 되지 않을까 조심하면서 생활했다. 두 딸이 있었는데 동생 정숙이는 우리를 오빠라며 따르고 장난도 많이 했다. 나중엔 내심 아주머니께서 우리들 중 누구라도 정숙이와 연을 맺기를 바라셨는데 그냥 세월이 지나 유야무야되었다.

거기서 지낸 지 2년 정도 지났을 때, 부 회장님께서는 우리에게 변리사 자격시험 볼 걸 권하셨다. 대부분 사람들은 그때 변리사가 어떤 건지 잘 몰랐던 때라 한 귀로 듣고 한 귀로 흘렸는데 지금 보니 참 좋은 직업이라는 생각이 든다. 그때 응시했으면 면접이라도 좀 잘 나오지 않았을까 그냥 추측해본다. 지금 막내 동서가 변리사고 그 딸은 변리사에다가 변호사다.

또 그 집에 일본 교포로 있는 부 여사의 조카는 이름이 고지로(高次郎)로 우리보다 3살 많은 형이었다. 재일교포라 우리나라 말도 서툴고 우리가 이해할 수 없는 성격의 사람이지만 마술, 요술, 운동 등 다방면에 뛰어나서 우리가 그 형을 많이 따랐다.

손재주도 좋았고 아이디어가 좋아 사업을 하기로 했다. 사무실은 종로1가 서울빌딩 708호를 임대했다. 사무실에 엘리베이터를 타고 다니는 기분이 좋았다. 각자 명함을 새기고 관계자들을 만나 설명했더니 좋은 아이디어라고 했다.

당시 유흥업소마다 손님에게 홍보용 선전물을 주는데 아주 적합하단다. 성냥갑 위에 업소를 홍보하여 납품하는 건데, 그때 성냥갑

이란 일반 시중에 있는 것처럼 손으로 켜는 것이 아니라 군인들이 전쟁에서 사용하는, 당겨서 불을 켜는 것으로 간편하고 부피도 납작해 그 위에 인쇄하기도 좋고 보기도 좋았다. 한 번에 당겨서 불이 붙는다고 하여 회사 이름을 원풀(One Full) 산업이라 지었다.

무교동에 있던 극장식 대형 월드컵 식당으로 이주일이 경영하던 초원의 집, 쎄시봉 등 아주 굵직한 곳에서도 주문이 많았고 사업도 잘되어 공장을 수색에 두고 을지로 인쇄소 거리를 왔다 갔다 했다. 문제는 예상치 못한 곳에서 일어났다. 납품은 많이 하는데 수금이 문제였다.

그때 물장사들의 곤조다. 수금이 골치 아팠다. 한 번 두 번씩 미루다 보니 한두 곳도 아니고 사업 자금이 고갈되어 결국에는 문을 닫고 말았다. 우리가 유흥업소의 생리를 너무 몰랐다. 수금은 안 되지, 친구들을 불러 그 업소들에 가서 먹는 것으로 제하는 것도 한두 번이지, 그런 경험을 하게 된다.

老年의 前哨

"어디 있지? 도대체 어디 있는 거야."

"여보, 뭘 찾아요?"

"응, 안경."

"지금 쓰고 있는 것은 뭐예요?"

참, 내가 생각해도 맛이 갔구나. 침대 옆, 부엌, 사무실, 거실, 자동차에 하나씩 있는 돋보기. 그전에는 돋보기 쓰면 어지러웠는데 이제는 아무렇지도 않으니 진짜 고물이 되었네. 처음 돋보기 쓰던 날 아버님 앞에서 몸 둘 바를 몰랐는데.

이렇게 또 하루가 가는구나. 소나기가 지나간 다음이라 시원은 하구나. 이러다 냉장고에 휴대폰을 넣고 찾는 날이 올까 걱정이다.

대학 생활 시작

대학 생활을 시작하자 고등학교 운동장만 보다가 캠퍼스란 이름의 넓은 잔디밭이 좋았고, 학생들은 가방보다 팔에 책을 끼고 다니는 모습도 근사해 보였다. 수강 신청을 하는 것, 학급 교실로 선생님께서 들어오셔서 수업을 하는 게 아니고 강의실을 옮겨 가며 강의를 들으니 정말 대학 생활을 하는 것 같았다.

수업을 기다리다 교수님이 안 오시면 과 대표에게서 연락이 온다. 오늘 교수님 못 나오셔서 휴강을 한다고 하면 우리는 곧장 당구장으로 달려갔다. 저 사람은 도대체 밥만 먹고 당구만 쳤는지, 당구 300정도 되는 사람의 당구 치는 모습은 우리가 보기에 당구의 신같았다. 당시 당구 잘 치는 사람은 꽤나 인기가 많았다.

당시 나의 당구 실력은 70 정도 되었는데, 밥상의 밥그릇과 젓가락이 당구 큐대같이 보이던 때도 있었고, 누워 있으면 천장이 빙글빙글 도는 당구공같이 보이기도 했다. 사람들은 쓰리 쿠션이란 게임으로 내기를 많이 했다.

그때 하숙생이 한 명 더 들어왔다. 해병대 연예인으로 있는, '영등포의 밤'을 부른 가수 오기택이었다. '추풍령'을 부른 남상규는 열흘에 한 번 정도 왔다 갔다 했다. 방송국마다 엽서로 인기투표를 집계하여 등수를 매긴다. 우리 동네는 청파동 S 여대 옆이라 여학생 팬들이 오기택을 보려고 문전성시다. 그때마다 엽서를 받아 우편함에 넣어주곤 하여서 인기투표에 올리기도 했다. 당시 가수들은 매니저 있는 사람이 드물었다.

나는 그와 방송국에 자주 같이 갔던 관계로 방송국을 자유롭게 드나들 수 있었다. 오기택의 '영등포의 밤', '고향무정'은 묵직한 저음으로 국민들로부터 많은 사랑을 받았는데, 몇 년 전 추자도에 낚시를 갔다 떨어져 고생하다 작년에 작고하셨다. 생각하면 많이 보고 싶다.

윤복희가 미국에서 돌아와 김포공항에 내렸다. 깜찍한 단발머리에 초미니스커트를 입고 말이다. 방송에서는 야단이 났다. 당시 미니스커트는 상상도 못할 때였다. 윤복희는 구류를 3일 받았다.

구류를 살았는지는 모르겠지만 유행이 가만히 있었겠나. 1960~1970년대는 정부 주도로 경제성장을 추진하는 과정에서 개인에 대한 각종 규제가 있었다. 그 시기에 미국에서 시작되어 전 세계적으로 번져나간 히피 문화가 팝 음악과 함께 들어오면서, 장발과 미니스커트는 자유의 상징으로 여겨졌고 젊은이들 사이에서 크게 유행하였다.

이에 대해 정부는 장발과 미니스커트를 대표적인 퇴폐 풍조로 규정하고 엄중하게 단속하였다. 경찰은 자를 들고 미니스커트를 입은 여성들을 단속했는데, 단속 기준은 무릎 위 20㎝다. 당시 길거리에서 가끔 볼 수 있었던 풍경 중의 하나는, 가위를 든 경찰과 실랑이를 벌이는 장발 청년의 모습이었다. 미니스커트와 마찬가지로 장발도 단속의 대상이 되었다. 무단 횡단한 사람들은 도로에 칸을 막아 놓고 거기에 가두어놓기도 했다.

경찰은 길거리에서 30㎝ 자를 들고 지나가는 미니스커트의 여성을 불러 세우고 무릎에서부터의 길이를 쟀다. 미니스커트, 노랑머리, 찢어진 청바지, 멀쩡한 공중전화를 옆에 두고 비싼 휴대폰을 쓴다고 젊은이들을 못마땅하게 생각(生覺)하는 분들이 많았다. 우리는 그런 어르신들을 흉보곤 했지만, 지금은 따라 하고 있다.

1970년대에 명동에는 음악다방이 유독 많았다. 일제 강점기에도 다방에서 유성기나 축음기로 음악을 간헐적으로 틀어주곤 했다. 일반 다방은 소위 마담이라 하여 손님이 들어오면 자리를 안내하거나 혼자인 손님에게 말동무를 해주곤 했다. 그때 손님이 "마담도 한잔하시지" 하면 자기는 꼭 쌍화차를 시켰다. 값은 커피보다 배나 비쌌다.

여기에 '레지'가 등장하면서 차는 물론 보리차를 갖다주곤 했는데 음악적인 분위기보다는 만남과 대화의 장이었기에, 음악 팬을 위한 음악 감상실이 따로 등장했다. 그러다가 본격적인 음악다방의 시대가 열린 것은 1960년대 후반, 음악 감상실이 라디오의 위력 앞에 서서히 자취를 감추면서 기존의 다방 형태에다 음악을 앞세운 음악다방이 등장한다. 1965년경으로 처음에는 음악 감상실처럼 DJ가 방송멘트를 하다가 음악만 틀어주는 형식으로 바뀌었는데, 그 발단은 광화문 조선일보사 골목에 있는 초원다방이었고 명동에서는 심지다방이 원조다. 벽에는 LP 레코드판이 빽빽하게 꽂혀 있었고, MUSIC BOX 안에 디스크 자키란 사람이 헤드폰을 쓰고 다양한 사연과 신청곡을 담은 예쁜 엽서들의 사연을 읽어주고 했다.

종로1가에는 '희다방', 통기타 가수들의 노래를 들려주던 '향원'이 있었고, 동숭동 대학로에는 '슈만과 클랄라', '학림다방', '참스다방', '대학다방'이 있었고, 서울역 앞 지금의 남대문 경찰서 자리엔 유명한 '역마차 다방'도 있었다.

팝송, 가요, 칸소네, 샹송, 세미 클래식, 영화음악 등 고객의 다양한 요구를 들어주었다. 이곳을 드나드는 멋쟁이들은 바바리 코트 차림에 영어로 된 타임지나 라이프지를 손에 든 인텔리들이었다.

우리도 여기를 드나들며 분위기를 즐겼다. 유행하던 노래는 대부분 팝송이다. 무슨 뜻인 줄은 확실히 몰라도 멜로디가 좋아 흥얼거리곤 했다. 외국 노래, 특히 미국 노래는 팝송, 한국 노래는 가요 이렇게 불렀다.

케니 로저스, 스피드 왜건, 스티비 원더, 신디 로퍼, 라이오넬 리치, 엘비스 프레슬리, 아하, 마이클 잭슨, 휘트니 휴스턴, 마돈나, 보니 엠 등 기라성 같은 가수들이 쏟아져 나오고 주옥같은 노래들이 가슴을 쿵쾅거려 자주 들락거렸다.

또 대학생 중심의 MBC 강변가요제(江邊歌謠祭)는 문화방송 주최로 매년 7월과 8월 사이에 청평유원지, 남이섬, 춘천시 등지에서 개최되어 홍삼 트리오, 주현미, 김상우, 마음과 마음, 이상은, 이상우 등을 배출하였고 유행하던 대중가요는 송창식의 '고래사냥', 최양숙의 '가을편지', 남진의 '나에게 애인이 있다면', 윤복희의 '이거야 정말' 등이 있었다.

영화로는 '바람과 라이온', '바보들의 행진', '불꽃', '삼포로 가는 길', '영자의 전성시대' 등이 있었고 외국 영화로는 제임스 본드의 '007', '황금 총을 가진 사나이', 안소니 퀸의 '마르세이유 탈출', 알랭 들롱의 '불사리노', 줄리 앤드류스의 '내일을 향해 쏴라' 등등 수많은 대중예술들이 쏟아져 나왔다.

'경성 전차'로도 불리며 70년이나 서민의 발이 되어 서울 거리를 땡땡거리며 달리던 서울 전차의 레일을 걷어낸 시기도 이때였다. 당시 버스 요금은 10원, 택시 기본요금은 60원이었고 1980년대에는 500원이 되었다. 전차는 몇 번 탔는데 그때 요금이 얼마였는지는 기억나지 않는다. 지금은 서울역사박물관에서 구경할 수 있다.

지금은 없어졌지만 당시 공무원이나 교사들은 숙직이 있었고, 이것을 핑계로 외박하는 사람들도 있었다. 그뿐만 아니라 자기 부인들

에게는 친구 어머니, 친구 삼촌이 돌아가셨다는 구실을 대고 친구
와 밤새 술을 먹거나 했다. 어떨 땐 두 번씩 우려먹다가 들통나 부
부 싸움을 하기도 했다.

어떤 친구는 음주를 상습적으로 하며 초상집 상주 완장을 차에
가지고 다녔는데, 단속에 적발됐을 때 친구 문병 다녀온다 하면 단
속하는 경찰에게도 인심 좋게 통하던 때도 있었다.

아, 다시 못 볼
그리운 추억이여

1964년 봄, 대학 2학년. 청파동 교회에 다니며 친구를 만났다. 일요일에 뭐 하나며 자기를 따라 미8군 내 교회 찬양대에 가자고 한다. 일요일 아침 9시경이면 8군의 카키색 버스가 도착한다. 시내를 돌아서 왔기 때문에 많은 사람들이 먼저 타 있다. 대부분 학생들 같았다.

좀 낯설긴 했지만, 찬양대원들은 노래로 금방 친해질 수가 있었다. 나의 파트는 베이스였다. 보통 우리 연습은 오고 가는 버스 안에서 했다. 모두 생짜가 아니고 주로 찬송가라 그렇게 어렵지 않았다. 가끔 다른 부대 공연도 가고, 특별 발표회 공연할 때는 모여서 밤늦도록 연습했다.

공연을 마치고 8군 장교 식당에서 햄버거며 오렌지 등 시내에서 구경 못 한 맛있는 음식도 먹고 크리스마스 때는 많은 선물도 받고 휴일엔 여기저기도 다니고 판문점 방문도 했다.

그땐 일반인들은 판문점 가기가 어려웠다. 신원 조회란 걸 마치고 상당 시간 교육도 받았다. 나는 8군 합창단에서 또래의 군인들과 어울려 이태원에도 가고 휴일이면 등산도 많이 다녔다. 그때 관악산, 북한산 등 서울 이곳저곳을 다니며 서툰 영어를 한 게 영어에 취미를 갖고 외국인과 대화를 할 수 있는 토대가 되지 않았나 생각한다.

합창단 버스를 탈 땐 늦게 타서 그런지 꼭 옆자리엔 한 여학생이 먼저 앉아 있어 자주 같이 가게 되었다. 처음엔 머쓱했지만 같이 연습하다 보니 자연스러워졌다. 그 여학생 집은 대구고 아버지는 의사, 어머니는 대학교수셨다. 지금은 삼촌이 있는 장충동에서 학교를 다닌단다. 집안에 딸은 자기 혼자라고 했다. 그렇게 말을 많이 하거나 소리 내 웃지 않는 조용한 성격의 여학생이었고, 항상 뭔가 깊은 생각에 잠겨 있는 학생 같았다.

우리는 그렇게 만나면 인사하고 연습만 했지 개인적으로 만나서 이야기하거나 따로 만나지는 않았다. 만난 지 1년 정도 되었을 때 우리 합창 단원들은 판문점 방문을 하게 되었다. 음료수 두 개를 준비해 와 차에서 나에게 건넨다. 그렇게 오가며 우리는 서로를 알아가게 된다. 그런데 어느 날 나에게 메모를 남기고 떠났다.

그리고 나에게는 부치지 못한 한 통의 편지가 있다.

이 소리를 그릴 수 있다면
너에게만 보여줄 거야
너의 도화지 같은 깨끗한 마음에 이 소리를 그리고 싶다

생각나지

화진포 밤바다에서 잊어버린 한쪽의 운동화를 찾아달라고 조르던 너

무서울 정도로 휘몰아치던 폭우 속에서도 돌아가지 않겠다고 떼쓰던 너

야간열차로 상경한다며 서울역 시계탑 밑에서 하염없이 기다리게 하던 너

눈물이 날 것 같아 뒤돌아보지 않겠다며 밤 비행기를 타고 김포공항을 떠나던 너

결국은

이렇게 그리움만 남기고 흘러간 세월이 40여 년이 아니냐?

혼자 있을 때면 문득 고요한 그리움이 밀려오는 걸 어떡한단 말이냐?

한여름 시끄러운 매미 소리는 힘든 우리의 추억에 격려가 되고

초가을 처마 밑 귀뚜라미의 소리는 잊혀가는 기억 속의 위로가 되겠지

보거래이

우리의 시작이 언제고 우리의 끝이 언제냐?

아직은, 아직은이라고 강하게 마음속으로 외쳐본다

세모 같은 네모, 네모 같은 세모 소리라고 말하지 마라

정지된 시계 바늘처럼 제자리에 기다리면 언젠간 만날 동그라미일 거야.

지금은

그때 만나던 그 장소는 변하여 찾을 수 없는 도시의 빌딩 숲으로 변해버렸고

대학 졸업식 날 만나자던 봉계산 정상 밑의 뾰쪽바위는 지금도 있는지

만날 약속 장소도 정할 수 없을 정도로 변해버린 골목들과 동네의 낯선 사람들.

언제 돌아올지는 모르지만 꼭 온다고 약속한 그 말은 지금도 굳게 믿고 있어.

아마 그 소리는

빨강이든지

노랑이든지

파랑이든지

그런 건 중요치 않아. 젊은 날의 추억만 기억할 수 있다면 바람이 불어도 비바람이 몰려와도 외치지 않는 고요한 소리만 있다면. 오늘 들리는 이 소리가 내일도 모레도 들려 오겠지

그래

이 소리는 내가 너를 부르는 소리야

영이야 보이지, 너를 부르는 이 소리가….

그 이후의 이야기는 상상에 맡긴다.

2009년 8월 14일 오후

그로부터 두 번 정도 하숙집을 옮겨 다니다가 4학년 1학기를 마치
니 주위 친구들이 입대를 한다. 당시 친구 몇몇은 ROTC 학군단에
들어갔다. 나는 방학에도 훈련을 한다고 해서 지원하지 않았다. 지
금 생각하면 그것도 후회하는 일 중 하나에 들어간다.

군정 시대라 사회 분위기는 경직되어 있었지만, 공장이 들어서고
빌딩들도 여기저기 들어서 서울의 모습이 바뀌어가고 있었다. 당시
서울시 중구 주자동에 위치한 남산 1호 터널과 성동구 마장동을 잇
는 총연장 5.8㎞의 고가도로가 운영을 시작한 때가 이때다. 청계천
에 콘크리트 기둥을 세우고 그 위로 자동차를 다니게 하는 도로였
다. 그 후 2003년에 폐쇄되었다.

청계천 일대에 세운상가가 들어왔다. 차례로 현대, 청계, 대림, 삼
풍, 풍전(호텔), 신성, 진양상가가 차례로 건립되고 준공 당시에는 '쌀
가게와 연탄 가게를 빼고는 서울에서 보고 들을 수 있는 모든 것을
다 갖춘' 상가이자 고급 아파트로서 특히 1970~1980년대에는 가전
제품으로, 1980~1990년대에는 컴퓨터, 전자부품 등으로 특화된 상
가로 입지를 굳혔다.

하루는 전화가 왔다

그동안 여기저기 블로그나 페이스북이나 트위터나 카톡이나 유명 언론인이 운영하는 회원 토론방에 가끔씩 글을 올렸습니다. 어떨 땐 분명히 내가 올린 글인데 내 카톡으로 돌아옵니다. 처음 읽을 땐 몰랐는데 한참 읽다 보면 내가 얼마 전에, 어떤 건 일 년도 전에 올린 글들이 나한테 돌아왔을 땐 신기하기도 하고 무한 책임을 느낄 때도 있습니다. 언론인 회원 토론방에서는 좋아요 추천도 많이 받고, 그분이 제 글을 많이 소개도 해주시기도 했습니다.

하루는 전화가 왔습니다. 작년 이맘때 오더니 오늘 또다시 왔습니다. 지방 일간지 신문사인데 선생님 원고를 받고 싶다고, A4 용지 10장 분량 정도 일주일에 한 번 지면(紙面)을 드릴 테니 부탁한다고, SNS에 돌아다니는 글을 보고 연락을 했답니다.

이유를 물으니, 선생님은 수필가도 아니고 평론가도 아닌 듯한데, 자기가 보기에 할아버지 같아 보이고 내용이 꾸밈없고 간결하면서도 뒷맛이 개운하다나?

주제에 얽매이지 말고 쓰고 싶은 것 쓰시고 부족한 부분은 편집

부에서 손을 보면 되니 걱정 마시고 생각해보시라며 시간 나면 차한잔하자며 문자로 명함을 보내왔습니다. 할아버지인 줄 어떻게 알았느냐 물으니 서당 개도 십 년이라 글을 딱 보니 할아버지 냄새가 난다나요?

　하던 짓도 멍석 깔면 안 한다는 속담이 있는데….

군대 생활은
쫄짜로 했다

1966년 9월 훈련병으로 입대한다. T시의 ○○사단 훈련소다. 또래 친구들과 함께 입소했다. 훈련소 연병장에 집합해 있었다. "야, 여기 대학 나온 놈 손 들어." 둘러보니 주위에 아무도 없어 손을 반쯤 들었다.

"너 앞에 나와" 하며 까무잡잡하게 생긴 조교가 향도를 하라고 한다. 1소대 향도. 임무는 완장을 차고 소대 점호하고 훈련할 때 선두에 서서 구호도 외치고 훈련을 오가며 "사나이로 태어나서 할 일도 많지만 너와 나 나라 지키는 영광에 살았다. 전투와 전투 속에 맺어진 전우야. 산봉우리에 해 뜨고 해가 질 적에 부모 형제 나를 믿고 단잠을 이룬다." 목이 터져라 불렀다. 3절까지 있었는데 누가 지었는지 멋진 군가라고 생각한다.

오랜만에 가사도 잊지 않고 불러보니 힘이 솟는다. 향도는 불침번도 없고 식사 당번도 없다. 그것을 군에서는 특과(特科)라고 한다. 물론 단체 기합도 열외시켜줄 때가 많았다.

더플백도, 군화도, 군복도 지급받았다. 광목 사리마다에다 양말도 흰색 목양말이고 필터 없는 화랑 담배도 매일 지급받았다. 그때의 계급은 이병이었다.

당시 시내에서는 필터가 있는 아리랑과 청자 담배가 유행이라 멋쟁이들은 그것을 꼬나물고 다녔다. 나는 담배를 피우지 않아 주로 시골에서 온 훈련병들에게 주면 고맙다고 했다. 또 군번이 적힌 인식표도 받았다.

항상 목에 차고 있다가 전쟁에서 전사하면 그것으로 사람을 찾는단다. 알루미늄 인식표를 처음 차고 있으니 목이 차갑고 기분이 이상야릇했다. 59년 전 일인데 군번이 생각난다. 3104××18이다. 우리와 같이 논산 훈련소에 입대한 친구들의 군번은 11로 시작해 그것을 와리바시(일본말로 젓가락 닮았다고 해서 생긴 듯)라고 하였다.

훈련소 철망 사이로는 이동 주보라는 아주머니들이 훈련병을 따라다니며 물건을 팔았다. 아마 조교들에게 사바사바를 한 것 같다. 무거운 M1 소총을 들고 훈련을 하였고, 훈련 마치고 오면 총구를 닦고 바로 정렬해 세우고 각종 소지품도 관물대에 가지런히 세워 점호를 준비한다. 옆 내무반 이곳저곳에서 점호받는 소리가 들린다. 열차 하나둘 긴장감이 흐른다. 그때 선임하사와 조교가 점호에 들어온다.

나는 경례를 하고 "일동 차렷! 1소대 일석점호 시작합니다" 하고 외친다. 번호 시작 몇 번 가다가 꼭 한 놈이 번호를 잊어버리거나 놓치고 하면 우리는 몇 번씩 반복하고 소대 전체 엎드려 뻗쳐를 한다. 꼭 그런 놈이 한두 명씩 있다. 그래서 우리는 그놈을 고문관이라 부른다. 처음에는 이놈 때문에 모두 킥킥거리다가 얻어터지기도 하고 수모를 많이 당했다.

어떤 놈은 자다가 오줌 싸는 놈이 없나, 어느 놈은 집에 가고 싶다고 우는 놈이 없나, 어떤 사병은 우리보다 나이가 6살 정도 군대를 늦게 들어와 자식이 2명 있는 사병도 있고 그야말로 인간 시장이었다.

훈련도 그렇다. 앞으로 가, 뒤로 돌아, 제자리걸음이 그렇게 어려운지 그 고문관 때문에 또 킥킥거리다가 기합 받고, 그래도 잠잘 때는 해방이다. 훈련도 몇 주 지나고 요령이 생겨 일요일엔 무단 외출해 부대 옆 중국집에서 짜장면을 먹고 오다가 들켜서 기합을 받곤 했다. 그때의 추억이 새삼스럽다.

훈련 마칠 때쯤 부대 배치를 받아야 하는데 중대 본부에서 오라는 전갈을 받았다. 중대장이 "너 이 사람 아니?" "네, 저의 누구누구 됩니다." "짜식, 너 부탁했지?" "아닙니다." "알았어, 너는 여기 남아 있어." 그렇게 나는 가까운 같은 시(市)의 제1××××에 부대 배치되었다.

부대라기보다 시내에 있는 평범한 하얀 4층짜리 빌딩이다. 밖에서 보면 군부대인 걸 알 수 없고, 가끔 군용 지프가 들락거리고 군인들과 사복 입은 사람들이 많이 들락거렸다. 소위 말하는 특수부대다.

내무반 기합은 셌다. 상급들은 아무 일도 아닌 걸 가지고 시비다. 누구 빽으로 왔냐는 둥, 선임 보기를 우습게 안다는 둥 말마다 걸고 넘어졌다. 며칠 후 부대장이 나를 불러서 갔더니 "이곳 생활이 어때? 힘들지. 말해라. 잠시만 참고 있으라"라고 했다.

며칠 뒤 짐을 싸라고 해서 어디로 가는지도 모르고 중사를 따라 기차를 타고 함께 간 곳이 A시에 있는 모 사단이다. 내가 간 곳은 ○○사단 안에 있는 그 부대의 파견대다. 우리 파견대는 헌병부대와 붙어 있었다.

여기 오니 군대가 아니라 가족적인 분위기다. 준위 한 명에 상사와 중사 한 분씩, 이분들은 수사관들이다. 이 사람들은 영외 거주자라 출퇴근하는 관계로 일과 후면 불침번도 없이 자유로웠다. 사병은 운전병 한 사람과 고참 병장, 상병 둘 이렇게 지냈다. 식사는 우리가 스스로 장만해야 하지만 사단 부대 식당에 빌붙어서 해결했다.

나는 초임이라 고참의 안내를 받아 주로 하는 게 정보 수집이란 것이었는데 시청 공보실이나 경찰서 정보과, 신문사들을 다니며 그날그날 일어난 사건들을 본부에 전송하는 거였다.

당시 FAX도 없었고 군용 수동식 전화기를 사용했다. 주말이면 파견 대장과 하사관들은 각자 이곳을 떠나 가족이 있는 곳으로 가기 때문에 우리는 마음껏 자유 시간을 가졌다.

같은 A시에 살면서 ○○부대에 근무하는 대학 친구들이 3명 같이 있었다. 그 친구들은 사단 연대에 있었는데 영내 생활을 견디지 못해서 내가 중요한 역할을 하였다.

부대 연대장은 어차피 영외 생활을 해야 했기에, 그 연대장을 친구 집에 하숙하게 하고 그 친구는 비파 요원이라고 하여 부대를 떠나 자유로운 생활을 하게 된다. 그놈들은 나 때문에 특과 생활을 하였다.

본부 들어갈 때만 군복을 입었지 그냥 사복만 입고 근무했다. 누가 군복을 입든 사복을 입든 간섭하는 사람도 없어서 젊은 기분에 사복을 입고 근무했고, 파견 대장이 퇴근 후나 주말에 자기 집에 가고 나면 물 만난 고기같이 온 천지를 싸다녔다. 빨래도 하지 않고 양말은 헌병대 사병들이 빨아놓은 것을 실례하고 했다. 당시 울진에 공비가 나타났다. 지역 사단의 관할이라 우리 대원도 일부 따라갔는데, 다른 사람들은 복귀하고 나와 내 조수만 남아서 임무를 수행했다.

시간이 많다 보니 바다낚시나 울진 온천, 다방 등을 배회하며 군 말년을 보냈다. 남자들은 군대 생활하면 밤새 재미있게 이야기한다지만 나는 그런 친구들이 상상할 수 없는 생활을 하였기에 그냥 너희들은 떠들어라, 나는 클라우드 생활을 하고 왔다고 생각하며 혼자 싱긋이 웃어넘긴다.

제대 말년은
병장의 로망이다

우리 때는 복무 기간이 3년이라 제대 1년 정도 두고 대부분 병장 계급장을 달게 된다. 이때쯤 되면 군기가 빠지기 시작한다. 일단 병장이 되면 군모를 쎄리 삐딱하게 쓰고 첫째 단추도 풀고 담배를 꼬나물고 다닌다.

나는 쫄짜가 지나고 내근보다는 외근으로 많이 다녔다. 그때는 탈영병이 많았다. 각자 사연이 있지만 주로 여자 관계가 많았고, 딱한 사연을 가진 병사들도 있었다. 특히 시골에 계시는 노모를 두고 할 수 없이 미귀하여 탈영 처벌을 받는 경우가 있었는데 이럴 땐 지휘관들의 선처가 있었다.

우리 부대는 사단 정문 헌병대 위병소 옆에 면회실이 있다. 휴일이면 전국에서 아가씨들이 먹을 것을 바리바리 싸 가지고 애인을 면회 온다.

우리는 거기에 빌붙어 김밥, 통닭 등에 숟가락을 얹었다. 다 같은 군인이라 인심들이 좋았다. 부대원 중 유 상병이라고 있었는데, 이 녀석은 휴일만 되면 면회소와 PX에 붙어 면회 온 아가씨들 대신 전화해주고 하더니 기어코 그 아가씨를 요꼬도리하여 제대 후 곧바로 결혼한다.

유 상병과 그 아가씨 모두 대전이라 결혼식에 참석했다. 아들 하나 있는 것까지는 아는데 이후 소식은 모르겠다. 대전 중앙시장에서 미싱 가게를 했는데 혹시 연락이 되면 보고 싶구나. 당시 부대 면회 오던 아가씨들 중에는 고무신 거꾸로 신은 사람이 많았다.

제대를 얼마 앞두고 큰 사건이 났다. 1968년 5월에 있었던 A시 문화극장의 육군 하사 수류탄 투척 사건으로 전국이 발칵 뒤집혔다. 우리 관할이라 사건 조사하느라고 밤잠도 자지 못하고 지냈다. 그당시 울진 영덕 공비 사건도 있었지만, 그곳 몇몇 장병들의 극단적인 사고로 인하여 많은 애로를 겪었다. 방법도 총기를 선택했기 때문에 참혹했다. 그것을 부검하기 위해 T시의 제○ 육군병원에 이송하여 사체 검시를 하고 부검을 해야 한다.

대부분 조사 마치고 밤에 사체를 싣고 출발하다 보니, 기사는 울먹이며 나 제발 이 부대 근무 안 해도 좋으니 이것만은 말아달라고 부탁한다. 사실 나도 무섭다. 그때 쓰리코터 뒤에 싣고 가기 때문에 뒤에서 목을 당기는 것 같다.

말년의 임무는 피의사 낭지를 하씨아 한다. 2인 1조로 본부로 가는데 권총 혁대를 차고 권총 빈 지갑을 차면 야전 점프 밑으로 권총 케이스 수실이 나와 꼭 권총 차고 있는 것처럼 보였다.

또 부대원 중 이재만 병장은 손재주가 많았다. 우리 사병은 그냥 육군 병장이지, 무슨 신분증도 없고 특별한 표식도 없다. 그런데 이 병장은 명함만 한 크기에 신분증을 만들었다. 사선으로 일단 붉은 줄을 두 줄 친다. 그리고 타자를 친다.

육군 제○ ×대 대장 ○○○ 밑에 무로 만든 네모난 관인을 찍었다. 우리가 그것을 가지고 다니면 열차 버스 그냥 패스다. 이런 것들이 뭔지, 공연히 젊은 기분에 유세도 부려보았다.

울진에서 돌아올 땐 사단장 모셔다주고 빈 채로 돌아오는 L19 비행기를 태워줘 탔는데, 조종사가 일부러 나를 놀려주려고 오르락내리락해서 팬티를 흥건하게 적신 추억도 있고, 남들이 경험하기 힘든 짜릿한 경험들도 많았다.

제대를 열흘 앞두고 가까운 Y시에 출장을 간다. 운전을 배우기 시작하던 때라 얼마나 운전을 하고 싶던지, 목적지 도착 얼마 전에 "야, 전 병장. 내가 운전할게." "안 됩니다."

안 된다는 것을 억지로 운전대를 잡고 가다 자동차 옆으로 툭 하는 소리가 들려 내려보니 버드나무를 받았던 일 등등. 아무리 군대 생활이라고 하지만 그때 그 시간들, 나를 그렇게 좋아하시던 파견 대장님, 선임하사님, 강 상사님. 지금은 무엇을 하고 계시는지 많이도 보고 싶습니다.

내 사촌 형님의 아들

얼마 있으면 추석(秋夕)이다. 올해는 벌초를 당겨 하고 돌아왔다. 장마에 긴 풀들이 많았는데 깔끔하게 정리하니 기분이 좋다.

고향 가까운 곳에 살다 보니 외지에 나가 있는 형제, 친척들이 이 시기만 되면 어김없이 산소 벌초 부탁이다. 반복되는 이야기는 미안하고 고맙다는 것이 인사다. 금년엔 코로나 핑계라도 있으니 다행이다.

그런데 우리나라 가족 호칭(家族 呼稱)이 복잡해서 우리도 잘 생각나지 않을 때가 많은데 요즈음 젊은이야 오죽하랴. 내 사촌 형님이 계신다. 내가 제 아버지 보고 형님이라고 하니 저는 나보고 작은아버지라고 한다.

내 사촌 형님의 아들이니 저는 나를 당숙(堂叔), 경상도 말로 '아재'라고 불러야 한다. 저는 내 당질(堂姪)이 된다. 알아야 면장(面長)도 한다지만 바쁜 세상 대충 넘어가며 살란다.

그래서 내 살아 있을 때, 우리 아들딸에게 본관(本貫)과 우리 가족 가계도(家系圖)를 선물했다. 지 애비 어무이 이름도 한문(漢文)으로 제대로 쓸란가 모르겠다.

- 族譜 工夫 中 -

군대 생활을
마치고 와서

그곳에서 만났던 많은 사람들 중 특별한 두 커플을 만나 지금까지 친구로 사귀고 있다.

만남을 만든 것은 제대하고 20년쯤 지나서였다. 장소는 부산 해운대에서 부부간에 상견례 모임을 갖기로 하고, 그때 기억은 확실하지는 않지만 아기들도 한둘씩 데리고 온 듯하다.

우리의 만남은 이랬다. 남자 친구 셋은 군에서 만났지만, 부인들은 모두가 처음이다.

그런데 마산 사는 친구 부인이 우리 집사람을 보고 언니라고 했고, 안동 사는 친구 부인은 마산 친구 부인 보고 서옥이라 했다. 마산 사는 친구 부인은 안동 사는 친구 부인 보고 두희야 했다.

따져보니 우리 집사람은 고등학교를 마산에서 나왔으니 마산 친구 부인에겐 고등학교 한 해 선배이고, 마산 친구 부인하고 안동 친구 부인은 대학 동창이었다. 좀 복잡한 관계 같지만 아주 희한하게 얽힌, 재미있는 만남이다.

여기저기 아기들 들쳐 업고 참 많이도 다녔다. 그런 인연으로 지금까지도 아주 절친하게 지내고 있다. 마산 친구(若水)는 나에게 아호(雅號)를 선물해주었다. 내가 생각해도 나와는 그럴듯하게 잘 어울리는 것 같다.

호연(浩然), '클 호'에 '그러할 연'입니다. 많은 사랑 부탁드립니다.

4학년 2학기 복학

군 제대 후 1971년에 자동차 서울 운전 면허를 땄다. 11-71-001364-××. 그리고 윌리스 지프를 중고로 하나 샀다. 검정색 지프인데 아주 날렸다.

그 차는 통금도 관계 없이 그냥 무사 패스다. 그런 차는 개인보다는 기관에서 많이 탔다. 차도 얼마 없던 때라 삼일 고가도로에서 맘대로 U턴도 하고, 사거리 교통순경 있을 땐 라이트만 한 번 깜빡하면 우리 차 보고 경례를 한다.

그 당시 교통순경과는 상부상조(?)했다. 한마디로 와이루가 통하던 시대였다. 속도위반이라고 차를 세운다. 스피드 건을 쏘는데 지금 생각하면 정확하지도 않은 것 같다. 차를 세우면 걸어온다. 일단 경례를 한다. "속도 위반하셨습니다." 지갑에서 오천 원 빼서 건넨다. 순경은 잠시 앞뒤를 바라보다 슬며시 운전석으로 손이 들어온다.

갈 때는 웃으면서 경례까지 받는다. 잔돈이 없을 땐 만 원짜리 주고 5천 원 주고 거스름돈을 받는다. 그 시절이 그립다.

당시 자동차 창문은 손으로 페달을 돌려서 올렸다 내렸다 하고 스페어타이어는 필수로 가지고 다녔다. 지금은 노 튜브지만 당시 비포장도로가 많아 펑크도 많이 났다. 룸미러는 있었지만 사이드미러는 지금처럼 운전석 옆에 있어서 전동으로 조정하는 게 아니라 자동차 보닛 앞에 붙어 있어 어린애들이 부수고 방향을 바꿔놓으면 그것 조종하는 데 애도 많이 먹었다. 지금 전조등은 LED라 수명도 오래가지만 당시에는 흐릿한 전구라 예비로 몇 개씩 가지고 다녔다.

엔진을 식히는 팬 벨트도 3개씩 가지고 다니고, 주유소가 귀해 군용 20리터짜리 스페어 깡통을 싣고 다니고, 배터리도 성능이 좋지 않아 시동 걸 때 라지에타 앞 구멍에 쇠로 된 막대기를 넣고 스타징이라고 돌려서 시동을 걸고 했다.

여기서 우리나라 자동차 역사를
한번 더듬어보자

6·25 전쟁 후 미군이 두고 간 윌리스 MB를 주워다가 1955년에 만든 시발 택시, 1962년 일본 닛산자동차와 제휴하여 만든 새나라 자동차를 시작으로 신진자동차의 2기통 공랭식 퍼브리카 코로나, 크라운아시아자동차의 피아트 124, 기아산업의 기아 부리사, 새한자동차의 새한 제미니, 현대자동차의 코티나, 소나타, 그라나다 등등에 거쳐 지금에 이르렀다.

이 모든 것이 고속도로 건설과 포철, 현대중공업 등이 자동차 산업을 일으켜 세운 원동력이 되지 않았나 생각한다. 많은 기업가들의 피나는 노력이 있었지만 누가 뭐래도 박정희 대통령의 새마을 정신과 탁월한 정치적 리더십 덕분이었다고 생각한다.

버스도 깡통을 두드려 공업사에서 만들었고 그때 우리 집엔 기아 브리사 자동차가 있었다. 이제는 마이카 시대에 왔다. 나날이 발전하는 자동차는 이제 자동차 회사에서 만드는 게 아니라 전자 회사에서 사동차를 조립하는 시내가 온 것 같다.

네비게이션이 나왔을 때만 해도 신기했는데 차선 이탈 방지, 스마트키, 어라운드 뷰, 자동 주차 등 수많은 기능들이 첨가된 아이오닉 5, EV6, 테슬라의 전기자동차, 5G를 이용한 무인 자동차 시대가 도래하여 앞으로 사람이 운전하면 벌금을 무는 시대가 올 것 같다.

당시에는 외판원들이 많았다. 백과사전 중 브리태니커 27권짜리 중 책 한 권이 단행본 20권 분량과 맞먹는 양이었다. 값도 비쌌다. 그때는 유행이라 집집마다 장식품으로 놓고 유명 외판원들은 다른 회사에 스카웃되기도 했다.

우리나라 건설 경기나 모든 게 시작하던 때라 수요보다 공급이 따르지 못해 자동차 영업사원들은 건설 장비 중 덤프트럭 배정을 받기 위해 뒷돈이 오가는 시대가 있었다.

그럭저럭 하숙집을 두 군데 정도 전전하다가 대학을 졸업한다. 지금은 대학 졸업하고 취업 전문 학원을 몇 군데씩 다녀도 취직이 어려운데, 그때는 회사에 사람이 부족해서 대학만 졸업하면 어지간한 회사에서는 환영이라 멋대로 골라서 갔다.

나는 아버지께서 당뇨가 있어서 아버지 사업을 도와야 했기 때문에 서울에 눌러 있을 수 없고 고향으로 가야 한다. 나는 직장 생활을 경험하지 못했기 때문에 그것이 아쉬웠다. 고향 와서 하는 사업의 거래처는 주로 관공서에 납품하는 것이다.

사업은 잘되었다. 지역 관공서, 학교 등 우리가 90% 이상의 마켓

쉐어를 가지고 있었고 그 후 한국에서 제일가는 사무용 기기 S 기업, 오디오 일등 기업 I 회사의 대리점도 하고 예식장도 경영하였다.

우리 어머니께서는 정말 하나님 말씀과 기도로만 사셨고 그것을 실천하신 분이다. 어머니에게는 일요일이 아니고 주일도 아니고 일요일은 안식일 그 자체였다. 시장은 토요일에 가셨고 일요일에는 목욕, 미장원에도 안 가신다. 교회 헌금이 구겨지면 다리미로 다려서 성미(聖米)와 함께 정성껏 바치신 분이셨고, 목사님은 주의 종이라고 정성껏 섬겼다.

사업도 시기가 중요하다. 오디오 판매나 예식장은 일요일 손님의 매출이 많은 날인데 어머니는 그것이 항상 불만이셨다. 오디오는 본사에서 일요일 문을 닫으면 대리점 해약한다고 하였다. 그렇지만 나는 일요일 셔터를 내렸다. 또 그 잘되던 예식장도 폐업하였다.

빨간 250cc 혼다 오토바이를 타고, 현대자동차의 포니가 처음 나올 때 자동차를 교환했다. 당시 온천이 유행이라 우리 가족은 할머니 모시고 자주 다녀왔다. 갈 때는 집에서 떡과 김밥 등 소풍 가는 정도로 준비하고 갔다.

부곡 온천은 경남 창녕군 부곡에 있는 온천이다. 수온이 70도나 되는 우리나라 대형 온천이라 전국에서 사람들 방문이 줄을 이었고, 시설도 아주 대형으로 좋았다. 그렇게 멀미가 심하시던 어머니도 멀미를 언제 잊어버리셨는지 몰라도 그때부터는 멀미를 잊으신 것 같았다. 지금은 온천이 사양 산업이 되었는지 그곳은 파시(波市)를 연상시킨다.

그날은 첫눈이 왔다

1974년 11월 11일 11시, 그날은 첫눈이 왔다. 어머니의 맏며느리 될 사람과 나는 종로구 동숭교회에서 결혼식을 올렸다.

집안의 장남이라 하객도 많았다. 고향에선 교인들과 친구들이 많이 참석하여 관광버스로 4대나 하객이 왔다. 나는 이모님 친구를 통하여 서울 강남중학교 교사로 있는 지금 집사람을 만났다. 서로가 서울을 오르내리며 6개월 정도 교제했다.

처가의 원래 고향은 마산이고 집사람은 마산여고 출신이다. 장인어른의 본(本)은 재령 이씨(載寧 李氏)다. 장인어른은 교장 선생님을 하셨고, 서울 오신 지는 20년 되셨고 상도동에 사셨다. 장인 장모님은 딱 보면 양반 집안에 점잖은 분들이셨다. 생활은 그렇게 넉넉지는 않으셨지만 정말 행복한 가정이셨다.

나는 이야기했다. "장모님의 딸이라면 제가 함께하겠습니다." 아마 그것이 내신 성적에 많은 점수를 받아 장모님의 마음에 든 것 같았고, 최근에 와서 집사람에게 그때 이야기를 하며 그러면 당신은 내가 어디가 마음에 들었냐고 물었더니, 나하고 덕수궁에 갔을 때 거기서 내가 자작곡을 하여 노래를 불렀는데 그것이 좋았단다. 지금 생각하면 그것이 '님을 위한 세레나데'였고 요즈음 젊은이들이 이야기하는 프로포즈였는데 나는 도저히 기억이 없다.

처가는 딸 넷에 아들 하나이다. 장모님의 교육열이 얼마나 대단하셨는지 자녀 모두 대학을 졸업시키고, 모두 시집 장가가서 열심히 살고 있다. 큰 처제는 섬유회사 경영하는 남편 만나 살고, 둘째 처제는 우리나라 공기업 사장 부인이고, 셋째는 남편이 변리사에, 처남은 대한민국 일등 건축사고, 그 자녀들도 모두 잘나가는 애들이다. 처갓집 식구들은 전부 미술에 소질이 있다. 모두 미술대학, 그것도 알아주는 일류대학 출신들이다.

결혼식도 끝나고 신혼여행을 간다. 당시 외국 여행은 생각할 수 없고 주로 경주나 제주도에 갔다. 김포공항에서 제주도로 간다. 친구들은 악동들이었다. 우리가 제주도로, 그리고 부산 해운대 여행을 다녀왔는데 지금은 없어졌지만 해운대에는 극동호텔이 있었다. 호텔 로비나 식당이나 가리지 않고 우리를 따라다니며 잠시도 가만두지 않아 신혼여행이 아니라 수학여행같이 다녀왔다.

그것이 전통이 되어 이놈 저놈 결혼할 때마다 우리는 분탕을 치며 결혼식마다 따라다녔다. 아, 그래도 그때가 그립다.

浩然의 挑戰

한 달에도 몇 번씩 지나치는 곳이었지만 딱히 들어갈 일이 없었다. 오늘은 시청 갔다 오는 길에 들러야겠다고 각오 아닌 결심을 하였다.

마침 집 식구는 모임 간다며 점심을 준비해놓았지만, 매일 먹는 음식보다 새로운 경험을 해보기 위하여 처음 시도해본다. 앞차를 따라가니 먹음직한 메뉴에 가격도 여러 가지가 있다. 처음 눈에 띄는 메뉴인 2,500원짜리도 괜찮아 보이는데 갈수록 3,500원, 5,500원 올라간다. 막상 주문하는 카운터의 그림을 보니 6,000원짜리가 그럴싸하게 입맛을 돋운다. 그래, 그래도 이 정도는 해야지. 주문을 하고 마지막 코스에서 제품 받아 집에 왔다.

집에 돌아와 식탁에 앉아 종이팩 한 봉지와 코카콜라 한 컵 들고 마누라가 봤으면 눈살 찌푸릴 정도로 만끽했다. 메뉴가 뭔지 모르고 먹었지만 포장지를 보니 '베이컨 토마토 디럭스'였다. 오랜만에 먹어보는 근사한 맛이라 마누라 모르게 종종 이용하고 싶다.

그런데 후(後)처리가 매우 복잡하다. 손에 끈적끈적한 기름기가 기분이 좋지 않다. 처음 시도한 McDonald's Drive Thru를 경험한 오후다. 가만히 생각해보았다. 이 나이에 처음 한 경험이었지만 꽤 괜찮은 할배 같았다.

浩然은 덥다

"아, 시기 덥네."

"니는 들어오미서부터 덥다 카더라. 덥다 덥다 카마 더 덥데이. 복(伏) 중인데 우얄 끼고. 숨쉬기나 열씨미 해라. 그라마 한결 좋아질 끼데이."

"그래도 어머이는 집에 있지 않았는교?"

"뭐라카노. 하루 조일 빨래 쌈느라꼬 덩때기가 물티다. 옷 홀딱 벗고 작두샘 가서 씻고 오거래이."

"어무이, 배고프다. 밥이나 얼릉 주라."

"좀 차마라. 너는 맨날 들어오자마자 돌라 카노. 나도 정신 좀 체리자. 아침부터 니 애비 나가미 이거 도라 저거 도라 궁디도 못 붙이바따. 너는 꼭 니 애비 성질 닮아서 디기 보챈다."

"내 국시 말고 수제비 머꼬 싶따. 해주라."

"잔말 말고 국시 머꺼라. 내 호박 넣고 밀치 국물 시원하이 우라서 해줄게."

"그라마 얼음도 넣어서 해주라."

"야, 냉장고도 없는데 얼음이 어데 이따카노?"

"그라고, 더버서 카는데 사리마다 시원한 거 도고. 이거는 감키서 몬 입겠다."

"작년에 입던 삼비 사라마다 어데 치웠나? 아이다. 다락에 있을 끼다."

"어무이는 이런 거 내가 카기 전에 주야지. 꼭 이야기해야 카나?"

"야, 니는 밥 머꼬 또 어데 가랄 카노. 내 빨래 삶아서 냇까 가서 좀 헹구고 와이샷쑤 데리미질 할 낀데 좀 잡아주라."

"아이고, 어무이. 그런 거 진수 시키라."

"진수는 너 시키라 카고 벌씨 놀러 나갔데이?"

그때, 나타난 진규 아버지.

125

"와 이리 덥노? 중복이라 그런지 시기 덥네. 밥 빨리 먹꼬 성식이 집 갈 끼다. 오늘 성식이 집에 무시 심는다꼬 점심 머꼬 후딱 오라 카더라."

"참 당신이나 진규나 그 아비에 그 자식 아이라 칼까 바 보채기는 디기 보챈다."

결혼하고

떨어져 생활하는 것보다 함께 있는 게 가정도 안정되고 좋을 것 같았다.

결혼 생활은 부모님 떠나 둘이 분가하여 살면 장가가고 시집간 것이고, 남자가 여자 집으로 가는 것은 처가살이다. 집사람은 자기 집을 떠나 우리 집으로 시집왔으니 분명히 시집을 온 거고, 시어른과 함께 살았으니 시집살이라는 말이 맞다.

가끔 어머니와 집사람 의견 충돌이 있을 때, 좀 아부도 떨고 어머니에겐 어머니 말씀 옳아요, 집사람에게 가서는 당신 이야기가 다 맞다 이렇게 해야 되는데, 나는 어느 편도 들지 않고 그 자리에서 심판 보고 재판을 하다 보니 두 사람에게 모두 점수를 딸 수 없었다. 그때 좀 지혜롭게 처신할걸….

집사람이 낯선 곳에 와서 친구도 없고 집에 있으면 무료할 것 같아 집사람을 위하여 예식장 하던 150평 되는 장소에 미술학원을 열었다. 서울 강남의 미술 교사가 와서 학원을 한다니 학부모들의 관심이 대단했다. 통학버스도 운행했다. 원생들은 노랑 유니폼에 모자도 쓰고, 가방도 예쁜 걸 들게 하니 모두 귀여운 병아리 같았다.

또 입시생들을 위한 실기 교육도 하였다. 가정이 어려운 학생들에게는 무료로 하였고, 지역 복지 센터에 가서 미술 봉사도 하고, 그렇게 7년을 하였다. 남자 직원을 채용하였는데 그 직원의 잘못된 행동으로 그만두게 되었다.

그때 공부하던 학생들이 지금은 장성하여 좋은 대학교수도 하고, 모두들 좋은 결과를 얻었고 지금도 고맙다고 스승의 날에는 모두 모여서 찾아준다. 그것이 큰 보람이다.

나는 테니스 구단을 창단하여 일을 마치면 테니스장으로 갔다. 지역에서는 우리가 초창기다. 시청으로부터 부지를 무상 임대 받아 전용 구장도 가지고 당시 전국적으로 드물게 야간 경기를 할 수 있는 조명 시설까지 가진 구장이다. 이곳저곳 원정 경기도 다녔다.

테니스를 하다 보면 조를 짜서 내기를 하고, 끝나면 저녁을 먹는다. 다음 순서는 고스톱이다. 당시에는 3명만 모였다 하면 고스톱을 쳤다. 전국적인 현상이다. 얼마나 고스톱 열풍이 불었나 하면 초상집마다 삼삼오오 모여서 밤이 새도록 한다. 남자들은 부인에게 거짓말로 이때 친구 삼촌, 친구 아버지 많이 돌아가시게 했다. 어떨 땐 같은 친구 삼촌을 2번씩 우려먹다가 마눌하고 다투기 일쑤였고 초상집 부조를 빌려서 몽땅 잃고 상주와 다투는 사람도 있었다. 지금은 스마트폰이 생겨서 그런지 초상집에 화투는 일절 구경을 할 수가 없다.

나도 그런 부류의 사람이었고, 밤새워 포커와 고스톱을 했다. 1년 넘게 하다 오면 담배 냄새가 옷에 배지 않았겠는가? 우리 부모님은 그런 나를 보고도 한 말씀도 하지 않으셨다. 그걸 생각하면 지금도 가슴이 아프다.

그때가 결혼 초기라 집사람이 느꼈을 기다림의 고통을 평생 두고 회개한다.

짧은 기간이었지만 멋으로 담배도 피웠고 술도 마셨다. 그 후 고스톱이나 포커는 구경도 하지 않고 지금까지 술도 담배도 절대 하지 않는다.

나는 골프를 일찍 시작했다. 동네 선배 때문이다. 이 선배는 탁구, 당구, 테니스 등 공이라면 천재적인 재능을 가진 사람이다. 당시에는 골프 연습장이 없던 때라 선배는 자기 집에 가마니를 쳐놓고 거기다가 드라이브 연습을 하고 나를 데리고 그 더운 여름 감천 냇가 모래밭에서 연습하고 했다. 이 선배가 지금 골프에 죽고 골프에 사는 한국 아마추어 골프계의 대부 L 회장이시다.

병원 투어 (1)

병원 로비에 들어서니 열 체크하란다. 36℃. 카운터 앞에서 번호
표를 뽑았다. 121번이다. 시간은 8시 30분인데 모두 아침도 먹지 않
고 왔는지 걸상에 앉아 있는 사람들은 모두 한결같이 백발의 구 모
델들이 대부분이다.

요즘 운전을 하다 보면 눈이 좀 침침한 것 같아 얼마 전부터 벼르
고 있던 참에 마음먹고 J 병원에 들렀다. 내 차례가 되어 증상을 이
야기했더니 제1신경외과에 가라고 한다. 제1신경외과 간호사는 내
증상을 듣고 내분비과에 가라고 한다. 다시 1층 내분비과에 갔더니
이번에는 신경과에 가라고 하여 2층으로 갔다. 워낙 증상이 아리까
리하여 내 자신도 어떤 증상인지 표현을 하기가 어렵다. 젊은 의사
선생님은 친절도 하셔서 내 이야기를 대충만 듣고도 MRI는 가격이
비싸니 그냥 목의 혈류 검사를 먼저 해보라고 한다.

보험이 되니 부담 없다고 했는데 간호사는 보험이 안 된다고
153,000을 결제하라고 한다. 검사는 초음파라 약 5분 징도 민에 끝
났다. 아무리 그래도 그렇지 초음파 검사치고 너무 비싼 것 같다.
다시 선생님께 보험이 안 된다고 했더니 컴퓨터를 치고 하여 보험

처리하니 다시 73,000원을 환불받았다. 12시가 10분 전이라 빨리 마치고 2년 전에 백내장 수술하고 한 번도 검사하지 않아 다니던 개인 병원에 가려고 하는데 마침 옆에 안과가 보인다. 접수 후 간호사가 시키는 대로 앞에 있는 숫자 오른쪽 눈 가리고 왼쪽 눈 가리고 글자 크기 보고 또 카메라로 잠시 들여다보더니 연세치고 그만하면 괜찮다고 한다.

요즈음은 어딜 가나 연세 이야기를 많이 듣는다. 검사를 마치니 12시다. 또 번호표를 뽑으니 636번이다. 한참을 기다렸다가 계산하는데 안과 검사비가 26,000원이다. 개인 병원이면 몇천 원일 건데 종합병원은 좀 그렇다. 신경과에서 혈액이 묽어지는 약이라며 7일분 처방을 주며 콜레스테롤 검사와 당뇨 검사를 하고 일주일 후에 오란다. 처방전을 들고 약국에 갔다. 약국에는 약사님과 할머니 사이에 큰 소리가 오갔다. 내용은 이렇다. 약사는 처방전에 약값을 44,000원 달라는 거고, 할머니는 병원에 미리 40,000원을 주고 왔다는 거다. 약사님은 그건 병원 검사비고 이건 약값이라고 해도 막무가내로 병원에 같이 가보잔다. 할머니는 귀가 많이 안 들리시는 분 같았고 약을 받으려고 기다리는 사람들은 제발 그러지 말고 우리 약이나 빨리 달라고 야단이다. 이래저래 약사도 힘들겠구나 느꼈다.

요즈음 코로나로 마땅히 갈 데도 없고 하여 지인들과 등산을 했는데, 조금 과했는지 허리가 아파서 통증 치료과에서 통증 주사를 맞았다. 11년 전에 한 번 맞고 이번에 맞았다. 이번에도 원장님이

131

이만하면 그 연세에 건강하신 편입니다. 이번에도 연세를 들먹인다.

이왕 나선 김에 잇몸 염증 치료차 치과에 갔다. 치료를 마치고 원장님에게 식후 100% 치간 칫솔과 칫솔질을 하는데 왜 그렇지요 했더니, 원장님 왈(曰) "그만하시면 그 연세에 관리를 잘하신 겁니다." 이래저래 병원 투어를 하면서 연세 타령만 듣고 왔다. 선생님 지발 연세 소리 좀 하지 마요.

아휴, 툭 주저앉았다. 갑자기 왼쪽 무릎에서 소리가 딱 나고 주저 앉고 말았다.

꼼짝달싹할 수 없다. 왼쪽 발은 0.1㎝도 바닥에 붙일 수 없는 통증에, 엉덩이는 바닥에 붙이고 서재에서 아래층으로 내려와서 바로 침대에서 수면 모드로. 집사람은 빨리 병원 가보라고 말한다. 밤이 늦어 병원에 갈 수 없고, 이튿날 새벽 목욕탕 다녀온 집사람 말씀, "여보, 친구가 그러는데 D 병원 2외과 과장이 제일 잘 본다고 소문 났더라. 그건 그렇고 그 덩치를 내가 잡을 수도 없고. 119 부를까?"

나는 남들이 보면 뭐 대단한 사고가 난 줄 알고 달려올까 봐 "그냥 택시 타고 갈 거야. 옆집에 창철이 좀 불러서 택시까지만 태워줘."

병원 로비다. 접수실 번호표 뽑고 한참을 기다린다. 오후 1시 반에 진료를 볼 수 있단다. 그런데 진료 시작이 1시 반이지, 나의 순서는 3시경에 된단다. 9시부터 기다렸는데 4시간 기다리다 다시 택시를 부른다. 휠체어에 목발까지 더하니 굉장히 불편하다. 요즘 목발은 알루미늄이라 살짝만 부딪쳐도 소리가 난다.

"죄송하지만 다리가 아파 그러니 요 앞에까지만 갑시다." 택시 운전사의 불친절에 굉장히 속상했다. 타면서 목발 소리가 나니 택시가 상했는 줄 안다. 오후 3시 진단을 받고 MRI를 찍고, "인대가 조금 찢어졌으니 주사 맞고 약 먹고 물리치료 하면 좋아질 겁니다."

내가 장황하게 말씀드리는 이유는, 딱 2가지를 말씀드리고 싶어서다.

첫째는, 나는 집사람이 이야기하는 D 병원이 아니라 J 병원에 갔다. 비슷한 증상의 환자들과 병원에 가면 자연히 병의 증상이나 치료에 대하여 이야기한다. 처음 이야기하던 그 D 병원 의사는, MRI만 찍으면 무조건 수술하고 깁스하고 3주 걸린단다. 환자야 의사가 그러라고 하면 그렇게 믿어야 한다. 여러분께서도 참고하라고 말씀드리는 거고, 덜컥 알아보지도 않고 수술하지 않길 바란다.

두 번째는 수부에 접수하는 과정이다. 병원 자주 다니는 사람들의 수법(노하우)은 무조건 번호표를 한두 장 먼저 뽑는다는 것이다. 초딩들은 그것도 모르고 진찰하기 전 한 장 뽑고, 물리치료할 때 한 장 뽑고, 결과 볼 때 한 장 뽑고 하다 보니 기다리는 시간만 4시간 넘어 낭비한다(이런 것 가르쳐주면 안 되는데).

지금은 목발도 졸업하고 뚜벅뚜벅 잘 걷고 있다.

- 浩然은 患者 -

잘 다녀오겠습니다

아침 10시, 서울행 기차를 탔다. 친한 선배와 함께 일본을 들러 홍콩을 다녀올 생각이다. 홍콩은 사업을 하는 처남을 만나러 간다. 당시 우리나라 국민은 여권을 받기가 쉽지 않았다. 관용이나 수출 상사 직원 정도가 받았고 외국을 나가려면 신원 조회와 반공교육 등 아주 까다로운 절차를 받아야 했다. 우리는 청년 회의소 회원이라 일본 회의 참석을 빌미로 여권을 받을 수 있었다.

그 선배나 나는 외국 여행도 처음이고 당시 외국어도 영어만 조금 했지 완전 깡통이었다. 2시경 비자를 받기 위해 일본 영사관에 들렀다. 오늘은 금요일이라 업무가 끝났으니 월요일날 오라고 직원이 말한다. 생각하니 여기서 3일 동안 할 일도 없고 집에는 다녀온다고 인사까지 하고 왔는데 방법이 없냐고 했더니 안 된다고 했다. 그러면 영사 면담이라도 부탁한다고 애원했다. 드디어 영사 면담을 한다.

처음 영어로 일본 가는 목적을 묻는다. 듣기는 듣는데 대답은 우물쭈물했다. 몇 마디 묻는데도 도무지 말을 할 수가 없다. 그러면 일본말 할 수 있냐 해서 "하이 데끼마스" 했다. 그것도 몇 마디가 전부 손짓 발짓 애원하다시피 끝나고도 사무실을 안 나가고 있으니 답답했던지 밖에 직원을 불러 스탬프를 받았는데, 직원이 한국 사람이라 이런 일은 처음이라며 참 대단한 사람들이라고 했다.

김포공항에 가서 오사카행 비행기를 탔다. 처음 여행이라 비행기에서 긴장한 상태로 주는 도시락을 배도 고픈 참에 허겁지겁 먹고 잠시 후 오사카 간사이 국제공항에 도착한다. 내리자마자 화장실을 몇 번씩 얼굴이 창백해질 만큼 들락거렸다. 인터넷도, 여행 안내하는 블로거도 없고 그냥 맨땅에 헤딩하기다. 지금부터 어디서 무얼 해야 하는지 막막했다. 공항 버스 정류장에서 오사카역 방면 버스를 탔다. 오사카역 앞에 한큐 한신(阪急 阪神) 호텔 간판이 보여서 이곳에 체크인을 했다.

일본까지 와서 호텔에서 TV만 보기 그래서 밖을 보니 거리는 환하고 파친코장이 유난히 많았다. 경기 룰도 모르지만 돈을 코인으로 바꾸고 핸들을 당기고 또 당겼다. 운이 좋았는지 우루루 쇠다마(쇠구슬)가 너무 많이 나와서 바구니를 담아도 철철 넘쳤다. 어찌할 줄 몰라 그것만 가지고 나왔다. 마침 따라오는 청년이 뭐라고 했지만 말을 알아들을 수 없어 그냥 호텔 방에 와서 가만히 생각했다.

도대체 이것 가지고 무엇을 하지 생각하니, 아… 그 청년 이야기가 이것을 그 뒤에서 교환하라는 것이구나 짐작하고 그 뒤에 가니 환전소가 있었다. 저녁 10시경 호텔에 들어와 TV를 켜니 한국 박정희 대통령 유고(朴正熙 大統領 有故)라는 자막만 계속 나온다. 자세한 내용은 모르지만 대통령께 무슨 일이 있는 건 사실이라 집으로 아버지께 전화를 드렸는데 모르고 계셨다. 저는 잘 도착했는데 우리 대통령께 분명 무슨 일이 나셨다고 알려드렸다. 이날이 1979년 10월 26일이다.

이튿날 아침 오사카역 광장에 가니 깃발이 펄럭이고 관광버스가 많이 있다. 관광버스는 코스별로 값은 얼마, 시간은 얼마 걸린다고 자세하게 안내가 되어 있어 대충 눈치로 버스를 타고 오사카성, 유니버설 스튜디오, 도돈보리 등 관광을 마치고 호텔에 들어왔다. 이튿날 오사카역에서 교토(京都)로 향하는 기차를 탔다. 교토(京都)역에 도착해서도 어제와 같이 제일 먼저 가방은 역에 있는 자동 보관함에 맡겼다.

교토(京都)는 경도라고 옛날 일본의 역사적인 도시였다. 여기서도 역전에 있는 관광버스를 타고 일본 관광객에 섞여서 다녔다. 말을 몰랐지만 깃발 들고 있는 안내양만 졸졸 따라다니면서 사람들이 웃으면 우리도 웃고 눈치코치로 대충 알아들었다.

저녁에는 호텔에서 자고 이튿날은 또 나고야(名古屋)로 향했다. 이곳도 자동 보관함에 가방을 맡기고 똑같은 코스로 다니며 구경하고 다시 이튿날 아침 동경(東京)을 거쳐 홍콩으로 가려고 신칸센(新幹線) 히까리(光: ひかり) '빛'이라는 고속열차 중에서도 우리나라로 말하면 특실(실내가 푸르다고 해서 Green실)에 탔다. 요금은 굉장히 비쌌던 것 같은데, 우리나라에 없던 고속열차라 굉장히 빠르고 쾌적했다.

동경(東京)도 특별하게 호텔을 정하거나 하지 않고 홍콩을 가기 위한 중간 기착 정도로 생각하고 가던 중 열차 복도에 지나는데 "형님 아니세요? 어디 가세요?" 한다. 일단은 반갑다 하고 이런저런 이야기를 했더니 자기는 신세계 직원인데 호텔 정하지 않았으면 저와 같이 있으면 좋겠다고 하고 자기 있는 곳을 친절하게 가르쳐주었다.

알고 봤더니 고등학교 두 해 후배라고 한다. 동경역에 내려 빨간색 마루노우치선 전철을 타고 4정거장을 가서 요쓰야(四谷)역에 내려 걸어서 5분 정도 갔더니 상사 직원들 4명이 함께 하숙하는 집이었다.

하숙집 아주머니는 친절하고 빨래도 해주시고 식사도 한국 음식으로 대접을 잘 받았다. 그동안 고국 소식도 궁금했는데 그 사람들은 우리나라 계엄령 소식 등과 더불어 동경(東京)에 관한 안내도 친절하게 해주었다. 동경(東京)에서도 역시 역(驛) 앞에서 관광버스 투어하고 저녁에는 동경(東京) 전자상가 아키하바라(あきはばら)에 갔는데 사람 많은 곳에서 그만 선배와 헤어졌다. 사람에 떠밀려 다니는 상황에서 어떻게 할 수가 없었다. 제 자리에 가만 있었으면 금방 만날 수 있었을 텐데, 다행히 선배는 하숙집에서 명함을 받아 호주머니에 넣어둔 게 생각나 택시를 타고 왔다고 했다. 그렇게 촌놈들은 무사히 돌아왔다.

일본 마지막 밤이라 호텔로 숙소를 옮겼고, 그곳 주재원들에게 고마워서 저녁을 하며 이런저런 이야기를 하다가 우리가 홍콩 간다고 했더니, 지금 한국에는 계엄령이 발동해 야단인데 홍콩 간다며 적극 만류해 동행한 선배는 겁에 질려 자기는 여기서 그냥 돌아간다고 했다. 그 후배에게 한국행 비행기까지 선배를 부탁하고 나는 떠났다.

11월 1일, JAL 비행기를 타고 홍콩으로 갔다. 홍콩의 밤거리는 네온사인으로 번쩍이고 휘황찬란했다. 수상 식당, 리펄스 베이, 침사추이, 센트럴 파크 등등 처남의 안내로 듣도 보도 못한 구경을 할 수 있었다. 음식 대접도 잘 받고, 쇼핑의 천국답게 면세품이라고 하니 보는 것마다 사고 싶었다.

집사람 부탁은 일제 수채화 그림물감 홀베인을 사 오라는 것인데 아무리 생각해도 홀베인 이름은 생각이 나지 않아 골뱅이 이름을 이야기하니 그 사람이 알 수 있나? 집으로 전화하니 홀베인이라고 해서 지금도 잊지 않고 있다. 홍콩서 3일 있다가 11월 3일 대한항공을 타고 귀국한다.

김포공항에 내렸다. 공항엔 군인들이 완전군장을 하고 경계가 삼엄했다. 동경에서 들은 이야기가 생각나 조금은 걱정스러웠다. 조마조마한 마음을 가지고 입국심사장을 지나 세관을 통과해야 한다. 첫 해외여행이고 홍콩에서 물건 산 것이 걱정이다.

처남이 그렇게 많이 사 가면 세관에 걸린다고 해도 걱정 말라고 했는데, 막상 공항에 도착하여 멀리서 보이는 제복 입고 금테 두른 세관원들을 보고는 덜컥 겁이 났다. 내 차례가 되었다. 여권을 세관원에게 주니 나를 보고 "야" 한다. 정말 깜짝 놀랐다. 고등학교 한 해 선배인 최 선배였다. "뭐 중요한 것 있나?" 해서 "아니, 없습니다" 했더니, "잘 가라" 하여 검색 없이 빠져나왔다. '휴…' 하면서 이럴 줄 알았으면 더 많이 사 올걸 아쉬웠다.

- 첫 번째 外國旅行 -

때는 1979년
10월 어느 날

1979년 박정희 대통령 시해 사건 이후 10대 최규하 대통령을 거쳐 11·12 대통령 전두환 시대의 제5공화국을 맞게 된다. 1961년 5월 18일 오전, 전두환은 육사 생도 800여 명을 이끌고 동대문에서 광화문, 시청, 남대문을 거쳐 시청에 집결하는 쿠데타 지지 데모를 벌였다. 이 일로 국가 재건 최고회의 의장실 민원 담당 비서관으로 임명되고, '박정희의 양아들'이라는 이야기를 들을 정도로 군에서 승승장구했다.

여의도에 황금빛 찬란한 63빌딩은 우뚝 올라가고 통일 주체 국민회의에 의해 제11대 대통령으로 선출된 전두환 대통령 취임식이 9월 1일 잠실 실내체육관에서 진행된다. 전두환의 주요 정책으로는 언론 통폐합, 3S 정책, 즉 스포츠(sport)·섹스(sex)·스크린(screen), 두발 및 교복 자율화, 통금 해제 등 사회 유화책을 적극적으로 펼쳤다. 당시 숙박업소와 술집은 활황을 맞았다.

일본 나고야를 물리치고 88 서울올림픽을 유치하고, 같은 해 86 아시안게임도 유치했고, 1982년 프로야구와 1983년 시작한 프로축구의 시대가 동대문 운동장에서 시작하여 1986년 아시안게임과

1988년 올림픽 개최를 위하여 잠실 운동장 시대가 열렸다. 이때부터 스포츠 스타들이 탄생하기 시작한다. 수영의 아시아 물개 조오련, 롯데 자이언츠 유니폼 11번 최동원, 한국 축구 불멸의 스타 차범근, 4전 5기 권투선수 홍수환, 기아의 선동렬, 삼성의 이만수 포수 등이 이 시대를 주름잡았다. 미군정 때부터 36년 넘게 시행되어 온 야간통행 금지를 1982년 1월 5일에 일부 지역을 제외한 전국에서 폐지했다.

전두환 정권은 취임 초기에 약 6만 명의 불량자들을 연행해 3만 9,742명을 삼청교육대로 보냈는데, 동네에서 술 먹고 행패를 부렸거나 노름쟁이 등등 이웃의 눈 밖에 났거나 하는 사람들은 이유 없이 끌려갔다.

교육개혁을 통해 과외 금지령도 내리고 또 장영자 이철희 어음 사기 사건도 있었고, 박종철 고문치사 사건이 있었다. 1987년 11월에는 KAL기가 서울로 오던 중 미얀마 상공에서 폭발해 승객 95명, 승무원 20명 등 탑승자 115명 전원이 사망한 사건이 일어난다. 이북에 의한 김현희의 공작 사건이었다.

전국을 떠들썩하게 한 조세형이 나타났다. 1982년 이전까지 11차례나 붙잡혀 감옥살이를 한 전력이 있었다. 한때 김준성 전 경제부총리, 고려병원 이사장 조운해, 장영자를 비롯하여 국회의원, 부유층 등 유명 인사들이 집단으로 거주하는 지역만 골라서 털었으며, 그가 훔친 물건 중에 장영자가 소유한 막대한 가격의 물방울 다이 아몬드가 있어서 화제가 되기도 했다. 언론에서는 그를 대도(大盜) 조세형이라고 불렀다.

전두환은 같은 해 '국민 여러분께 드리는 말씀'을 연희동 자택에서 발표하고 또 개인 재산과 정치자금 139억 원을 국가에 헌납한다고 하고 설악산 백담사로 들어갔다. 제13대 대통령을 지낸 노태우가 2021년 10월 26일 타계한 후, 한 달도 되기 전인 2021년 11월 23일 전두환은 지병으로 자택에서 사망했다.

지금 대부분의 사람들은 전두환 대통령 시절이 경제가 좋아 제일 살기 좋았다고 말하는 사람들이 있다. 그리하여 13대 대통령인 노태우의 시대도 지나갔고 14대 대통령으로 김영삼은 금융실명제, 지방자치제를 전면 실시하고 국군 내 사조직인 하나회를 척결하였다. 수식어를 덧붙인 장황한 논리보다 깔끔한 사자성어(四字成語)가 더 돋보이는데, 이런 한자(漢字)를 폐지한 얼간이 정부가 한심하다.

그렇지만 여기서 생각해보아야 할 것은, 다른 분은 두고라도 건국 대통령 이승만의 동상이 하나도 없고 한강의 기적에 마중물을 놓으신 박정희 대통령의 기념관 하나 없다는 사실에 우리 모두는 부끄러워해야 한다. 이건 좌우 이념(左右 理念)을 넘어 역사의 무지(無知)에서 그런 줄 안다. 지금이라도 대통령께서는 결단을 하서 좌고우면(左顧右眄)하지 마시고 꼭 건립하기를 간곡히 부탁한다.

이런 시기에 1983년 6월 유철종 박사와 이지연 아나운서가 진행하는 KBS 이산가족 찾기 특별방송이 시작되었다. 뜨거운 열기로 국민 모두는 물론 전 세계를 울음바다로 만든 138일간이었다. 나중엔 동창을 찾는 'I love school'과 '싸이월드'가 온 나라를 들썩이기도 했다.

와, 세상이
온통 총천연색이네!

1980년 12월 1일. 한국방송공사(KBS)는 이날 오전 10시 30분부터 45분 동안 제17회 수출의 날 기념식을 사상 처음 컬러로 중계방송했다. 이 방송을 시작으로 국내에서도 본격적인 컬러 TV 방송 시대가 열렸다. 색채 혁명의 출발점이었다. 이날 KBS가 컬러 TV 방송을 시작하자 전국 전자제품 대리점 앞에는 수많은 사람이 몰려서 컬러 화면을 신기한 듯 지켜보며 감탄사를 연발했다.

컬러 TV 방송은 한국이 흑백 TV를 도입한 지 24년 만이고, 세계 81번째였다. 미국보다는 29년, 일본에 비해서도 20년이 늦은 지각 컬러 방송이었다.

이럴 땐 어떻게 불러야 합니까?

그분은 어릴 때부터 한동네 살았으니 형님입니다. 학교로는 선배입니다.

회사에서는 사장입니다. 그의 부인은 같은 동네 사는 누님입니다. 그 누님의 남동생은 저와 친구입니다. 저는 친구 누이의 남편을 자형이라고 부릅니다.

나는 그분을 도대체 우째 불러야 합니까?

- 浩然은 宮禁합니다 -

1983년 1월 1일부터

50세 이상 국민에 한하여 200만 원을 1년간 예치하는 조건으로 연 1회에 유효한 관광 여권을 발급하였다. 이때부터 일본의 SONY(Walkman), 코끼리 밥통, 화장품 등등 수많은 일제 전자제품들이 물밀듯이 쏟아져 들어온다.

1986년 아시안 게임과 1988년 올림픽이 우리나라에서 열렸다. 그해 12월 20일, 우리를 사랑하시고 우리 가정을 위하여 헌신하신 아버지께서 지병인 당뇨로 인하여 69세의 일기로 하늘나라로 소천(召天)하셨다. 아버지와는 손잡고 목욕도 함께 가고 외지 출장을 다니실 때도 나를 많이 데리고 다니셨다.

아버지는 일본에서 수학하셔서 나에게 일본어 공부도 가끔 시켜주셨는데, 그때는 소홀히 했다가 일본을 다녀오고부터 열심히 공부했다. 내가 부끄러웠던 기억은 내가 장성하여 같이 목욕을 갔을 때, 몸에 털이 난 게 부끄러웠고 돋보기를 처음 쓸 때는 공연히 죄송하였다. 아버지는 며느리를 극진히 사랑하셔서 선물을 많이 사주셨는데, 그것 때문에 어머니께서 삐치신 적도 있었다. 며느리를 딸같이 생각한다는 시어머님의 말씀은 가끔만 맞다고 생각한다.

1988년 올림픽을 처음 개최해 겨우 세계에 이름을 알렸으나 20여 년 후인 2010년에는 세계 경제 질서를 논의하는 주요 20개국(G20) 정상회의를 개최할 정도로 위상이 높아졌다.

1997년 국제통화기금(IMF) 외환위기, 2002년 카드 대란, 2008년 미국발 세계 금융위기 등을 겪었지만 1인당 국내총생산(GDP)은 1990년 6,303달러에서 2008년 1만 9,231달러로 급증했다. 2007년에는 2만 1,695달러를 기록해 처음으로 '1인당 GDP 2만 달러 시대'를 열기도 했다.

1963년 삼양라면의 처음 가격이 10원이었고 짜장면 가격은 20원이었는데 지금 120그램 신라면이 편의점 가격으로 1,000원이니 59년 만에 100배가 오른 셈이다.

1990년대와 2000년대는 세계화가 열리는 시대였다. 1996년 유통시장 개방, IMF 외환위기 이후 자본시장 개방 등 개방과 경쟁의 원칙을 충실히 따랐다. 세계적으로 1990년대 미국을 중심으로 IT 붐이 일었다. 2000년대 초반 닷컴 버블 붕괴를 겪기도 했지만, 그 과정에서 우리나라는 IT 강국으로 도약했다. 여행 자유화가 시작되어 너도나도 공항은 북새통이고 이집 저집 너나없이 외국 여행이 유행하였다.

우리 친구들도 평소 친목 단체 회원들과 동남아 여행도 참 많이 다녔다. 그때는 여행을 가지 않으면 마눌에게 볶여서 살 수가 없던 시기였다. 어머니는 항상 그런 것이 불만이셨다. 우리 부부가 외출하고 들어올 때는 30분 정도 시차를 두고 들어왔다. 함께 들어오면 같이 놀러 다녀오는 것이 어머니께 죄송해서 숨기고 싶었다. 집사람은 외출 시 입었던 옷이며 신발은 창고에 감추고 다녔다. 그때의 며느리는 그렇게 시어머니 눈치를 보며 살았다.

공원 벤치에서

맞아, 분명해. 그분일 거야.

아흔은 되신 것 같아. 뒷모습과 옆모습이 닮으셨어.

지팡이 짚으시고 힘든 걸음으로 어딜 가시는 걸까?

한 번쯤 말이나 걸어볼걸. 다시 만나면 손이나 잡아보고 시간이 괜찮으시다면 가까운 식당에라도 모시고 갈걸. 벌써 60년은 지난 것 같지? 다시 돌아오시려나? 이 길 아니면 다른 길로 돌아갈 길은 없을 것 같은데 보호자는 같이 오셨을까? 정말 안타깝고 후회스러운 이별의 시간이다.

혹시 은사님은 나를 알아보셨을까?

알고도 모른 척하셨을까?

당신의 모습을 알리고 싶지 않으셨을까?

비가 올 것 같은 먹구름 속에서 선생님의 모습을 그려봅니다.

- 浩然의 그리움 -

HL5FRU

평소 아마추어 무선에 관심이 많았다.

CQ CQ CQ HL5FRU. HOTEL LIMA FIVE FLORIDA ROMIO UNIFORM STANDING BY….

한국 아마추어 무선사가 교신할 때 나를 알리는 호출부호 또는 call sign이다. 내 call sign HL5FRU를 알기 쉽게 풀어서 상대방이 잘 알아듣게 처음 앞은 국가표시로 한국은 HL, 일본은 JA로 시작하고 숫자는 지역이다. 예를 들어 HL1 서울특별시, HL2 경기도, HL3 강원도, HL4 황해도, HL5 경상북도, HL6 경상남도 등이다.

이것을 호출부호라고 하는데 전 세계를 통하여 하나밖에 없다. 이만큼 콜 사인은 조직적이요, 과학적이다. CBS는 우리나라의 기독교 방송국 이름이지만, 미국의 대형 방송회사인 콜럼비아 방송사의 이름도 또한 CBS이다. 그러나 HLKY라는 콜 사인은 전 세계를 통하여 난 하나뿐이니, HL은 그것이 한국임을 표시하고 있다. 지렇게 HOTEL LIMA라고 순서대로 풀어서 CALLING하는 것은 전파 특성상 유선이 아니고 무선이다 보니 나를 정확하게 알리기 위해 저렇게 풀어서 사람을 찾고 있는 것이다.

그러므로 우리는 아마추어 무선국의 콜 사인만 들으면 곧 그 아마추어 무선국의 국적 및 위치를 알 수 있게 되는 것이다. 따라서 이 콜 사인의 전치 부호는 햄들의 이름과 성에 해당하는 것으로, 이 성은 또한 국적을 표시하는 국제명인 것이다. 한번 부여받은 call sign은 100년간 유용하다. 1989년 아마추어 3급 시험에 합격하고 무선종사자 자격증을 발급받았다.

남북이 대치한 상황이라 전파 감시국의 감시가 심했다. 집 옥상에 VH 안테나를 설치하고 일제 KENWOOD TS-440S 리거와 145메가 테이블용과 IC-2300H 아마추어 65W를, 또 휴대용 핸디를 마련했다. 나는 근거리 145메가보다 장거리 7메가나 21메가를 많이 사용했다. 7메가는 가까운 일본과 중국이 많았고, 21메가는 아주 먼 장거리, 심지어 아프리카까지 교신된다. 통화는 대부분 영어로 하지만 그렇게 어려운 말이 없고 간단한 인사나 날씨 정도이며, 잘하는 사람들은 여러 가지 정보나 학술 토론도 하는 분들도 계신다.

날씨에 따라서 상태가 달라지지만 듣도 보도 못한 먼 아프리카와 가물가물하게 교신을 하고 나면 낚시하는 사람의 월척을 낚는 기쁨과 비할 수 있으랴. 교신 후에는 교신 일지에 어느 나라 누구와 call sign, 교신 시간, 간단한 교신 대화 등을 기록하고, 나의 교신 카드를 적어 한국 아마추어 무선 협회에 보내면 세계 어디든지 무료로 발송해주고, 또 그런 과정을 역으로 통해서 나도 받아 본다. 지금 보관하고 있는 교신 카드만 300장이 넘는다.

처음 시작할 때 외국어를 배워보려고 했는데 상당한 도움이 되었다. 일본 후쿠오카의 사또 씨란 분과 on air에서 자주 만나 시간을 정하여 교신하면서 나는 한국어를, 그 사람은 일본어를 교환하며 공부하기도 하였다. 나는 사또 씨 집을 3번 방문하였고, 사또 씨도 우리 집을 2번이나 방문하였는데 세월이 지나다 보니 자연히 만나지 않아 지금은 연락이 되지 않고 있다. 생각 나는 김에 오랜만에 전화를 해봐야겠다.

자동차와 비행기만 길이 있는 게 아니라 전파도 길이 있다. 그냥 한두 갈래가 아니라 군에서 사용하는 주파수, 비행기에서, 방송국에서, 휴대폰에서 사용하는 주파수 대역대가 전부 다르다. 아마추어가 사용하는 전파 등 전파의 높낮이 등으로 우리가 모르는 사이에 눈에 보이지는 않지만 그렇게 사용하고 있다.

우리가 듣는 라디오도 AM과 FM 방식이 있다. AM은 파장이 넓고 길어 소리를 멀리까지 보내지만 음이 깨끗하지 못하고, FM은 맑고 깨끗한 반면 중간 산이나 건물 등 장애물에 부딪쳐 멀리 보내지 못하는 단점도 있다. 지금 이 시간에도 지구상에 수십, 수백억 개의 전파가 날아다닌다. 우주에서, 인공위성에서 오는 전파도 지금 내가 있는 자리에서 내 몸을 통과하고 있다. 그 전파를 받고 있는 우리는 눈으로 보이지 않아서 전자파를 느끼지 못하고 있지 그 양(量)은 AI도 계산하지 못할 전파들이 날아다닌다.

만약 전파에 저항이 있다면 어떻게 될까. 시속 30㎞ 바람만 불어도 걷기 힘들다. 요즈음 휴대폰 발달로 아마추어 무선의 열기가 식었지만 외국어 공부하기는 참 좋은 도구이고 취미라 날밤도 많이 새웠다. 그만큼 재미있다. 지금도 그때 만났던 아마추어들을 보면 그렇게 반갑다.

개인적인 경험을 통하여 외국어 공부하는 방법에 대하여 알려주고 싶다

첫째, 무조건 문법은 잊어라. 단어가 답이다.

둘째, 뺀지를 가져라. 한국 사람은 한국말 잘하고 저놈들은 자기네 말 잘한다.

셋째, 항상 머릿속에는 분명한 목표를 가져라.

어떤 사람이 외국어를 잘하려면 군대를 가든지 연애를 하라고 한다. 맞는 말이다.

나의 공부 방법은 노트에 같은 단어를 옆으로 한 단어씩, 한글, 영어, 일본어, 중국어를 순서대로 적어놓고 연상을 해본다. 머릿속에 그리는 것이다.

같은 단어는 같은 뜻을 가진다. 예를 들어 고양이라고 하면 미국도, 일본도, 중국도 고양이다. 그것을 연상하는 것이다. 공부를 하려면 불광불급(不狂不及)으로 하여라. 그 나라 가서 그 나라 말을 하고, 호텔 체크인하고, 비행기 예약하고, 지하철 자유롭게 타고 다니고, 식당 같은 데서 그 정도만 해도 여행이 즐거울 수 있다.

영어는 우리나라 사람들은 10년 이상씩 학교에서 배웠기 때문에 이야기하지 않겠다. 일본어는 가타까나(かたかな), 히라가나(ひらがな)의 50音圖와 일반적인 우리가 쓰는 한문만 적당히 알면 신문이나 어지간한 책 80%는 해독되고 그 공부를 하다 보면 자연히 회화도 쉬워진다.

나중에 나오겠지만 나는 사업을 위해 중국에서 3년 정도 생활한 덕에 아무래도 일반인들보다는 쉽게 접근할 수 있었는데, 중국어는 올라가고 내려가는 사성(四声)이라는 4가지 성조 때문에 우리나라 사람들은 처음엔 좀 발음하기가 어렵지만 중국어도 대만에는 번체(繁體)를 사용하고 중국 본토에는 간체(簡體)를 사용하고 있기 때문에 번체보다 간체가 쉽다. 한문은 필수다.

나는 중국어는 읽기는 하는데 쓰기는 어렵다. 누가 뭐래도 영어만 잘하면 되고 둘째 일본어는 적당히 하시고 중국어는 인사라든지 간단한 내용만 알면 된다. 나는 재미있어서 하지만 평소 미국인과 만나서 이야기하다가도 옆에 영어 잘하는 한국 사람이 옆에 오면 주눅이 들어 입이 다물어진다. 나는 영어를 자유롭게 이야기하는 사람이 제일 부럽다.

토익이나 토플 할 것 아니면 아는 단어 몇 개만 들려도 성공하는 것이다. 무조건 들려야 한다. TV에도 자막 함께 나오는 것을 보라고 추천한다. 중국 TV는 100% 밑에 자막이 나온다. 제일 좋은 것은 초등학교 5학년 경에 휴학시켜 1년만 유학 보낸다. 더 오래 있으면 안 돌아오려고 한다. 어린아이가 문법 배워서 뭘 하나, 무조건 그 속에서 생활하는 게 최고다. 나는 꿈속에서 그 나라 말로 꿈을 꿀 때 어느 정도 성공했다고 생각한다. 지금은 외국어 쓸 일이 없지만 그 나라 가서 3일 정도만 있으면 귀도 입도 자연스럽게 열린다.

노래로 배워도 좋다. 내가 외국에 학술대회 가는 것도 아니고, 정치적인 논쟁을 하는 것도 아니니 100문장만 배우면 만사 형통이다.

예를 들어보겠다. 외국 사람을 길에서 만났다. 그 사람은 그냥 "서울역 어디?" 하면 그 사람은 끝난다. 다음부턴 내가 손짓 발짓하며 야단한다. 반대로 내가 일본 가서 東京驛(토쿄에끼), 중국 가서 北京火车站(베이징 훠처찬), 미국 가서 New York Manhattan만 하면 된다. 그때부터는 제놈들이 바쁘다. 여기 동사, 주어, 전치사 하나도 필요 없다.

그래도 품위 있게 여행하려면 좀 배워서 기분 좋게 다녀오라는 이야기다.

필부필부(匹夫匹婦)로 사는 우리 부부(夫婦)

"여보, 코 좀 골지 마."

"누가 할 소린데, 내가 말을 안 해서 그렇지, 당신은 어떤데?"

"그래서, 내가 서로 딴방 쓰자고 했잖아."

새벽 2시, 베개만 달랑 들고 이층으로 올라간다. 이튿날 아침 마눌은 아침을 차려놓고 상보를 덮어놓고 외출하고 없다. 나는 식탁은 거들떠도 안 보고 점심엔 친구 불러 짜장면으로 해결한다. 저녁도, 이튿날 아침도 그렇게 그렇게….

우리 부부는 지금까지 언성 높여 싸워본 적은 없다. 그냥 삐치면 며칠씩 간다. 그놈의 대화 방법이 문제다. 내가 이야기하면 바로 손으로 X 자 그리며 그건 아니다 한다.

며칠 후, "여보, 내가 이야기하는데 당신은 바로 아니라고 하니, 좀 잠시 생각해보고 말하면 안 돼?"

그렇게 하기로 합의를 보았다. 얼마 지난 후 또 그런 일이 있었다. 이번에는 손동작은 안 하고 "여보, 그게 아니지" 하는데 자존심이 상한다. 내 딴엔 생각하고 이야기하는데 듣자마자 아니라고 하니 난 이럴 때마다 말을 안 해버린다.

서로 눈을 쳐다보기도 싫다. 내 작전이라야 뻔하다. 일단 베개 들고 이층 올라가는 것. 말 안 하는 것. 밥 안 먹는 것. 그거 모두 한두 번 써먹는 것도 아니고 본부에 있는 마눌은 언제 끝날 것인지, 부처님 손바닥 보듯 뻔히 안다. 사실 보따리 싸 들고 이층 방에 가면 이 더운 날씨에 에어컨도 구형이라 작동도 잘 안 되고, 괜히 올라왔다 후회도 된다. 집사람은 본부(本部)에 진치고 있으니 시원하고 샤워도 멋대로 할 수 있고 느긋하다. 그러니 남편 여러분, 본부를 지키고 사수하자.

이런 문제는 어떨 때 해결되느냐 하면 손주가 오거나, 약속된 부부 모임에 어쩔 수 없이 참석할 때, 갑자기 주위에 무슨 일이 있을 때, 한 번만 말고를 트면 그걸로 끝이 난다. 이것 말고 종전의 징조는 또 하나 있다. 메모가 온다. "여보, 식탁에 아침 해놓았으니 잡숫고 가세요." 일반적인 항복 선언은 누구도 없고 구렁이 담 넘어가듯 일상생활로 복귀한다.

이번 경우는 장기전으로 계획을 세웠지만 그만 발목 인대가 끊어져 병원은 가야 하지, 샤워 도움을 받아야지, 그렇게 저렇게 정전이 아니라 종전을 하였다.

"여보, 제발 부탁인데 내 이야기할 때 끝까지 듣고 아이라 카마 안 되나?"

- 浩然은 猝富 -

똥낀 놈이 성낸다

아무리 생각해도 그 말이 맞다. 한번 시작한 생각은 멈출 수도 없고, 더해도 빼도 남는 건 생각뿐이다.

농담 속에 진담 있고, 진담 속에 농담 있다.

명분과 실리 사이엔 반드시 갈등이 존재한다.

이 말을 구별 못 하는 당신은?

다단계

1991년 5월에 한국 Amway Korea가 상륙한다. 국내에 첫발을 내디딘 한국 암웨이는 국내 다단계 판매 시장을 일궈온 대표적인 선두 주자다.

그래저래 30년이 된 오늘날까지 이어오다 이젠 금융 다단계로 발전한다. 아마 조직이 한국 내에 몇백 개가 존재하는 것 같다. 서울 역삼동 근방에는 다단계 사무소가 즐비하고 중년의 신사 숙녀들이 드나든다. 많은 피해자를 양산하고 어떤 사람들은 가정이 파괴되어 한강으로 간 사람들도 있었다.

누구나 들으면 솔깃하다. 나도 사업 설명회 들어보았다. 이야기는 너무 쉽다. 그 방법 중 바이너리 시스템이라고 있다. 내 밑에 좌우로 1명씩만 하면 된단다. 스폰서가 있고 파트너가 있다. 금방 될 것 같다. 쉬운 것 같지만 내 밑에 사람이 어렵다.

여기서 내가 그 사람들을 대변하여 말씀드리겠다. 그 설명 들은 사람은 우선 가까운 친구나 친척들을 소개할 수밖에 없다. 그러다 보니 이 사람 저 사람 얽히고설키게 된다. 자기도 모르게 혹시나 하고 들어가서 역시나로 당하게 된다. 나는 그 사람들을 단순히 다단 계꾼으로 부르는 건 싫다. 당신을 소개한 사람도 그 사람들의 설명을 들으면 그렇게 될 줄 확신하게 되어서 그렇지, 대부분의 사람들은 선량한 사람이라. 이런 것 때문에 가까운 사람을 잃지 않았으면 한다. 여기서 확실한 방법을 알려주겠다. 누가 노트북을 가져와서 칠판에 사업 설명을 하고 나를 통해서 돈을 넣으라고 한다면 그것은 100%다.

주식 이야기도 하겠다. 사람들은 쉬운 말로 "야, 그 집 영식이 아버지 주식 해서 폭삭 말아먹었다 카더라." 주위에서 이런 이야기 많이도 하고 들어도 보았을 것이다. 그 영식이 아버지 입장이 되어보셨는가?

역지사지(易地思之)란 말씀 들어보셨을 것이다. 영식이 아버지는 도박이나 여자나 술로 가산을 탕진(蕩盡)한 게 아니다. 직장 생활하면서 노후에 가정 살림에 보태려고 밤이고 낮이고 전철에서 직장 화장실에서 남몰래 휴대폰 보며 얼마나 속을 끓였겠는가? 모든 것에는 원인과 과정과 결과가 있다. 당연히 결과가 좋아야 하겠지만 그 영식이 아빠는 어릴 때부터 경제 교육 받지 않고 섣불리 시장에 들어갔다가 분명 원금 손실하고 본전만 찾으면 나오려다가 타이밍을 놓치고, 남몰래 실의와 고통 속에 있었을 것이다. 주식은 성공하면 투자고, 실패하면 투기란 이야기가 있다. 사모님, 지금이라도 남편 위로해주시고 격려해주세요. 매몰차게 이혼하지 마세요. 다단계 이야기를 해서 골치 아플 텐데 여기서 내 마음을 담은 시(詩)를 드립니다.

그곳에 가면

물도 있고
나무도 있고
바람도 있다

그곳에 가면

별도 있고
달도 있고
어둠도 있다

그곳에 가면

고요도 있고
냄새도 있고
친구도 있다

발길이 당긴다 왠지는 모른다
그곳엔 사람 소리가 있어서 그런가 보다

- 浩然의 가을 소리 -

야들아,
지발 이혼 쫌 하지 마라

"도대체 우에 델라 카노?"

내는 니 에미 애비도 아이미서 이런 소리 하는 기 말이 아이란 거 내도 안다. 사실대로 이바구해보까? 언놈 치고 이혼 한두 번 생각 안 해본 넘 있으면 나와보라 케라. 너들 조아서 죽고 몬산다 칼 때는 언제고, 하기사 살아보마 뭐 빌끼 있겠나마는 작년 통계 보마 혼인 건수는 19만 3,000건으로 전년보다 2만 1,000건, 9.8% 감소했고 갤혼 지속 기간 0~4년은 18.8%, 30년 이상 17.6%, 5~9년까지는 17.1% 순으로 많았으며, 갤혼 지속 기간이 30년 이상인 이혼은 증가하고 있다 칸다.

그래, 우에 있는 거는 통계 수짜라 카더라도 너 집구석 주위 함 둘러바라 한둘씩 있제?

알라들은 우얄라 카노. 장래 커서 무러마 머라 칼 끼고? 이혼할 때 위자료라도 왕창 받아올 년은 모루지만 너는 갤혼해 가꼬 몸만 중고 대 가꼬 입빠이 손해 바짜나. 그노무 친정 이핀네가 문제다. 삐딱하마 짐 싸 가꼬 오라 카지 갤혼은 너거끼리 항 긴데 쪼께만 참

166

지. 그래 새끼넌 누가 키울 끼고? 알라들은 솔로몬 재판가치 논굴 수도 업짜나? 양육비도 꼬빼기로 들 끼고 내가 시기 걱정된다.

  지금은 아무도 안 보고 싶겠지만 나중 대마 너거 자식 새끼들 디기 보고 시플 끼다. 알라들 핵꼬 가마 샌님이 지 부모 델꼬 오라 카지, 또 아프마 빙원 가서 교대로 볼 수도 엄꼬, 아들 고모 숙모 사촌도 엄고 할배 할매 쪼가리 족보 된다.

  쪼깨만 참지, 그라고 밍절 때 다른 집구석에는 손주들 델꼬 올 낀데 니들은 멍청하이 바라만 볼 끼가? 널거보래이. 그래도 부부가 최고라 칸데이. 널거서 새끼라도 이써야 할 낀데 내사마 걱정이데이. 지금이라도 니가 머서마니까 마누라 차자가서 잘 모했다 카고 물라라. 그라마 가도 물라줄 끼다.

  지금은 디기 핀한 거 가찌? 너거 친구들 영숙이도 민영이도 다 가턴 패거리 더리지. 매일 카페에 모이서 낄낄대고 우찌 마라. 지금은 조타 시프지? 바메 대마 무섭고 아쌔끼 또 니 남편 생각날 때도 있을 끼다. 내 말 듣고 다시 한번 생각해보거래. 옛말에 구관이 명관이라 칸데이. 내사마 너들일 더 갈키주고 싶지만 고마 할란다.

  "여기까지 읽으시느라 째께 고생하셨죠? 말을 하자면 그렇다 말입니다."

- 浩然의 命令 -

167

서기 1993년

14대 김영삼 대통령이 취임한다. 1994년에 출근길 성수대교, 1995년 삼풍백화점 붕괴 사고로 인한 안타까운 참사가 있었다. 1997년 국제통화기금(IMF) 외환위기, 당시 1달러 환율이 2,000원까지 치솟기도 했다. 2002년 카드 대란, 2008년 미국발 세계 금융위기도 있었다. 삼성전자, 현대차, LG전자 등 많은 기업들이 IMF 외환위기 이후 글로벌 기업으로 도약했다. 1인당 국내총생산(GDP)은 처음으로 '1인당 GDP 2만 달러 시대'를 열기도 했다. 세계화를 내세우며 시장 개방을 적극적으로 추진한 전략은 결과적으로 성공했다. 최근 아시아에서 유행하는 '한류(韓流)'도 국내 시장에만 안주하지 않고 세계 시장에 도전한 세계화 정신의 결과로 볼 수 있다.

세계적으로 1990년대 미국을 중심으로 IT 붐이 일었다. 2000년대 초반 닷컴 버블 붕괴를 겪기도 했지만, 그 과정에서 우리나라는 IT 강국으로 도약했다. 당시만 해도 우리 지역 아파트 분양가는 평당 250만이었는데 지금은 4배가 넘으니 엄청난 인플레이션이라고 할까? 가치 평가는 절대 평가보다 상대 평가가 되어야지, 이 집 저 집 이 동네 저 동네 다 같이 오르면 결국은 세금만 오르는 것인데 일희일비(一喜一悲)하지는 말아야 한다.

저출산 고령화도 사회적 문제로 떠올랐다. 14세 이하 유소년인구 비중은 출산율 둔화 등으로 계속 낮아지고 있는 반면 65세 이상 인구 비중은 꾸준히 늘어나 2018년에는 14.3%까지 늘어나 고령사회에 진입할 전망이다. 우리나라 인구는 2030년 4,863만 명에 이를 전망이다.

1998년 15대 김대중 대통령의 시대를 겪으며 나는 그간 경영하던 모든 사업은 함께한 직원들께 전부 양도해주고 제주도를 제외한 국내에서는 처음으로 육지에서 바나나 재배를 시작한다. 30㎝되는 묘목을 제주도에서 구입해 3월에 식재한다. 한국 평수로 하우스만 3,000평이다. 당시 아주 큰 규모였고 철골 구조는 금액이 비싸 부산에서 철도 침목으로 쓰는 아비돈이라는 나무로 하우스를 지었다. 처음엔 열대 식물이라 조심스러웠지만 온도만 신경 쓰니 신나게 잘 자랐다. 여름엔 하루에 36㎝씩 자라기도 했다. 병충해도 없고 크게 관리도 신경 쓰지 않아도 되었다. 7년 정도 한 농사도 접고 지인이 공장을 한다고 하여 땅을 매매하였다.

당시 한국은 IMF 상황이었다. 모두가 어려움을 겪고 있던 시기였고 그때는 상업 어음이 유행할 때다. 같은 또래의 친구들이 쉽게 어음을 빌려달라면 서로 유통하고 하던 때다. 공장을 하던 친구가 있었는데 은행 담보 보증을 요구하여 어쩔 수 없이 한번 사인한 것으로 인하여 깊은 수렁에 빠져 실의에 처해 있을 때, 홍콩 있는 처남에게서 전화가 왔다.

중국으로

"안 서방, 중국 와서 사업 한번 안 할래?"

그래서 중국 형편도 살필 겸 1차로 북경을 거처 백두산 태산 산동
성(山東省) 청도시(靑島市)를 방문하였다. 당시 중국은 외자를 유치하
는 데 총력을 다하던 때였다. 현장에 가보니 넓고 넓은 땅을 원하는
대로 택하라고 한다. 조건은 우리 평수로 한 평에 한화 1만 원, 50년
조차(租借) 1회 한하여 연장 조건이다. 처남은 홍콩에 있으며 사람도
좋고 한국에서 오가는 많은 사람들과 교제도 좋아 우리나라 굴지
의 식품회사 1차 가공품을 납품하는 회사를 하기로 한다.

공장은 청도(靑島)에 있는 교주시(胶州市)에 설립한다. 청도시(靑島
市)와는 자동차로 30분이고 공항(空港)에서도 20분 거리라 교통도
편리하다. 공장 부지는 약 10,000평 정도다. 땅값은 평당 10,000원
이고 50년 조차(租借) 기간에 1회 연장, 50년이니까 100년간 임대할
수 있다. 공장 건물의 건축비는 공상은행(工商銀行)을 통하여 마련하
였고 설비는 한국에서 가지고 왔다.

당시 잘난 놈이든 못난 놈이든 한국에서 왔다고 하면 무조건 상전

이다. 한국에서 공장 투자한다고 오면 일단은 호텔에 체크인하고 바로 중국 식당에 모시고 커다란 라운드 식탁에 주빈이라고 앉히고 그것도 문을 바라보고 앉아야 상석이라나?

그 독한 50도가 넘는 백주(白酒)로 술을 못 먹는 사람을 떡이 되게 만들어야 대접을 잘해주는 걸로 안다. 매일 같이 건배(乾杯)를 하며 친구(朋友)의 관계를 유지하고 잘 지냈다. 중국을 모르는 사람도 이야기할 정도로 이 사람들은 관계(关系)를 중요시했고 잘도 먹혀들었다. 한국 기업들에게 무엇이든 협조적이었다. 특히 시정부(市政部)에서 협조를 하라는 지시도 있었고, 은행도 적극적으로 도왔다. 공장은 어려움 없이 순조롭게 잘 진행되었다.

한국인들이 많이 오다 보니 은행을 부당하게 악용하는 사람들이 있었다. 당시 한국의 섬유회사들이 국내 사업이 어려워 청도(靑島)로 대량 이동하였는데 중고 기계를 페인트칠하여 새것같이 속여 부정 대출을 하여 한국 사람들의 신용도가 추락한다. 자연히 한국 사람 전체가 신용을 잃게 되었고, 차츰 많은 기업들이 물밀듯이 들어오다 보니 임금도 오르고 사업적인 매력도 차츰 잃어가고 있었다.

거기다가 중국의 분위기가 한국 사람에게 찬바람이 불 정도로 냉랭해진 것은 사드 배치 때문이었던 것 같다. 우리 정서적으로 볼 때는 사드는 사드고 친구는 친구인데 이곳 사람들은 한국 사람에게 완전히 고무신을 거꾸로 신은 것 같다느니, 우리를 미국의 꼭두각시라고 한다.

그렇지만 우리 회사는 잘되었다. 처음 사무실 직원들이 필요했다. 연변에 있는 조선족 여자들이 경리 겸 통역으로 있었다. 우리가 한국어로 하고 통역이 중국어로 하고 또 그쪽에서 중국어로 하고 통역이 한국어로 돌아오면 뜻이 50%로도 전달되지 않았다. 한국어라 하지만 조선족들은 함경도 말이고 한국에 살아보지도 않았고 중요한 것은 그 나라 습관과 문화를 잘 알지 못하면 통역이 제대로 안 된다는 걸 알았다.

세월이 가면서 회사 직원은 우리가 쑥떡같이 지껄여도 찰떡같이 알아먹게 되었다. 한국과 중국이 축구 경기를 할 때 회사에서 관람 중 응원하는 걸 보면 그 사람들은 중국 편이다. 그런데 우리나라 사람들이 착각하는 건 조선족도 한국 사람이라고 착각한다. 그 사람들은 엄연히 중화인민공화국의 여권을 소지하고 있는 중국 사람이다.

공장의 전기는 24시간 정전은 없었지만, 전압이 고르지 못해 기계 고장이 많았다. 겨울에는 하루에도 수십 톤의 원료가 들어온다. 고추를 가공하는 것으로 8시부터 작업 시작인데 새벽 6시부터 아주머니들이 공장 앞에서 기다린다.

공장의 작업 시작은 오전 8시부터인데 아침 7시부터 기다리다 정문이 열리면 500여 명의 아주머니들은 달리기하며 자리를 찾는다. 고추의 꼭지를 따는 일인데 그날 작업한 것을 무게를 달아 정산하기 때문에 야단들이다. 추운 날인데 회사에서 주는 따뜻한 보리차

172

에 빵 하나 먹고 일하시는 것 보면 정말 마음 아팠고, 우리나라에 태어난 게 정말 고마웠다. 어떤 아주머니들은 작업한 고추를 퇴근할 때 옷 속에 숨겨서 나간다. 할 수 없이 경비실의 여자 경비원이 몸수색을 하면 중요한 부분에까지 꽉 차게 숨겨 나간다(지금은 상상할 수도 없는 일).

한국에서 지인이나 친구들이 가끔 방문한다. 그러면 관할 시정부(市政部)에 연락하면 비행기 도착 시간을 알려달라고 한다. 경찰차 에스코트를 받고 호텔에 짐 풀고 나면 바로 식당으로 안내된다. 우리 손님은 두 사람이라도 그쪽 관계되는 사람은 항상 5~6명이다. 그 나라는 식당에 꼭 운전수를 대동한다. 우리나라같이 기사 취급 안 한다. 마음껏 백주(白酒) 따르고 또 따르면 한국 손님은 기절 1분 전이지만 그 사람들은 그것이 일상이라 끄떡없고 투자 유치를 위한 일이라면 그렇게 물불 가리지 않고 열심이다.

가끔 식당에서 중국말로 이런 말 한번 하면 깜짝 놀란다. "백두산에 가보지 않으면 진정한 사나이가 아니다(不到長城非好漢)."

생각해보았다. 나는 한국인이란 그것 하나 때문에 환대를 받는다. 국가에 대하여 또 한 번 감사를 느꼈다. 내가 방글라데시나 콩고에서 태어났다면 어땠을까? 4년 동안에 너무 많은 경험도 하고 즐거운 생활을 했다. 홍콩의 처남은 한 달에 한 번 방문하였고 올 때마다 많은 선물을 가져왔기 때문에 꽌시(关系) 관계가 좋았다. 중국 사람들은 우리나라 김(金)씨를 Jin 先生이라 하고 박(朴)씨를 Pyo 先

生이라고 부르며, 서울(漢城)을 Han Chung이라고 불렀는데 얼마 전부터는 서울로 부르고 있다. KBS 뉴스를 우리나라는 저녁 9시에 하는데 중국에서는 저녁 8시에 한다. 그것은 중국과 1시간의 시차가 있어서 그렇다.

중국은 날짜 변경선으로 봐서 한국과 700㎞ 서쪽 비행기로 1시간 30분 정도인데 1시간이 늦어서 그런지 처음에는 기분이 이상했다. 일본 동경(日本 東京)까지 2시간 30분 떨어져 있는 데도 동일 시간대를 쓰고 있다. 처남은 4개 국어(영어, 일어, 중국어, 한국어)로 성경 필사를 마친 대단한 분이다. 작성한 4개 국어 필사본은 홍콩 한인 본당 설립 25주년을 맞아 열린 본당에 전시됐다.

중국에는 자동차, 특히 일제 자동차는 상당히 비쌌다. 우리 투자 회사의 한국 직원들에게는 1대씩 면세 혜택을 줘서 우리는 토요타, 닛산 등 좋은 차를 가졌다. 그 당시 사무실 직원과 운전기사 월급은 10만 원 정도면 아주 좋은 대우였다. 운전기사 근무 시간은 없었다. 어떨 때는 손님을 맞으러 공항을 하루에 몇 번씩 다니고, 자다가 호출해도 불만이 없다. 운전을 하고 싶어 운전 면허 시험을 보았다. 시험장엔 시험관과 1:1로 앉는다. 시험문제는 전부 중국어로 가득하다. 시험문제는 하나도 알 수 없었다. 그래서 통역을 붙여준다. 전부를 통역이 시험 보는 것과 같다. 다음은 도로 연수다. 먼저 시험 본 한국 사람들이 가르쳐준 대로 옆에 탄 감독관에게 슬며시 준비한 봉투를 내밀면 싱긋이 웃으며 합격증을 받는다. 오해하지 마시라. 옛날에는 그랬다는 말이다.

청도(青島)는 해변도 아름답고 독일 조차(租借) 지역이라 해변의 건물들은 독일식 주택들이 많았고 기후도 해양성 기후에 사람 살기는 아주 좋다. 해변에는 경복궁(景福宮)이라는 한국 고급 식당이 있었다. 당시 한국 사람들에게는 환율 차로 인하여 우리는 부담 없이 생활할 수 있었다. 인천에서 청도공항까지는 비행기로 약 1시간 30분 정도라 기내식 식사하고 나면 바로 내리리라고 한다. 공항이나 시내의 도로는 한산하고 건물들은 옛날 건물이고 길가의 자동차는 우리나라 1990년대 수준이다.

나는 한 달의 25일은 중국 공장에, 5일은 한국에 오는 조건으로 시작하여 4년 정도 중국 생활을 하였다. 나는 자칭 역마살(驛馬煞)이 있는 사람이다. 신기한 걸 보면 꼭 가보고 알아봐야 직성이 풀린다. 주말에는 여기저기 관광지도 다니고 자동차 타고 인근 도시는 물론 수도 없이 다녔다. 아무나 부딪히다 보니 중국말 하는 데도 어려움이 없게 되었다. 한번은 북경까지 혼자 운전해 가서 돌아갈 때는 엄두가 나지 않아 회사 기사 불러서 차는 기사가 가져가고 나는 비행기를 타고 온 적도 있다.

프로펠러 비행기도 탔다. 여름엔 공장이 한 달간 쉰다. 그동안 공장은 기계 수리 및 다음 작업을 위한 준비를 한다. 겸사겸사 동북삼성(東北三省) 여행을 떠난다. 청도(青島)에서 장춘(長春)까지는 프로펠러 비행기로 갔다. 그 비행기가 얼마나 시끄럽고 동체가 흔들리는지 나는 무서웠는데 그래도 제트기보다 프로펠러가 안전하다고 한다.

장춘(長春)은 일본 사람들이 살려고 만든 도시로, 도시 계획도 잘되어 있고 이름도 신경(新京)이라고 일본 사람들이 이름을 지었다. 장춘(長春)서 연변은 기차로 10시간 정도 되는 것 같았는데 연변에는 조선족들로 구성된 연변 오동팀을 맡아 중국 프로축구 감독으로 복귀한 최은택 선배가 놀러 오라고 해서 갔는데 그 인기는 대단했다.

중국 사람들은 축구라면 열광하는데 연변의 오동팀을 만년 꼴찌에서 중국 내 랭킹 2위까지 올려놨으니 영웅 같은 존재였다. 숙소는 학생들의 문전성시, 시민들은 환호 자체였다. 내가 최은택 감독과 함께 있으니 나도 대단한 사람인 줄 알고 식당이고 어디고 가는 데마다 환대를 받았다. 그 최은택 감독도 6년 전 세상을 하직하셨다. 나도 4년의 경험을 뒤로하고 귀국한다.

다시 찾은 중국

아나나 다를까. 그렇게 만석으로 가득 차던 비행기 좌석부터 빈자리가 많았고, 공항 도착 후 출입국 카운터의 승객들 대기 줄은 도마뱀 꼬리처럼 짧았다. 옛날 같으면 한국 이름이 적힌 피켓을 들고 청도공항에 마중 나온 사람들로 북적이고 웅성거리고 하였는데 이젠 한국말도 들리지 않는다. 주차장에서 차를 타고 가면서 기사에게 물었다.

"요즈음 공항 분위기가 왜 그래? 한국 사람들이 이렇게 안 보여? 언제부터 이런 거야?"

기사는 그냥 웃고 만다. 3개월 전에 올 때는 이렇지 않았는데 기분이 묘하다. 호텔 체크인할 때 데스크는 친절했다. 평소 잘 아는 직원이라 농담으로 "나 한국 사람인데 방 안 주는 것 아니냐"라고 하니까 웃으면서 메이꽌시(沒关系, 이 사람들이 아주 많이 쓰는 '괜찮다' 정도)라고 한다.

옛날 일들이 생각난다. 한국 기업들이 중국에서도 청도(青島)에 많이 진출해 있었고 이때만 해도 한국 사람들의 인기는 대단했다. 한국에서 공장 설립하러 온다고 하면 관계자들이 공항에 마중 나오고 경찰차 에스코트로 호텔 안내는 물론 짐 보따리 풀기 무섭게 기다 렸다가 식당에 모셔놓고 언론사 불러서 인터뷰하고 사진 찍고, 난리 지기던 세월도 있었는데 이렇게 변했구나. 차창 밖 시내 거리는 천 지개벽이란 말로 표현할 수밖에 없다.

공항을 옮긴 신청사도 근사하게 만들었고 지하철도 빠른 시일에 신설하여 노선도 7호선까지 있는데다 전동차도 쾌적하고 승객들도 몸이 부딪칠 정도로 붐볐다. 즐비한 고층 빌딩과 울창한 아파트 숲 에 고급 승용차들로 꽉 찬 도로까지, 20년 전을 생각하니 한마디로 신천지 같았다.

이젠 VISA 받기도 어렵다. 회사 운영할 땐 복수 비자라 어려움이 없었는데 이제 단수에다가 휴대폰으로 사진도 멋대로 못 찍게 한 다. 잘못하면 휴대폰 압류까지 당한다.

저녁에 호텔로 찾아온 성 경리와 저녁도 하고 이런저런 옛날이야 기를 하며 2박 3일로 다시 찾은 청도의 지나간 기억들을 정리한다.

사모님이 기분 나쁠 때

1. 커피숍에 들어가자마자 똑같은 디자인의 옷을 입은 사람을 만났을 때

2. 루이비통 빽을 들고 있는데 앞의 아주머니가 똑같은 짝퉁을 들고 있을 때

3. 골프장에서 미즈노 에펠8을 가지고 있는데 영숙이는 혼마 3스타를 내려놓을 때

4. 우리 아들은 K대학에 들어갔는데 진숙이 아들이 S대에 들어갔다는 소식을 듣고

5. 아파트 아래층 708호 살던 아줌마가 타워팰리스로 이사 간다는 소식을 듣고

6. 우리 집에 오는 파출부를 내가 단골로 다니는 청담동 미용실에서 만났을 때

7. 최 집사 얼마 전까지 소나타 몰고 다녔는데 기사 운전하는 BMW에서 내렸을 때

8. 모임에 늦게 도착했는데 내가 도착하니 모두 입 닫고 나를 쳐다볼 때

9. VOLVO 타고 온 년은 발렛 주차해주고 그랜저 타고 온 나는 못 본 체할 때

10. 미용실에서 옆 손님은 파마발 잘 받는데 나는 어쩐지 마음에 안 들 때

그럴 땐 중국집에 가서서 화끈한 짬뽕을 드심이 어떨까요?

사모님이 기분 좋을 때

1. 신형 Benz S600 타고 클럽 하우스에 하차하는 것을 사람들이
   처다볼 때

2. 앞 팀 사모님이 3번 홀에서 OB 나고 13번 홀 러프에 들어가 헤
   맬 때

3. 나는 팔고 난 뒤 러시아 전쟁 때문에 주식 폭락했다는 뉴스
   볼 때

4. 백화점 명품 세일 갔는데 내 자리에서 마감되고 뒤 손님은 꽝
   됐을 때

5. 보톡스 넣고 당긴 거나 눈썹 문신이 티 안 나고 자연스럽게 잘
   나왔을 때

6. 남편이 내일부터 일주일간 일본 출장 갔다 온다고 전화 왔을 때

7. 고속도로 배탈 나서 급하게 화장실 갔는데 마침 자리가 하나

있을 때

8. 작년 옷을 입었는데 주머니에서 5만 원짜리 지폐가 6장 나왔을 때

9. 마사지샵에서 사모님의 피부는 언제나 탄력 있고 좋아요 했을 때

10. 현주네 집 아파트 3억 올랐는데 우리 집은 7억 올랐을 때 그 기분

여러분, 이럴 때 초 친다고 나를 할머니라 부르지 마요. 목주름 성형외과 예약했어요.

자식들은 이야기한다. 아버지, 이제 쉬세요. 나는 그냥 있지 못한다. 무엇이든 해야 한다. 성격이 놀고먹는 건 죄라고 생각하는 사람이다. 바나나 키운 경력도 있고, 가까운 선산읍 낙동강변 고수부지에 17명이 발기하여 농업법인 유한회사 구미원예농단(龜尾園藝農團)을 설립하여 유리온실을 만들었다.

땅은 구미시로부터 임대하고 정책 자금을 지원받았지만, 온실 공사비만 150억 원이다. 지금부터 20년 전이니 그 당시 시설로는 대단한 온실이다. 국내에서 2번째라고 했다. 공사를 위하여 네덜란드와 일본의 아사히 글라스 등을 견학하여 완성했다. 전부 최신 자동 시설이다.

더울 땐 천창이 자동으로 열리고 컨베이어 벨트와 보일러실은 큰 공장 시설 같았고, 비료도 양액실에서 자동으로 배송되고 직원도 외국인 포함 50명 정도가 되었다. 온실의 크기는 약 30,000평이다. 처음엔 스프레이 국화, 장미, 선인장을 생산하여 전량 일본으로 수출하였다.

183

10여 년이 지나고 일본의 수출 단가가 맞지 않아 파프리카로 바꾸었다. 전국에서 견학도 많이 오고 매스컴에서 취재도 많이 했다. 그렇게 16년간 경영을 하다 나이도 있고 해서 그만두었다. 그동안 주주들도 많이 바뀌고 새로운 온실들의 등장과 인건비 상승과 대표의 안일한 경영으로 인하여 지금은 겨우 명맥을 이어간다. 안타깝다.

2003년 노무현, 2008년 이명박, 2013년 박근혜 대통령을 거친다

2003년 2월 18일 대구 지하철 화재 참사(大邱地下鐵火災慘事)로 192명의 사망자와 21명의 실종자, 그리고 151명의 부상자가 발생했다. 대구 상인동 가스 폭발 사고와 삼풍백화점 붕괴 사고 이후 역대 최대 규모의 사상자였다.

전화도 공중전화와 함께 삐삐(무선호출기가)가 012란 식별 번호로 등장한다. 너도나도 허리춤에 차고 다닌다. 당시 많이 쓰던 삐삐 문자 약어로 0404(영원히 사랑해), 1010235(열렬히 사모), 0242(연인 사이), 1004(천사), 3575(사무치게 그립다), 1000024(많이 사랑해) 등이 있었다.

삐삐 시대가 가며 011, 016, 017, 018, 019의 이동통신사가 출현한다. 휴대폰이 처음 나왔을 때 어른들은 혀를 찼다. 에이, 공중전화 옆에 두고 비싼 전화한다고. 처음 011 무선전화는 벽돌 전화라고 했다. 크기가 벽돌만 하고 통신 거리가 짧아 통화는 어렵지만 멋쟁이들은 자동차에 안테나를 달고 호텔 커피숍 정도 다니려면 그 정도는 들고 다녀야 폼을 잡을 수 있었다.

'벽돌폰'의 가격은 기기 값 400만 원에 거치대 등 설치비 60여만 원이 별도로 들었다. 이는 당시 서울 일부 지역의 아파트 전셋값과 맞먹는 가격이었다. 10시간을 충전해도 약 40여 분 동안만 사용이 가능해 효율성이 부족했다.

세월이 흘러 2G, 3G, 4G, 지금은 5G로 인하여 자율주행차가 다니게 될 수도 있고 011, 016, 017, 019를 통합하여 010-1234-5678처럼 11 자리 숫자로 통일되었다. 우리는 기적이라고 말한다.

기적은 물 위를 걷는 것만이 기적이 아니고, 지금 나 자신이 보고 걷는 것들이 기적이다. 돌이켜 보면 우리나라의 눈부신 산업 발전이 한강의 기적이었고, 가까운 장래에 곧 G2 국가가 될 것만 같다.

전화로 문자를 보내고 영화를 보다니, 50년 전 사람들이 이런 이야기 들으면 정신병원에 갈 사람이라고 하겠지. K-POP이, BTS가, 손흥민이, 박세리가 그밖에 수많은 젊은이들이 세계의 스포츠, 문화, 예술을 들었다 놓았다 한다.

2013년 6월 13일에 방탄소년단(防彈少年團), 약칭으로 BTS가 데뷔한다. 빅히트 뮤직 소속 대한민국 7인조 보이그룹이다. 2013년 방탄소년단은 '2 COOL 4 SKOOL'을 발매하며 데뷔하였고, 그해 신인상을 수상했다. 빌보드 핫 100에서도 1위를 기록하였다. 현재까지 방탄소년단은 전 세계에서 3,000만 장가량의 음반을 판매하였고, 대한민국 역대 최다 음반 판매량을 기록한 음악 그룹이다.

삼도봉 및
해인산장이라고 있다

친구와 저녁을 먹고 있는데 연세가 지긋한 양반이 비를 맞고 혼자 들어온다. 백두대간 산행 중이란다. 연세가 어떻게 되느냐고 물었더니 71살이란다. 밤늦도록 백두대간 이야기를 듣고 이거다 싶었다.

난 등산을 좋아한다. 한창일 때 우리 부부는 정말 산에 많이 다녔다. 산을 좋아하게 된 첫 번째 동기는 이렇다. 단풍철에 가야산 해인사의 남쪽 남산 제1봉의 매력에 빠져서 대둔산, 주흘산, 대미산, 금오산, 팔공산 등 사방 100㎞ 거리의 산은 거의 다녔다. 집사람이 힘들 땐 내가 끈으로 묶고 다녔다. 나도 웃었지만 등산 온 사람들이 우리의 모습을 보고 박수도 쳐주고 웃었다. 산사람끼리는 그래서 좋다.

평소 마음은 있었지만 엄두가 나지 않았는데 일흔 살의 나이에도 할 수 있다니. "됐다. 나도 해야지" 마음먹고 다음 날 백두대간 공부를 한다. 선구자들의 자료가 많은 도움이 된다. 블로그나 수기 등을 찾아보고 각 지역 군청 홍보실 등에서 지도를 먼저 구했다. 구역을 46구간으로 나누어보았다. 그동안 지인이나 산악회 등 이곳저곳 모임에서 함께 다녀본 코스는 갔다 왔다고 치고, 안 가본 곳을 가기로 한다.

우리 지역에서 가까운 부항령~질매재(우두령) 19.25㎞이나 질매재(우두령)~추풍령 23.74㎞ 등은 혼자 승용차를 타고 가고, 돌아올 땐 택시를, 어떨 땐 버스나 지나가는 차를 편성했고 오토바이 뒷좌석에도 얻어 탔다. 나머지는 동호회 회원이나 SNS를 통해 연락하여 어디서 모이자고 하고 그렇게 저렇게 약 3년 정도 걸려서 완주했다. 마치고 나니 흥분이 됐다. 나 자신이 대단한 일을 한 것 같고, 지금도 눈을 감으면 그렇게 한 고생들과 지부령부터 지리산까지의 모든 과정들이 영원히 잊지 못할 삼삼한 추억으로 남는다.

이제는 자전거로 4대강 국토 종주가 당긴다. 한 살이라도 젊을 때 하고 싶었다. 자전거도 새것으로 하나 샀다. 평소 자전거를 타고 다녔던 동네 동생과 새벽 5시 30분 무궁화 열차를 탔다. 무궁화에는 5호차에 자전거를 실을 수 있는 공간이 있다. 서울역에 도착하여 서부역 쪽에 인천 가는 방향 지하 5층 엘리베이터를 타고 공항 지하철도로 인천 서해 갑문 경인아라뱃길에서부터 출발하였다.

서울로 오는 한강의 경치가 너무 좋았다. 서울 도착했을 때 같이 간 동생이 "형님 난 못 가겠어요." 할 수 없지. 그 동생은 고속버스로 내려가고 혼자 페달을 밟았다. 항상 다리 위로만 다녀서 몰랐는데, 다리 밑의 반포나 한강 경치는 세계에 이렇게 아름다운 강이 있을 수 있을까 싶을 만큼 탄성이 절로 나온다. 우리나라 서울이 좋았다. 자전거 타는 사람이 많았다.

팔당역 두물머리를 지나 양평에서 쉬기로 했다. 모텔에 들어갔다.

자전거를 둘 수 없어 방에 가지고 들어갔는데 좁은 방문 앞에 억지로 세워둬야만 했다. 이튿날은 충주 탄금대, 충주에서 단국대학 언덕을 넘어 수안보 가는 길에 날씨는 한여름이라 무지 덥지, 언덕은 높고 끝이 안 보이는데 도대체 올라가는지 내려가는지 정신이 몽롱하다.

한참을 가다 오토바이 타고 가는 사람에게 좀 묶어서 가자고 해도 끈이 없다고 하여 코란도 타고 가는 사람에게 부탁하여 트렁크에 억지로 자전거를 구겨 넣고 나도 그 뒤에 탔다. 수안보에서 온천도 하고 이튿날 꼭두새벽에 문경 이화령고개를 넘고 달리고 달렸다. 예천 상주 상풍교 구간에서는 4대강 코스가 아니라 일반 길을 돌아서 가야 된다(지금은 모르겠다). 일반 국도 다리를 지나는데 그 좁은 다리 위로 25톤 공사 차량이 지날 때마다 공포를 느꼈다. 선산 가까이에서 집으로 와 약 한 달간 쉬었다.

그리고 낙동강 하구둑(부산 을숙도)에서 완성하였다. 혼자라 너무 힘들어 포기할까도 했는데 구간마다 종주 수첩에 스탬프 받는 재미로 완주를 할 수 있었다. 지금은 후유증으로 무릎이 상해 자전거는 탈 수 없고, 타이어 바람을 빼고 2층 빈방에 걸어두고 있다.

내 인생 살아온 것 중 백두대간과 4대강 자전거 종주 경험이 자랑스럽다.

한국 고속철도

KTX 공사는 지율이라는 멍청한 한 사람 때문에 터무니없는 천성산 도룡농 공사 금지 가처분으로 법원 결정이 나오기 전까지 2004년 8월, 2005년 8월~11월 두 차례에 걸쳐 공사를 중단하기도 했지만 2004년 4월 1일에 개통하게 되었다.

2017년 19대 문재인 대통령이 취임한다. 그럭저럭 아침 먹고 양치하고, 점심 먹고 양치하고, 저녁 먹고 양치하고, 저녁이면 잠자고 했더니 밀레니엄 시대, 디지털 시대인 대망의 2020년을 맞이한다. 디지털 시대에 성장한 이들은 항상 온라인 상태에 있고 다른 사람들과 공유하고 이야기하기를 좋아한다. 젊은이들은 많은 대안이 있고 자신들만의 삶을 창조한다. 그들은 개인화 경향이 강하고 자신을 표현하는 욕구가 강한 사람이고 개인주의가 발달해 있다. 이혼하기를 부잣집 밥 먹듯이 한다.

영화로는 '국제시장', '미션 임파서블', '쥬라기 월드', '택시 운전사', '범죄도시', '국가부도의 날', '남산의 부장들'이 유명세를 탔고, 대중가수로는 방탄소년단, 김연자의 '아모르파티', 2019년 한 트로트 경연대회에서 국악인 송가인을 탄생시켰고, 장윤정, 태진아, 아이유, 소

녀시대, 임창정 등이 유명세를 탄다. 스포츠 스타로는 박지성, 손흥민, 류현진, 이강인 등 기라성 같은 스타들이 배출되었다. 2018년에는 제7회 6·13 전국동시지방선거가 253개소에서 진행되었고 JTBC, TV조선, 채널 A 등 종편 방송국이 출범한다. 그해에 평창 동계올림픽이 평창에서 개최되었다.

어제로 친손자, 외손자, 외손녀가 있는
완벽한 할아버지가 되었습니다

오늘은 그놈 만나러 한양 갑니다. 주말에는 조카 결혼식도 있고, 한양에서 며칠 개기다 오려고 합니다. 외손주는 있지만 이번엔 친손주라 아직 감은 오지 않지만, 만나면 어떤 기분이 들까요? 먼저 만난 외손주들한테는 온통 마음을 다 빼앗겼는데, 이번은 어떨지?

주위 마눌 친구들은 친손주 낳아보라고 하는데, 요사이 머슴아는 장모 끼고 사니까 아기를 돌보지 않아 우리 마누라는 편하겠네. 사돈이 젊고 첫아기니까 우리는 좀 편할 듯. 선배님들의 경험에 동의하지요. 모두 좋은 시간 되세요.

- 2017. 11. 28. -

2019년 봄이다

3월 23일, KBO 리그가 개막되었다. 순위는 두산, SSG, 키움, LG, NC, KT, KIA, 삼성, 한화, 롯데 순이다.

국내 영화는 영화관에 1,600만 명이 입장한 '극한직업'을 위시하여 '기생충', '엑시트', '배심원들', '신의 한 수' 등이 있었고 2019년 바둑계의 랭킹 순위는 신진서, 박정환, 변상일, 강동윤 등이 세계 바둑계를 휩쓸었다.

2019년 9월 9일에는 1955년 2월 1일 동아일보에 '고바우 영감'이라는 4컷짜리 시사만화를 45년간 1만 4,139회 연재한 김성환 화백이 87세로 세상을 떠난 날이기도 하다. 정권을 비판한다고 중정(中情)에 끌려가 고초를 당하기도 했다. 짧은 4컷이었지만 서민들의 희노애락을 잘 표현해서 사랑을 많이 받은, 잊지 못할 만화였다.

2020년 1월 19일 중국 우한시에 거주하는 중국 국적의 35세 여성에 대해 신종 코로나 바이러스 감염증 검사를 시행한 결과, 20일 확진자로 확정됐다고 질병관리본부는 발표했다.

전국을 공포의 도가니로 떨게 했던 코로나, K 방역의 PCR 검사나 신속 항원 검사도 믿을 수 없는 엉터리 허점투성이였다. 물론 이런 바이러스가 창궐할 줄 알았겠냐만 매일같이 TV에서는 국민 불안만 조장하는 꼴이었고 질병관리본부에서 질병관리청으로 격상시켰지만 뚜렷한 결과는 얻을 수 없었다.

너무 웃기는 것은 하루에 200만 명이나 이용하는 지하철이나 버스, 국회나 정부청사에 근무하는 사람들은 괜찮고 유독 교회만 조졌다. 특히 신천지와 장위동 사랑제일교회만 대표적으로 많은 시달림을 받았다. 처음엔 정은경 청장의 고군분투하는 모습에 국민들은 칭송을 아끼지 않았지만 그것도 지금 와서 보니 뻥이고 멋진 쇼의 연출 같았다.

우크라이나에서
전쟁이 발발한 지 6개월이 지났다

2022년 2월 24일, 블라디미르 푸틴 러시아 대통령은 TV 연설을 통해 우크라이나 동부 돈바스 지역에 '특수 군사 작전'을 선포했다.

러시아의 우크라이나 침공으로 인하여 수많은 사람들이 가족과 생계의 터전마저 잃고 비참하게 지옥 같은 생활을 하고 있다. 어찌 되었든 러시아의 푸틴은 참 나쁜 대통령이다. 왜 멀쩡한 사람들을 죽음으로 몰고 가서 천하보다 귀한 목숨을 잃게 하는가?

전쟁이 남긴 흔적을 지우려면 몇백 년이 가야 잊을 수 있을까? 우크라이나의 젤렌스키 대통령은 코미디언 출신으로, 세계 사람들로부터 용감한 대통령으로 많은 찬사를 받았다. 우리는 우크라이나의 역사와 도시 지명을 자연적으로 공부하게 되었다.

돈바스 지역, 크림반도, 도네츠크, 벨라루스 등 우리는 몰라도 되는 지명들이다. 한국의 유튜버들은 정확하지도 않은 엉터리 정보로 구독자 수를 늘려 독자들을 많이 우려먹고 있다. 이번 전쟁으로 인하여 재미를 톡톡히 보고 있는 것 같다. 그중에 대표적인 인물이 국방을 전문으로 한다는 신 모 씨, why 모 씨 등등이 있다. 그분들은 오늘도 '좋아요', '구독', '알림설정' 누르라고 호소한다. 그 사람 한 달 유튜브에서 나오는 금액이 얼마나 되는지 아시면 놀라실 것이다.

이제는 세계인들이 지쳤다. 전쟁으로 인한 세계의 경제가 엉망이다. 모두가 피로감을 느낀다. 이제 우리가 바라는 건 어떤 놈이 이기든 전쟁이 하루속히 끝나기만 바랄 뿐이다.

2022년 3월 9일 제20대 선거에서 당선된 윤석열 대통령이 이끄는 대한민국 정부가 탄생한다. 자유 대한민국과 경제를 일으키겠다고 하니 기대해본다. 우리가 부탁드리는 것은, 혹시나가 역시나가 되지 않길 바란다.

서울 아파트값은 35평 기준 원가를 매기기가 어렵다. 가격은 시장이 결정하겠지만, 말이 말 같지 않아 조심스럽다. 30년 넘어 방충망도 헐렁이고 수돗물은 녹슨 물만 나오는 잠실 아파트가 30억이 넘는다. 몇 년 사이에 20억이나 올랐는데 요즘 한 5억 떨어졌다고 난리굿이다. 미꾸라지 소금 친 것 같다. 정부는 특단의 대책이 있는데 알고 그러는지 모르고 그러는지 하는 짓들이 한심한 사람들이다.

한국에서 정치하는 사람들, 특히 국회의원들께 한마디 하고 싶다. 예를 들어 의사, 변호사, 약사 등 전문직에 있는 사람들은 상당한 기간에 걸쳐 자격시험에 통과하고 수련 기간을 거쳐 자기의 전문직에 종사하고 있다. 저들은 말이 좋아 봉사지, 모든 특권은 모조리 가지고 어제도 오늘도 싸움 타령만 하고 있다. A4 용지로 50페이지를 써도 다 채울 수 없을 만큼 울화가 치솟는다.

당신들은 무슨 거짓말을 부잣집 밥 먹듯이 하나요? TV에 나와서 머리 숙여 사과한다고 믿어야 하나요? "저는 깨끗합니다. 억울합니다." 또 "수사 중인 사건이므로 결코 좌시(坐視)하지 않겠습니다" 하는 사람은 얼마 지나지 않아 대부분 국립(國立)호텔에 들어가시더라고요.

공직선거에 당선된 사람들은 일단은 사과하는 즉시 모든 공직에서 물러나야 합니다. 그리고 지금까지 받은 월급 전부 반납해야 마땅합니다.

국회의원 자격은 농민도, 어민도, 택시 운전수도, 전과자도, 사기꾼도 아무나 할 수 있는데 무슨 대단한 전문가인 척하지 마시고 제발 우리 국민들 잘 먹고 잘살고 자유 대한민국 이룩하는 데 최선을 다해주시기를 부탁드립니다.

다방이라고 있습니다

지금도 있어요. 다방 주인을 마담이라고 부르고 보조로 레지라는 아가씨가 있습니다. 한복을 곱게 차려입고 단골들 옆에 앉아서 말동무를 해주며 쌍화차를 우려먹지만 밉지도 않아요. 그래도 그때가 사람 사는 훈기가 있었는데 언제부터인가 우리나라에 cafe란 게 들어왔습니다. 저는 하루에 3잔 이상 커피를 마시지만 사실은 맛은 모르고 그냥 먹습니다. 그냥 미아리 커피 애용자입니다.

여기도 저기도 바닷가에도 산에도 들에도 골목골목 1층에도 2층에도 옥상에도 있는데 분명히 서비스 사업인데 손님은 커피도 먹기 전 먼저 계산하고 울림판 하나 받아 들고 2층에서 기다리다 진동이 오면 아래층 내려가서 두 손 받쳐 올라와서 먹고 또 빈 컵을 가져다 바치고, 도대체 이런 서비스를 누가 길들였나요?

Starbucks가 들어오고부터 같은데 커피 한 잔에 짜장면 한 그릇 값은 될 것 같은데 짜장면은 손님에게 배달해주고 커피는 우리가 손수 가져갔다 가져오는 이 짓을 누가 시작하였나요? 손님은 앉아서 서비스를 받을 자격이 없나요? 그 가격이면 충분히 앉아서 서비스를 받을 만한데 너무 당연한 것 같이 생활하는 서구식 문화가 우리는 속상하지만 어쩔 수 없나요?

　이럴 때 촛불 들어야 하는 것 아닌가요? 불매운동 해야 되는 것
아닌가요? 영감님이 세상 너무 모른다고요? 맞아요. 나는 그런 서비
스 받고 싶어요. 그런 자리가 어색해요.

한미, 한일 관계에 대한
저의 생각을 말씀드릴게요

한일 관계는 예민한 관계로 말씀드리기가 어렵다. 그렇지만 한 번쯤은 저의 견해도 들어주시면 역사를 이해하는 데 도움이 될 것 같아서 말씀드린다.

먼저 대일청구권은 한국을 식민 지배하고 인적, 물적 수탈을 자행한 것에 대해 일본에 배상을 청구한 금액이다. 무상 3억 불, 유상 2억 불, 상업차관 3억 불까지 합계 8억 불을 받았고 전두환 대통령은 15년 후, 5배나 되는 40억 달러의 차관을 얻어냈다.

5·16 군사정부는 경제 개발계획을 시행하기 위해서 막대한 개발자금을 필요로 했고, 대일 청구권 자금은 수산업, 광공업, 과학기술 개발, 사회 간접자본에 총계 5억 달러 사용이 이루어지도록 하였다. 또 포항종합제철 건설에 1억 1,950만 달러, 중소기업 육성에 2,220만 달러, 원자재 도입에 1억 3,260만 달러가 쓰였다.

일본은 5년 만에 한반도를 남북으로 관통하는 1,000㎞의 장대한 철도망을 구축했다. 인산 비료, 석회 비료, 복합 비료 등 각종 비료 공장과 동해의 정어리를 원료로 한 유지 공업(油脂工業) 조선 전업

(주), 조선 압록강 수력 전기(주), 일질 고무 공업 등 비료공장과 전력 공장들을 세웠다. 근대 화약 산업이 한국 화약의 기초가 되었고, 1920년대 부전강, 장진강, 압록강 등 수력 발전소 건설과 조선 질소 화약(주)의 설립을 시발로 하여 1940년까지 조선화약 제조(주), 조선 유지(주) 등이 잇따라 세워지게 됐다.

이런 모든 사업들이 일본이 우리를 위하여 세워준 게 아니라 조선을 영구히 자기네 나라로 만들려고 한 것은 틀림이 없는데, 중요한 것은 그것을 히로시마의 원폭 투하로 인하여 빈손으로 이 나라를 떠났는데 이 모든 시설이나 기술을 우리나라에 남겨놓고 떠났다는 그 사실이 매우 중요한 이야기다.

역사에는 가정이
없다고 합니다

우리나라 조선조 말의 역사를 살펴보면, 대원군의 쪼다 같은 쇄국 정책으로 인하여 그렇게 되었습니다. 내 생각엔 우리가 일본에 먹히지 않고 만약에 청나라의 속국이 되었다고 가정한다면 우리는 말로 표현할 수 없는 처참한 나라가 되었을 것입니다.

여기서 생각해봅시다. 중국이 이제 G2 국가니 하며 폼 잡고 있는데, 지금부터 20년 전 등소평이 개방 정책 하기 전만 하더라도 깡통 차고 거지같이 구걸하는 국가였는데 만약 그때 청나라가 우리나라에 침략하여 자기들이 통치를 했다면 철도를 깔 수 있었을까요? 비료공장을 지어요? 학교를 지어요? 천만에 만만에 말씀입니다.

다른 건 관두고라도, 저는 서울역이나 대전역 등의 철도 시설을 보면서 탄복했습니다. 우리나라 경부고속도로만 보더라도 처음 왕복 4차선으로 시작한 도로를 몇 번이나 선형 개량하고 넓히고 지금도 공사를 하고 있잖습니까?

철도의 인프라는 기본 산업인데 한국철도 100여 년을 지나오면서 철도의 광활한 부지 넓이와 철도 시설의 현대화 등, 우리나라의 자본이나 실력으로는 어림도 없었다고 생각됩니다. 앞으로 100년이 지나도 철도 시설 부지나 인프라는 손대지 않아도 될 거라 생각됩니다.

지금 KTX가 다니고 수없는 화물차 등이 수없이 다녀도 동맥경화 현상도 없고, 물론 일제 36년간 억압 속에서 고통받은 것은 있지만 우리나라 산업 발전의 큰 밑거름이 되어 우리는 산업 발전을 앞당길 수 있는 절호의 기회를 얻은 것입니다.

명분(名分)과
실리(實利)란 게 있습니다

어떻든 한일 국교 정상화를 위하여 이런저런 돈을 26억 달러나 받아 왔고, 한 50여 년간 좋은 기술 전수받고 이웃으로서 정상 외교, 경제 협력, 공동 안보도 협력하여 잘 지내고 있는데 이제 와서 친일파니 야스꾸니 참배니 하면 우얄 겁니까?

젊은이들에게 묻습니다. 일본 제품 불매운동하셨지요? 유니클로라는 일본의 의류회사 있었잖아요? 여러분들은 눈치가 보여 매장엔 들어가지 못하잖아요. 그런데 얼마 전 온라인으로 세일할 때 여러분 어땠습니까?

대가리 터지고 난리 났잖아요. 치솟는 일본 여행은 어땠어요? 숙소 예약이 2,500% 폭등했잖아요. 제발 그러지 마세요. 일본은 우리의 소중한 이웃이고 안보의 동반자입니다. 우리가 손을 뻗어 토닥여 주고 마음을 열어줍시다.

언론이 문제입니다. 위안부 할머니 이야기 좀 합시다. 좋은 시절 만나서 잘나가셨지요? 난 무슨 독립투사들 나신 줄 알았습니다. 맞아요. 굳이 말하자면 위안부라고 할 수는 있겠지만, 글쎄요입니다.

204

나는 동의 못 합니다. 거기다가 국회의원 Y 모 씨는 숟가락 얹어서 한동안 잘 먹고 잘살았지요?

화무(華茂)는 십일홍(十日紅)입니다. 지금 성 상납 이야기를 하고 있습니다. 본질은 그냥 두고 현상을 논(論)하고 있습니다. "당신 덕분에 표를 얻은 게 아니라 너 때문에 잃은 표가 얼마인 줄이나 아세요?"

핑계 대지 말고 배우세요

말을 하면서 말하는 법을 배우고, 공부를 하면서 공부하는 법을 배웁니다.

달리기를 하면서 달리는 법을 배우고, 일을 하면서 일하는 법을 배웁니다.

방법을 몰랐다는 것은 핑계입니다. 말하지 않았고, 공부하지 않았고, 달리지 않았고, 일하지 않았기 때문입니다.

범사에 감사하라! 감사하면서 감사를 배웁니다.

항상 기뻐하라! 기뻐하면서 기쁨을 배웁니다.

쉬지 말고 기도하라! 기도하면서 기도를 배웁니다.

그런데도 방법을 몰랐다는 것은 핑계입니다.

감사하지 않고, 기뻐하지 않고, 기도하지 않았기 때문입니다.

오늘은 핑계란 단어에 생각이 머무는 시간입니다.

- 浩然의 핑계 -

삼도봉 1번지

매일의 일상이 무미건조하여 새로운 변화와 내면의 충전을 위해 시내에서 30분 거리에 있는, 부항면의 오지라고 할 수 있는 대야리에 시골집을 수리하여 제2의 보금자리를 마련하고 '삼도봉 1번지'라 명하고 어김없이 주말이면 찾아간다.

하기야 딱히 촌(村)이라고 부르기엔 어울리지 않지만 나는 이곳을 삼도봉 1번지라고 부른다. 원래 지명은 천지동(天地洞)이었는데 나라에서 임금이 살지 않는 곳의 이름을 천지로 하는 것은 있을 수 없다 하여 '하늘 천(天)' 자에서 '한 일(一)'을 빼 '큰 대(大)' 자로 고치고 '땅 지(地)' 자에서 '흙 토(土)' 자를 빼 '어조사 야(也)' 자로 고쳐 대야(大也)라 하였다.

우리 어릴 땐 얼마나 오지였냐 하면 그냥 부항이라고 하지 않고 꼭 뒤에 부항 골짜기라고 이름하여 불렀다. 비포장에 하루 두 번 오가는 시골 버스, 또 웃기는 지명으로 '안간리'라고 있다. 여기는 택시도 안 간다는 '안간리'란 동네도 있다.

경상, 충청, 전라(慶尙, 忠淸, 全羅) 삼도(三道)가 접해 있는 봉우리

208

해발 1,412m가 바로 뒤에서 받쳐주고 있는 아랫마을이라 나는 그곳을 '삼도봉 첫 동네'라고 부른다.

매년 10월 10일이면 삼도봉 정상에서 삼도(三道) 주민이 만나 화합을 다지는 삼도봉(三道峯) 행사가 열리고 있다. 한때는 광산(금광)의 개발로 인하여 100여 가구가 훨씬 넘게 살았지만 지금은 20여 가구가 사이좋게 살고 있는, 양지바르고 인심 좋은 동네다.

삼도봉(三道峯) 자락에서 흐르는 푸른 물과 맑은 바람은 철 따라 계절의 맛을 느낄 수 있지만 난 그곳의 겨울이 좋다. 가마솥 정지 장작 통시 차가운 밤하늘의 별들 이름만 불러도, 들어도 정겨운 단어들이다.

이제는 마을 입구까지 포장되고 물 좋은 골짜기마다 펜션이 들어서 옛날 같진 않지만 그래도 나는 이곳을 꼭 촌(村)이라고 부르고 싶다. 뒷집 할머니는 6·25에 남편을 여의시고 하나 있는 자식은 도시로 나가고 혼자 사신다.

투박한 손과 주름진 얼굴에서 돌아가신 어머니의 모습을 기억해 내고 싶다. 동네 처음 왔을 때는 동네 텃세를 받았지만 이내 친해져 동네 이장과 장기를 많이 뒀다. 촌 장기라 나보다 훨씬 윗수였다.

처음에는 상(象)을 빼고 뒀지만, 지금은 말(馬)을 떼도 내가 진다. 먹을 게 있으면 서로 불러 나누고 한다. 인심 인심 해도 그래도 시골 인심이다. 우리 부부는 매 주말마다 간다. 여름에 가면 우선 마당의 풀을 정리해야 한다.

돌아서면 풀이 자라 그것도 일 중에 큰일이다. 제초제나 풀 치는 기계를 사용하지 않고 우리 부부가 전부 정리한다. 흠뻑 젖은 땀은 작두샘 물에 목욕을 하면 날아갈 기분이다.

가끔 뒷집 할머니는 국시를 얼마나 잘 미시는지 누른 밀가루에 호박 썰어 멸치국물을 풀어 먹고 마루에 사리마다만 입고 낮잠을 자고 나면 어느 누가 부러우랴. 여름이라고 하지만 방바닥이 눅어 군불을 조금은 넣어야 한다. 해발고도가 높아 모기는 없지만 저녁에는 이불을 덮지 않고는 추워서 못 잔다.

초저녁부터 울담 밑에 귀뚜라미와 멀리서 들려오는 개구리의 합창 소리, 어미를 부르는 고라니 소리, 알 수 없는 동물의 소리와 시내와 달리 밤하늘 별들의 향연은 한마디로 "너희들이 게 맛을 알아"라는 광고로 대신하고 싶다.

여름도 그렇지만 겨울이면 어떤가. 순서는 언제나 마찬가지다. 먼저 정지문의 삐거덕거리는 소리를 들으며 부엌 아궁이에 불쏘시개를 넣으면 나오는 매캐한 연기 냄새가 폐부 깊숙이 스며들어 살아 있음을 체감한다.

두꺼운 가마솥을 열고 얼어있는 작두샘에 한 주전자의 뜨거운 마중물을 넣고 잦으면 오래지 않아 차가운 지하수가 올라온다. 세 양동이의 물을 받아 솥에 붓는다. 뒷담에서 장작을 한 아름 가져와 그때부터 군불을 지핀다. 불구멍에서 붉은 열을 토해낼 땐 얼굴이 붉어지고 아랫도리가 뜨끈뜨끈해진다.

그때 방을 향하여 부른다.

"여보, 이리 와 여기 한번 앉아봐. 올 때 도장에서 고구마 좀 가져와."

불이 사그라들며 숯이 될 때 은박지로 싼 고구마를 올리면 우리가 말하는 야끼이모가 된다(야끼이모는 일본식의 구운 고구마). 손이 뜨거워 호호 불며 껍질을 벗기고 먹는 맛은 롯데리아 햄버거에 비할 수 있으랴.

친구들 올 때는 소 외양간을 고쳐 통유리를 넣고 만든, 전망이 좋은 방을 빌려준다. 우리야 시골이 좋아 오지만 친구들은 왜 오는지, 아파트 생활의 무료함에서 시골 냄새를 맡으러 오는 것 같다. 이 방 저 방 군불을 지피고 나면 집 앞에 차 소리가 들린다.

두 손에 가득 먹을 것을 들고 온다. 아궁이에서 꺼낸 숯불 위에서 지글지글 끓는 돼지고기에 겨울 상추를 싸 먹으며 밤늦도록 이야기를 하곤 한다.

방을 나와 밤하늘을 본다. 별빛이 아니라 별바다다. 별이 천지 삐까리다. 차가운 하늘이 전부 내 품에 안겼으면 좋겠다. 어찌 이런 밤을 두고 잠을 청할 수 있을까?

북풍의 세찬 바람 소리지만 어떻게 내 마음은 이렇게 고요할까? 아무 걱정이 없다. 이런 것을 무심(無心)이라고 하는가? 무아지경(無我之境)이라고 해야 하나?

겨울 이야기도 해보자. 아침이 되면 눈이 와 있다. 시내와 달리 이곳에는 많은 눈이 온다. 눈은 마당 깊이를 알 수 없을 정도로 많이 온다. 눈을 치우고 나면 어제저녁 가마솥에 데워둔 물로 세수를 한다. 여자들은 물이 좋아 스킨을 안 바르고 화장을 하지 않아도 피부가 좋다고 한다. TV도 라디오도 컴퓨터도 냉장고도 없다. 갈 때마다 책은 한 권씩 가지고 가서 꼭 읽고 오기로 한다.

아침 햇살이 퍼질 즈음엔 산에 간다. 계곡마다 얼음이 얼어 바위를 감싸고 있고 눈이 수북이 쌓여 있다.

나무마다 눈꽃 봉오리가 맺혀서 꽃얼음이 될라. 웅굴 둥지에 가면 가끔은 고라니들이 먹을 것이 없어 동네까지 내려와 기웃거린다. 바람이 귓가를 찢는다.

올라올 때 비료 포대를 하나씩 가지고 온다. 동네 뒤 언덕은 우리의 썰매장이다. 몇 번만 올라갔다 내려오면 등허리에는 김이 서린다. 이곳에 며칠씩 묵다 간 지인들도 많다. '낮엔 해처럼 밤에 달처럼' 작곡한 찬양 사역자 최용덕 간사도 한 달 살고 떠나며 여기가 바로 하늘 밑 '삼도봉 첫 동네'라고 하였다.

이 글을 읽고 계시는 아저씨 아줌씨, 초지녀게 참나무 장작 패가꼬 가마솥에 군불 때고 아랫목에 지지다가 새벽게 요대기 미태 발가벗고 누엇따가 일어나는 요 기분 요 재미 아파트 사는 아줌씨들 우째 알 끼가?

벌써 이곳을 드나든 지도 오늘로써 30년이 된다.

그냥 좋다.

마냥 즐겁다.

그래서 우리 부부는 이것을 행복이라고 부른다.

마산리의 언덕에서

참 좋은 계절이다

향큼한 아침도 그렇고
으슴프레 저녁도 그렇다.

아카시아 꽃 내음이 가슴 속까지 스며든다.

참 아름다운 계절이다

동트는 아침도 그렇고
해질녁 저녁도 그렇다.

온몸을 스치는 봄바람이 마음속 구석까지 빨려든다.

참 기분 좋은 계절이다

새소리 아침도 그렇고
별빛 저녁도 그렇다.

아침에 찾어 우는 까치 소리도 그렇고
늦은 밤까지 울어대는 개구리 소리도 그렇다.

멀리 있는 친구 아침에 전화 오더니 저녁에 도착했구나.

그래서
더더욱 아름답고 기분 좋은 계절이구나.

5월이 기다린다

신록의 눈부신 계절이 손짓한다

향긋한 꽃 내음도 스치는 바람도…

스멀거리는 생각의 늪에서 나와보자

마음껏 어깨를 펴고 심호흡도 해보자

산에 올라 소리 높여 감사한 분에게 고맙다고 외쳐도 보자

오월이 오기 전에…

노년(老年)의 삶

모 대학교수가 서울시에 사는 대학생을 상대로 '아버지에게 원하는 것이 뭔가' 설문 조사했더니 약 40%가 '돈을 원한다'라고 답했다.

또 서울대생을 대상으로 부모가 언제쯤 돌아가시면 가장 적절한가 하는 질문에 '63세'라고 답한 학생이 가장 많았다는 이야기는 그냥 돌아다니는 SNS 괴담으로 믿고 싶다.

퇴직 후 단절된 노년의 삶이란 겪어보지 않는 사람은 알 수가 없다. 젊은이의 시간은 하루는 짧고 1년이 길고, 노년의 시간은 하루가 길고 1년의 시간은 눈 깜빡하는 사이에 지나간다.

내 몸이 아프면 짜증이 난다. 그냥 그러려니 말을 안 하고 살 뿐이다. 이런 중소도시에는 길에 사람이 없다. 병원은 로비에서부터 사람으로 가득 찼다. 물리치료실에 가면 할배 할매가 쎄 빌랐다.

의료보험이 잘된 관계로 노인들은 1,500원이면 치료를 받는다. 의사는 이런 환자를 한 분만 보면 약 15,000원 정도 의료 수가를 받는다. 농촌의 노인들은 새벽밥 먹고 첫차 타고 와서 병원 투어하고 있다. 어제도 오늘도 이런 날은 계속된다.

할머니 집에 가본다. TV 밑에는 물파스, 진통제, 고혈압 약, 당뇨약, 소화제, 먹다 남은 홍삼탕도 있고 고장 난 보청기에 빼놓은 틀니도 어지럽게 바구니에 한가득하다. 저녁마다 할배 할매는 여보 등허리 옷 좀 올려봐 서로 파스 발라주는 게 저녁 일과다. 허리랑 다리에는 온통 파스로 도배를 한다. 9시 뉴스도 다 보지 못하고 아픈 허리를 구부려 잠을 청한다.

문 앞에 내다보니 중고 전동 휠체어가 놓여 있고 작년에 맏딸이 사준 지팡이 2개가 놓여 있다. 그래도 요양원이 아닌 경우라서 위안이 될 것이다.

누가 묻는다. "자네 모친 어디에 계시냐?"

자식은 말합니다. "어머니는 지금 요양원에 모시고 계십니다." 말이 좋아 모시는 거지, 그냥 맡겨놓은 것이나 다름없다.

어머니를 요양원에 모시고 면회를 다녀왔다고 하자. 여러분이 면회를 마치고 요양원 정문을 나서는 순간부터 어머니는 다음 면회 언제 올까 학수고대하며 마음을 추스르고 계신다. 하기야 자식은 직장 때문에 도시 생활을 할 수밖에 없는 현실이 우리를 슬프게 하고 있다.

고향 오셔서 부모님 손 한번 만져보셨나요? 휘어지고 구부러진 등과 발을 벗겨보셨나요? 어릴 때 매일같이 목욕시켜주시던 어머니, 오늘은 당신이 그분의 발을 세숫대야 따뜻한 물을 가져와서 한번 씻겨주세요.

못난 소나무가 마을을 지킨다는 말이 있습니다.

자식을 판검사, 의사 만들어도 다 필요 없다고 합니다. 그저 고향에서 사과 농사 소 키우며 할아버지 할머니 병원 모시고 가는 게 제일이라는데 "그건 할매 할배 생각이시지요?" 오죽하면 그러실까?

노인은 한번 삐그덕하면 나락으로 떨어집니다. 다리가 삐그덕해도 발목을 접혀도 이를 다쳐도 계단을 잘못 내려와도 모든 것이 돌이킬 수 없는 후회를 남깁니다.

우리 친구 이야기 한번 할게요.

두 부부가 삽니다. 남편은 몸이 성치 않아 부인 혼자 감당할 수 없어 낮에만 하는 주간 요양 보호 시설에 아침에 갔다 저녁에 옵니다. 다녀와서가 문제입니다. 자다가 혼자 밖에 나가려고 하지 않나, 말썽을 피울 때는 부인도 어쩔 수 없이 감당이 안 됩니다.

딸이 찾아옵니다. 딸은 엄마와 한편이지만 같은 마음은 아닙니다. 부인은 남편과 평생을 살아왔는데 딸의 입장과는 차이가 있습니다.

딸은 매몰차게 이야기합니다.

"엄마, 힘들어하지 말고 그만 요양원에 맡겨."

딸의 입장도 맞습니다. 그것이 당면한 현실입니다. 그 이야기를 듣는 순간 내 마음이 무너지는 것 같습니다. 서울 있는 자식은 명절이라고 손자 데리고 먹을 걸 바리바리 싸 가지고 옵니다. 봉투에 30만 원도 넣어 건넵니다. 자기네들은 한 번 놀러 가면 50만 원, 해외여행 가면 몇백만 원 쓰면서 말입니다. 그래도 어머니는 평생 농사일로 손가락 발가락이 닳고 굽어 힘은 들지만 손자만 보면 즐겁습니다.

그렇게 한 이틀 있다가 떠나면 어머니는 손자가 떠나는 뒷모습이 사라질 때까지 동구 밖 우물가에서 손을 흔듭니다. 수없는 세월을 그렇게 고독과 외로움을 달래며 기약 없는 다음 명절을 기다립니다.

그래도 다행인 것은 고향에 전답 팔고 서울 와서 잘 모실 테니 따라가지 않은 것만 해도 다행입니다. 누구나 피할 수 없는 가난, 질병, 외로움의 3苦를 개인적인 차가 있지만 대부분의 노인들은 겪고 있습니다.

장묘 관계에 대하여 생각해봅니다. 지금은 매장에서 화장 비율이 90% 넘었다고 합니다. 요즘 영안실에 가면 곡소리가 안 납니다. 옛날에는 곡하고 울지 않으면 쌍놈 소리 듣고 흉이 되었습니다. 어떤 사람은 사람을 사서 곡을 하기도 했습니다. 슬피 우는 것은 부모 돌아가시면, 남편 돌아가시면 어떻게 사느냐고 자기 신세타령을 하는 것이라고 합니다.

지금부터 잘 생각해봅시다. 우리가 죽으면 그 순간 영육(靈肉)이 분리되어 육신은 크게 의미가 없습니다. 20~30년 전 부모를 화장한다고 하면 그 사람은 동네에서 쫓겨나고 평생 불효자가 되는데 시대에 따라 어쩔 수 없습니다. 영안실을 떠나 화장장에 도착하면 사체라고 생각해야 합니다. 어쩔 수 없는 시대적인 환경입니다.

장례식장을 떠나 화장장으로 갑니다. 40분 있으면 화부가 삽으로 뼈를 추슬러서 하얀 천으로 싼 도자기를 유족에게 전합니다. 물론 망자의 시신을 수습한 것이지만 생각해봅시다. 요즘 화장장 시설이 부족해 예약해도 3일 이상 기다립니다. 어떤 사람은 화장장 찾아 몇 백 리 찾아다니기도 합니다.

화장장에는 먼저 한 분들의 유해가 나옵니다. 성(性)도 이름도 알지도 못하는 분들의 유해가 40분 간격으로 쏟아져 나옵니다. 유족들은 그 유해를 소중하게 받아 이번에는 납골당으로 향합니다. 화려하고 멋진 곳에, 에어컨도 잘된 곳에 모시고 자랑스럽게 생각하겠지요.

그런데 그 항아리에 들어 있는 것이 당신의 망자 것만 있었을까요? 아무리 깨끗하게 쓸어 담았다고 해도 그 항아리에는 김씨, 박씨 등 먼저 화장한 알지 못하는 분들의 유해도 섞여 있다는 겁니다. 여러분은 이런 일을 한 번이라도 생각해보셨습니까?

알지 못하는 분들의 유해도 함께 납골당에 모시겠습니까? 그건 그러려니 한다고 칩시다. 당신의 아들, 당신의 손자가 오래오래 보관하고 기억하고 있을까요?

여러분은 유해를 정성스럽게 납골당에 모셨지만, 납골당 측에서는 그날부터 관리 번호로 A-175라는 번호를 매겨 물건으로 취급합니다. 처음 보관할 때 시설 나름이지만 한 분이 5백만 원에서 시설 좋은 곳엔 3천만 원하는 곳도 있고 5년마다 보관료를 지불해야 합니다.

어른들은 자식에게 이야기합니다. 나는 이렇게 했으니 다음부턴 너희들이 알아서 해라. 그 '알아서 해라'가 언제까지 가겠습니까? 저 같은 경우 조상님들 산소가 가까워 자주 들르고 깨끗하게 관리한 것을 자부해왔습니다.

얼마 전까지만 해도 벌초도 참가하여 정성스럽게 돌봐왔는데 지금은 그냥 구경꾼으로 자격이 바뀌더니 올해는 벌초하는 사람에게 부탁하고 온라인 번호 불러달라고 했습니다. 몸이 따라주지 않으면 어쩔 수 없습니다.

나라마다 시신 처리 방법이 다르지만 더운 나라는 조장(鳥葬), 해양장(海洋葬), 그리고 이번에 미국 캘리포니아주에서는 거름장이라고 뼈를 거름에 섞어서 처리하는 법을 상정했다고 합니다. 옛날에는 감히 상상도 못 할 일들을 우리는 하고 있습니다. 아니, 할 수밖에 없는 죄송한 현실입니다.

저의 생각은 이렇습니다. 그냥 나무 상자나 하얀 천으로 잘 가져오셔서 수목장이나 되도록 빨리 육신이 흙에서 왔으니 흙으로 돌아가시게 하는 게 마땅합니다. 그것이 망자(亡者)에 대한 예의이고 그분의 마지막을 잘 보내드리는 겁니다.

이 이야기로 인하여 저는 사회적인 지탄을 받을 수도 있겠지요. 그렇지만 그런 건 그렇다는 겁니다. 갑자기 고려장이 생각납니다. 그저 살아 계실 때 전화 자주 하세요. 그 전화로 인하여 어머니는 경로당에 가서 자랑합니다. 우리 아들 우리 손주 자랑 입이 마르고 닳도록 하실 겁니다.

노년의 삶은 혼자가 아니라 홀로이기 때문에 힘이 듭니다

나이가 들면 누구나 아프다. 나이가 든다고 그리움이 사라지는 게 아니다. 의식이 있는 한 영원히 함께할 것이다. 그 최고의 명약은 청결한 마음의 소유자가 되는 것이다.

만수무강(萬壽無疆) 누구나 누리고 싶지만 세월 앞에 장사 없다는 그 사람, 틀림없이 노인대학 8학년이다. 수능 마치고 하늘나라 입학 통지서 기다리는 시간이다. 가는 건 세월뿐이고 오는 건 주름뿐 아니라 백발도 함께 온다.

노년(老年)에 채울 것은 주머니나 배가 아니라 머릿속을 채워야 한다. 더울 때는 가까이 다가와서 이야기하지 말아라. 몸에서 쉰내가 날 수 있다. 우리의 계급장은 노인(老人)이다. 인생은 혹시나로 시작하여 역시나로 끝난다.

친정 다니러 온 딸내미들이 부탁한다. "아빠, 허리 펴세요." 난 아파서 펼 수가 없단다. 너희들은 쉽게 이야기하지만 못 펴는 내 심정은 오죽하겠냐? 네 발로 왔다가 두 발로 걷고 세 발로 걸어가는 인생이란다.

223

택도 없다, 어림 반 푼어치도 없다는 구한말 주화부터 현행까지 반원(半圓), 반전(半錢)은 있었지만 半分(반푼)이란 단위는 없었다. 그래서 선인들은 해학이 묻어나는 뜻에서 '국물도 없다'라는 유행어로 사용했던 것 같다. '택도 없다'는 경상도에서 쓰이곤 했는데 표준말은 '턱'없다라고 한단다. 그래도 나는 경상도 놈이라 사투리가 좋다.

총선이 보름 정도 남았다. 각 정당에서는 여론조사다, 지지도가 과반을 넘겨 정권의 주도권을 확실히 잡을 것처럼 하고 있지만 떡 줄 놈은 생각도 하지 않는데 김칫국부터 마신다는 생각이 드는구나.

폐렴으로 온 세계가 야단인데 이번 선거라도 제대로 치러서 우리나라 좋은 민주주의 나라가 유지되었으면 한다.

문득 노랫말이 생각난다.

"화무 십일홍(花無 十日紅)이요 Moon도 차면 기우는구나."

- 2020년 4월 1일 -

희한한 족보(族譜)

내 두 딸은 결혼하여 오빠(남편)와 살고 있습니다. 각자 사내 하나, 계집애 하나씩 같이 함께 생활하는데 그 자식들은 우리 딸의 입장에서 보면 조카라고 불러야 맞습니다. 오빠 딸이니까….

그런데 그 아이들이 내 딸을 부를 때는 "엄마"라고 부릅니다. 도대체 요새 것들의 족보가 어떻게 생겼는지 이 할아버지는 참 희한한 시간 여행을 하며 살고 있습니다.

과유불급(過猶不及)이라고 있지요. 너무 지나치면 부족한 것만 못하다는 이야기입니다.

우리 자식 이야기도 합니다. 딸 둘에 머슴아 하나씩 있습니다. 모두 짝 찾아 아들딸 하나씩 낳고 열심히 살고 있습니다. 그냥 입 다물고 있자니 근질근질해 평소 어디 가서 잘 이야기 안 하는 편이지만 오늘만큼은 구불출이 되고 싶습니다.

우리 마눌
이야기입니다

맏며느리가 시집살이 이야기하면 날밤을 샐 듯 끝이 있겠습니까? 하늘을 두루마기 삼고 바다를 먹물 삼아도 다 쓸 수 없을 것 같지만 마눌의 과거 필름 돌리기 시작하면 골치 아프기 시작합니다.

남들은 시기 착하다고 하는데 그 말은 백번 맞아요. 가끔씩 그때 그 시절 리바이벌하면 나는 또 우짜란 말입니까?

그건 그때 이야기고 내 마눌 그림 정말 잘 그립니다. 특히 그중에서도 꽃은 대한민국에서는 제일 잘 그릴 겁니다(내가 보기에 그렇다는 것입니다).

나는 아는 사람들에게 마눌 모르게 그림을 많이 선물했습니다. 사람들은 그림을 그냥 얻으려고 합니다. 동양화나 붓글씨는 화선지에 5분 만에 뚝딱 그릴 수 있지만 우리 마눌은 서양화 전공입니다. 고치고 또 고치고 아침저녁으로 마르고 닳도록 고치고 덧칠하고 합니다.

전시회를 꼭 열어주려고 준비합니다만 다른 사람이 사 가지고 가면 없어질 것 같아 아까워서 망설여집니다. 우야든동 자식새끼들 공부시키고 시집 장가 보내고 철없는 나와 오늘날까지 함께 온 것을 정말 감사하게 생각합니다.

아들딸 며느리 합하여 6명입니다. 박사 셋에 박사과정 한 명, 석사 두 명입니다. 모두 그럴듯한 회사에서 막중한 책임을 맡고 있습니다. 교수 한 명에, 사업하는 놈도 있습니다.

첫째 자랑은 부모 속 썩이지 않습니다.

둘째 자식들 모두 공부 진짜 잘합니다.

셋째 사돈들도 모두 점잖으시고 양반들입니다.

넷째 우리한테 절대 돈 빌리지 않기로 했습니다.

다섯째 가족을 위해 서로 중보 기도하기로 했습니다.

여섯째 지 에미한테 매일 매일 빠지지 않고 전화합니다.

일곱째 신앙생활 잘하고 모두 술 담배 모르고 가정적입니다.

여덟째 나이 들어 힘들어도 양로원 보내지 않는다고 약속했습니다.

아홉째 우리 죽어도 유산도 얼마 없지만 절대 싸우지 않기로 약속했습니다.

　열째 납골당에 보내지 않고 부모님 옆에 봉분 없이 그냥 땅에 뿌리기로 했습니다.

- 浩然의 자랑 -

노년의 경험(老年의 經驗)

가을이면 지고 말, 한 송이 국화(菊花)꽃을 피우기 위해 봄부터 소쩍새는 울었고 야산에 심긴 사과 열매 하나도 모진 풍파 이기며 예쁜 열매를 맺는데 수십 년 세상(世上) 고난풍파(苦難風波) 견디며 살아온 노인들의 경험창고(經驗倉庫)에 있는 지혜(智惠)의 자료(資料)를 가져가려는 젊은이들이 없으니 그저 답답한 마음뿐. 선대(先代)의 가르침을 받으면 자다가도 떡이 생긴다는데 먼저 한 대리 경험을 송두리째 넘겨주겠다는데도 귀를 열고 경청해줄 젊은이가 없어 답답하다.

이제는 "예쁘장하네", "치마 왜 안 입었나", "애 잘 낳게 생겼네" 등 외모 품평을 하면 문제가 생긴다. "아이가 기특해서 잘 가라는 의미로 토닥였을 뿐"이라고 하지만 실제 성추행을 포함한 강제 추행으로 입건된 사례들이 많다.

내 손자는 눈에 넣어도 안 아프지만 남의 자식 귀엽다고 한번 잘못 만지면 패가망신할 수 있는 시대에 우리는 살고 있다.

독거노인의 고독사도 사회문제이지만 국가에서도 뭐 이렇다 할

뚜렷한 대안도 없다. 인생 살아보면 장난 아닌데 어디에서 태어나서 누굴 만나느냐도 중요하지만, 그저 갈 데까지 가보는거다. 세상살이는 살아 보면 거기서 거기고, 고기서 거기다. 누구나 과거가 좋았다고 하지만 옛날로 돌아갈 사람 하면 돌아가기는 싫다고 한다.

1954년 퓰리처상을 받은 미국 시인 시어도어 로스케는 "너의 젊음이 너의 노력으로 얻은 상이 아니듯, 나의 늙음도 내 잘못으로 받는 벌이 아니다", "노인들은 평생 쌓아온 정보를 활용해 어떤 사건을 직관으로 파악할 수 있다"라며 "이들이 겪은 수십 번의 실패는 오히려 현명한 의사 결정을 돕는다"라고 말했다.

아버지가 말하면 잔소리고 선배가 말하면 어드바이스(advice)인가? 살아 있는 백과사전이고 보물 창고다. 아버지 모시고 목욕탕에서 등목해드리고, 어머니한테 좀 살갑게 스킨십해드리고 싶지만 지금은 하늘나라에 계신다. 오늘따라 부모님의 모습이 더욱 그리워지는 오후다.

1분 전만큼 먼 시간이 없다고 한다. 물 들어올 때 배 띄우고 바람 불 때 연 날리라고 하는데, 물도 들어왔다 나가고 바람도 스쳐 지나갔다. 누가 이런 세대 분류를 했는지는 모르지만 'MZ세대(1980~2000년대 초 출생)'라는 말은 때로 사회생활 경험이 적은, 2030은 공부밖에 모르는 저 강박증을 잃는 사람으로 깎아 내리는 말로 사용된다.

끈기도 없고 자기중심적이며 연봉을 좇아 언제든 회사를 떠날 준비가 되어 있다는 의미로 'MZ스럽다'라는 말도 쓰인다. 물론 베이비부머 세대(1945~1965년 출생)도 과거에 지금 젊은 세대만큼 직장을 옮겼다. 밀레니얼 X세대(1966~1979년 출생)니 Z세대(1996~2010년 출생)의 시대적 분류를 누군가가 정말 잘도 지어낸다.

이 시대는 잘못하면 당신 스스로가 세대론의 함정에 빠질 수 있음을 조심하라. '필요는 발명의 어머니'라고 한다. 그렇다면 나는 '생각은 발명의 아버지'라고 추가하여 이야기하고 싶다.

말을 안 하고 살 뿐이지, 생각은 같습니다

어제 다르고 오늘 다르다고 하는데, 거기까진 아니지만 작년 다르고 올해 다르다는 말은 동감하는 나이가 되었습니다. 산에 오를 때마다 실감이 납니다. 발목을 살짝 접질렀을 뿐이고, 허리를 약간 부딪쳤을 뿐인데 회복이 옛날 같지 않습니다.

역시 나이는 못 속인다는 옛 어른들의 말씀이 새삼 느껴지는 이 아침, 잠시 쉬면서 살아온 시간을 돌아보니 위선과 교만과 '척'하며 살아온 나날들이 너무 부끄럽습니다.

오늘 하루도 내 자신에게 파이팅….

수십 년 담장을 사이에 두고 살던
치과 형님이 돌아가셨다

진료실 옆에 친구들 놀이터를 만들어놓고, 여기저기 친구들이 끊이지 않더니 그분들도 한 분 두 분 사라지고 마지막 형님도 부모님 가신 길로 따라가셨다. 평소 다정한 미소가 생각난다.

어라, 이제 내가 동네에서 최고 연장자가 되었네. 동구 밖 느티나무 밑에서 주검의 사신이 물끄러미 쳐다보는 것 같구나.

세상의 시계는 이렇게 돌아가는 거구나.

- 浩然은 沈默中 -

에피소드(Episode) #21
멍멍이와 냥냥이는 자유롭고 싶습니다 (上)

나는 자고 싶을 때 자고, 놀고 싶을 때 놀고, 가고 싶을 때 가고 싶습니다. 아파트에 나만 홀로 남겨두고 떠나면 외로워 환장합니다. 밥도 패스트푸드만 먹여서 살만 찌고 지겨워 죽겠어요. 흙길을 걷고 싶은데 거실 장판이 미끄러워 걷기도 어려운데 발톱까지 잘라내니 균형 잡기가 어려워요. 우린 자손 대대로 털로 무장되어 춥지 않은데 그놈의 옷 때문에 가려워 죽겠어요. 볼일도 좀 시원한 밖에서 보고 싶은데 잘못하여 방에 실수라도 하면 막 야단쳐요. 밖에서 소리가 나서 딱 한 번 짖었다고 바로 성대 수술 당했어요.

나도 자식 보고 손주 보고 싶은데 정관수술 하시면 어떡합니까? 이건 견권(犬權) 침해 아닌가요?

우리는 동물 가족부(動物 家族部)가 없어 호소할 데도 없어요. 우리끼리 모여서 데모라도 하려고 해도 카톡방도 못 만들게 해서 연락할 방법도 없고 비례대표라도 한 석 배정해주면 좋겠는데 그것도 저희들끼리 다 해 먹고 속이 너무 상합니다.

민노총에 가입하려고 해도 금속노조, 교원노조, 금융노조는 있는데 우리 같은 견공(犬公) 노조는 없답니다. 저희들 부모 아프면 "어머니 왜 그러고 계세요? 빨리 병원 가보세요"라고 말로 하지만, 우리가 아프면 즉시 자가용 태워서 치료비 얼마라도 상관하지 않으니 우리는 의료보험 없어도 걱정 없어요.

견민청원(犬民請願) 하려고 해도 컴퓨터 하는 놈 한 놈 없습니다. SBS '세상에 이런 일이' 연락해도 한국말도 안 되고 영어도 안 돼서 알아들을 수가 없답니다. KBS의 '인간극장'에 나가려니 PD가 인간극장(人間劇場)은 있어도 견간극장(犬間劇場) 프로를 만들 수는 없답니다. 잘못했다가 방송 심의위원회에 들어가면 잘릴 수 있답니다.

MBC의 'PD 수첩'에 나가고 싶은데 PD 수첩 방영 시간은 늦은 밤이라 자기네들은 방에 들어가고, 거실에 있는 우리는 TV를 켤 수 없어 볼 수가 없습니다. 제발 모가지 사슬이나 풀어줘요. 내가 조선시대 형틀 끼고 있는 것도 아니고, 거기다가 우리 집 인간들은 우리에게 모자 씌우고 매니큐어 바르고 미장원 가서 스타일 낸다고 몸에 있는 털 다 깎고 미치겠어요.

요즈음 인간들 지 애비 에미 죽을 때는 안 울면서 우리 친구 죽을 땐 목 놓아 울고, 지 자식들은 3일씩 밥도 안 먹고 정말 웃겨요. 온 식구 화장장까지 따라와서 장례한다고 야단이고, 어떤 놈들은 우리를 추모한다고 분향소도 차려주고 화장한 뼛가루 주워 와서 사진 넣고 목걸이하고 다녀요.

그래도 운동시킨다고 밖에라도 나가서 걷고 하면 숨통이 트이는데 왜 그렇게 끌어안고 다니는지. 어떤 가시나들은 우리를 가방이나 빽 자루에 넣고 다니면 숨이 막혀 죽겠어요.

우리를 반려견이라고 하는 당신은 동물 애호가입니까, 동물 학대자입니까?

사람 팔자 개(犬) 팔자라고요?
(中)

개(犬)도 개 나름이지요. KB 금융의 2021년 한국 반려동물 보고서에 가장 인기 많은 이름 10가지 중에서 단연 '코코'가 일등이라 저의 이름을 '코코'로 지었습니다. 지네들은 김씨 이씨 성(姓) 붙여 사용하지만 나는 성(姓)도 없이 그냥 '코코'라고 이름만 부릅니다.

남들은 나를 금수저로 태어났다고 합니다. 맞아요. 이 집의 모든 중심은 '코코'인 나를 위해서 존재한다고 해도 과언이 아닙니다. 학교 갔다 온 딸아이도 나를 제일 먼저 찾고 외출 후 집에 온 사모님도 내 안부부터 물어요. 시어머니 식사는 안 챙겨도 내 밥상이 최우선입니다. 나는 이 집의 기쁨조입니다.

자동 온도 설정된 좋은 집에서 아침저녁 목욕시켜주지, 응접실 소파 위를 멋대로 뛰어다녀도 귀엽다고 하지요. 아프면 BMW 뒷좌석에 태우고 동물병원(動物病院)가서 그 비싼 X-RAY 찍고 내가 엄살이나 부리면 달래고 얼러주지요.

병원에 가도 원장님과 사모님이 동창이라 언제나 진료는 기다리지 않고 특진 받지요. 좋은 카페 놔두고 내가 갈 수 있는 애견 카페에 가지요. 거기 가면 우리 친구들 전부 한가락 하는 친구들이라 거기서 눈 맞은 남자친구 보아두었는데 그 친구는 나에게 눈길 한번 주지 않아 속상합니다.

그런데 헷갈리는 게 한 가지 있어요. 사모님은 나에게 "코코야, 이 엄마가" 하면서 나보고 자기가 엄마래요. 애들도 나 보고 "누나가", "오빠가" 하는데 이 집 사장님은 나보고 "아빠가" 소리 한 번도 안 합니다. 족보가 복잡해요.

그러면 자기는 '개 엄마'가 되는데 '개 엄마'는 괜찮고 '개 새끼'라 그러면 욕한다고 야단하면서, 이것 참 해석이 불가합니다.

오늘은 엄마 따라 미용실에 가야 합니다. 염색약으로 온몸 칠하고 형형색색 옷도 입어보고 '타요', '뽀로로' 흉내로 대회 참가합니다. 그래도 2016년 6월 양재 AT센터에서 열린 애견 미용 대회에서 금상을 획득했고 우리 집에 트로피도 있습니다.

똥개 훈련 시킨다는 이야기 들어보셨지요?
(下)

여기 있는 우리는 전부 견공전문학교(犬公專門學校) 출신으로 특수 훈련(訓鍊特殊)을 받았습니다. 군견(軍犬), 경찰견(警察犬), 마약탐지견(痲藥探知犬), 맹인안내견(盲人案內犬) 등이 있는데 훈련은 고되고 힘들지만 자부심으로 일을 하고 있습니다.

특히 군견, 경찰견 등은 용감해야 합니다. 맹인안내견은 리트리버 종 등 특정한 견종에서 선정되며, 생후 7주 이후 1년간의 사회화 훈련인 퍼피워킹 과정을 통해 선발되고 이후 6~8주의 전문 교육을 받아 파트너에게 분양됩니다.

군견이나 경찰견은 업무 수행 중 사고를 당해 죽게 되면 상당한 대우를 받지만 사냥개들은 보험도 안 되고 멧돼지에게 공격받고 물려 죽어도 죽은 놈만 억울합니다.

같은 개라도 등급이 있습니다. 우리는 족보도 없고 부모 개 같은 것 만나면 이름도 저희들 멋대로 그 흔한 '메리'라 부르고, 길 가다 내 동생 만나도 못 만나게 목줄을 당기고 집으로 끌려가고 앞집 영숙이네 집 '쥬리'와 연애하여 아기 낳고 싶은데 주인은 그것도 눈치

못 챕니다. 내가 암놈이라 길거리 다니다가 이놈 저놈 집적여 누가 아빠인지 몰라요. 아가들이 아빠 누구냐고 물으면 정말 난처합니다.

우리 같은 놈들은 똥개라고 마당 뒤편에 마구간보다도 못한 플라스틱 드럼통 반으로 잘린 것을 집이라고 주고 24시간 목줄에 묶인 채로 추우나 더우나 걱정해주는 인간 하나 없습니다. 어쩌다 배고파 지나가는 닭 털 한번 뽑았다고 할머니 부지깽이 들고 따라다니며 때리지요.

밤에는 얼마나 무서운데요. 산에서 내려오는 멧돼지 때문에 밤잠 한번 제대로 못 자서 낮에 한번 잠시 졸았다고 이노무 새끼 밥 처먹여놨더니 잠만 잔다고 야단이지요.

나는 어디 갈 때도 위험을 무릅쓰고 봉고 짐칸에 태워서 싸움 붙이러 갑니다. 주로 산속 은밀한 곳에 울타리를 쳐놓고 도박꾼들은 돈 따먹기를 합니다. 경찰 올 걸 대비하여 우리 친구 한 명을 보초로 세웁니다. 오늘은 뒤져라 싸우고 피멍이 들어 왔는데 그냥 아까징끼만 발라주고 돼지고기 한 줌만 던져주고 말았습니다.

어제 제 친구는 복(伏)날이라고 어딘지 모르게 끌려 나갔습니다. 윤석열 대통령님, 우리의 형편과 처지를 아시고 통찰해주시기를….

- 浩然은 愛犬人-

240

가을 이야기

절기상으로는 입동(立冬)이 지났지만 겨울이라고 하기엔 늦가을이란 표현이 적절한 것 같다. 일기예보엔 비가 오면 바람 불고 춥다고 했는데 요즈음 예보는 대체로 잘 맞는다고 하지만 이럴 땐 오보가 나에겐 더 좋습니다.

비가 옵니다. 아침부터 오더니 지금도 옵니다. 이른 아침의 안개는 가을을 알리는 신호라는데 서쪽 하늘이 자욱한 걸 보니 밤까지 올 것 같습니다. 비가 와서 낙엽이 다 진 줄 알았는데 조금만 나가면 만산홍엽(滿山紅葉)입니다.

며칠 사이 친구 전화번호를 3개나 지우고 앞으로 대기자가 있다니 어슴푸레 초저녁 그리움이 엄습하는 것 같습니다. 요즘 들어 가뜩이나 가을을 타는 남자 같은데 이 텅 빈 가슴을 무엇으로 채울 수 있을까요?

적막강산(寂寞江山) 같은 외딴섬의 겨울 바닷바람을 맞고 서 있는 것 같구나. 눈을 감으면 그리움이 사무치고 눈을 떠도 생각이 멈추지 않습니다.

241

그래, 가는 세월이 엊그제 같다고 했지. 저자 나스디지가 말한 '나의 피는 나의 꿈속을 가로지르는 강물과 같다.' 맞는 말입니다. 지금은 누군가의 작은 위로가 필요할 때입니다. 막상 나의 답답한 마음을 위로받고 조언을 듣고 싶지만 나의 주위에는 저마다 삶의 짐을 지고 가느라 나의 이야기를 들어줄 여유가 없어 보입니다.

인생길 물음은 우문현답(愚問賢答) 음악에서 책에서 기도를 통하여 채울 수밖에 없습니다.

내 인생의 겨울이 오기 전 제일 먼저 버킷리스트를 작성하고, 서재에 쌓여 있는 앨범들을 넘겨보고 딱 2장의 사진만 남겨두고 전부 소각할 겁니다. 연명치료 거부에도 서명했고 정기적으로 받는 건강검진도 받지 않고 있습니다. 옷장의 정장들도 춘추복 한 벌과 검정넥타이 한 장만 두고 전부 버리고 손때 묻은 책과 CD 등은 필요(必要)한 분들께 나누어주려고 합니다. 평생(平生) 써온 일기는 시골집 뒷마당에서 태우고, 자식들에게 들려줄 이야기는 평소 시간 날 때마다 사랑을 전달하겠습니다.

환갑을 지내고 난 뒤 내 스스로 3가지의 숙제를 출제해놓았는데, 두 가지는 풀었고 나머지도 무난히 해결될 것 같습니다. 하나님 나라에 가기 위해 지금부터 내신성적(內申成績)도 준비해야 하고 지금껏 숙제만 받았지 내가 나에게 문제를 내본 적이 없던 차, 세 가지 제목을 5년 전에 정하고 지금까지 두 가지를 끝내고 마지막 한 가지만 남았습니다.

첫째, 함께 계신 92세 되신 어머님 하늘나라 고이 보내드리는 것이었습니다.

둘째, 막내가 좋은 배필 만나 가정 이루기가 문제였는데 그것도 좋은 사람 만나 튼튼하고 귀여운 손주까지 얻었으니 둘째 숙제도 마쳤습니다.

셋째, 목하 진행 중이고. 그렇다면 여한이 없다고 해야 하나요?

내 인생의 타이머는 오늘부터 카운트다운에 들어갔습니다. 몇 년 전 생각한 것보다 약 5년, 그러니까 천 일 정도를 늦추게 된 것입니다. 인명은 재천이라 했거늘, 그날과 그 시(時)를 어떻게 알겠냐만 그냥 나의 욕심에 한번 맞춰보았습니다. 마누라 왈(曰), 조금 늦추면 안 되냐고 묻습니다. 그것은 주님께서 하실 일, 당신은 내가 가고 5년 더 있다 오세요.

나는 가을을 타는 남자입니다.

- 浩然의 버킷리스트 中 -

에피소드(Episode) #24
쩜 백은 스포츠다

마을회관이나 경로당의 노인들은 외롭고 적적합니다. 모여서 멍하니 앉아 있는 것도 눈이 어두워 책도 볼 수 없고 마땅한 놀이가 없습니다.

한때는 국민 오락이던 고스톱이 사라져버렸습니다. 하기야 스마트폰의 등장으로 오락이나 놀이 문화가 변하기는 하였지만 한동안 초상집마다 명절마다 가족끼리 윷놀이보다 더 많은 이야기가 있었습니다. 쓰리고에 피박을 씌울 때 그 기분을 아는 사람은 알 것입니다. 고스톱은 도박이라고 금지시키고 카지노, 경마 같은 국가 도박장을 보십시오. 그것 때문에 한강 가는 사람이 얼마나 많은데 미운 친구 있으면 경마장이나 카지노를 데리고 가라는 말이 있습니다. 골프도 내기가 아니면 무슨 재미가 있나요?

우스운 이야기가 될 수 있지만 도박으로 금지시킨 고스톱을 마을회관에 한정시켜 나이 70세 이상은 도박이 아닌 건전 오락으로 만들어 국가에서 재난 지원금 주듯이 한 달에 얼마씩 주는 걸 이번 추석을 맞아 청와대 국민청원이나 TV토론을 통하여 국민적인 담론(談論)이 필요하다고 봅니다.

그런데 경로당의 할배 할매까지 단속 대상이 되어 사라져버리는 게 안타깝습니다. 신문에 보면 경로당 할멈들 10원짜리 고스톱 하다가 싸우고 심지어 독극물 사건까지 일어난 일들을 보면 많으나 적으나 돈이 걸리면 승부욕 같은 게 감정을 자극할 수도 있겠습니다. 골프가 재미있는 것은 경기가 어려워서 그렇습니다. 또 내기가 없으면 무슨 재미가 있겠습니까? 무료한 노인들의 쩜 백 고스톱은 스포츠로 분류되어야 합니다.

더하든지 빼든지

생각에 생각을 더해도 생각이 되고
생각에서 생각을 빼도 생각은 남는다

기쁨에 기쁨을 더해도 기쁨이 되고
기쁨에서 기쁨을 빼도 기쁨은 남는다

슬픔에 슬픔을 더해도 슬픔이 되고
슬픔에서 슬픔을 빼도 슬픔은 남는다

기억에 기억을 더해도 기억이 되고
기억에서 기억을 빼도 기억은 남는다

추억에 추억을 더해도 추억이 되고
추억에서 추억을 빼도 추억은 남는다

기쁨이나 슬픔이나 기억이나 추억 속에서도 생각은 남는구나.

- 浩然의 追憶-

여보

나는 지금 당신과 싸우고 있는 중이 아니야. 단지, 당신을 품어줄 수 없는 나의 옹졸한 마음을 달래고 있는 중이야.

오랜 시간 살아오며 한 가정을 이루어 살아왔고 자식 키우고 가정을 잘 지켜준 오늘이 있기까지 당신이란 소중한 사람이 있었기 때문이란 것도 잘 알고 있어. 나에겐 과분한 사람이라고 언제나 감사하게 생각하고 있어.

난, 이것도 남자라고 자존심이 있는 거야. 그것을 건드리는 건 나에 대한 도전이라고 졸부의 마음을 벗어날 수 없다는 거야.

몇 가지 예를 든다면, 당신은 남에겐 한마디도 못 하고 그런 문제가 나오면 생각도 안 하고 그 자리에서 나에게 대꾸하거나 내가 제일 싫어하는 이야기만 꼭 짚어 하는 거야. 당신이 알다시피 내가 지금 이야기를 안 하는 것뿐이지 그 목표를 채우기까지 잠시만 기다려 달라는 거잖아. 그것은 당신에게 큰 놀라움을 주기 위한 것이지 지금 당장 이야기하고 싶지 않은 것뿐이야.

나에 관한 모든 것은 일목요연하게 잘 정리되어 있다고 알려주었는데도 염려하고 불안해한다든지 하는 것은 나를 무시한다고 생각해. 지금 이대로만 해도 당신은 내가 없어도 잘살 수 있는 것을 분명히 알려줬잖아.

언젠가 이야기했지. 당신이 생각할 때 나란 사람을 어떻게 보고 있는지 모르지만 나름 모든 일에 부지런하고 정직하고 책임감이 투철하고 의리 있고 눈물이 많은 사람인 것을 당신은 알잖아. 당신도 안다고 이야기했잖아. 일전에 말했지? 당신 주위에서 제일가는 사람 만들어준다고. 그것을 위하여 오늘도 일하고 생각하는 거야.

지난 일이지만 당신 갑상선암 판정받고 온 가족이 기도하고 걱정하던 일, 또 친구 보증 서서 모든 걸 잃고 힘들어하고 산전(山戰), 수전(水戰), 공중전(空中戰) 겪으면서 인생 공부도 많이 했지. 이젠 남에게 1원도 빚지지 않고 당신 모르게 공부하고 노력하고 연구하며 오늘까지 살아온 거야. 나 혼자 욕심내어 살려는 것 아니잖아. 난 잠시라도 걸을 때나 앉아 있을 때도 생각하고 또 생각하는 사람이잖아.

그날 차 타고 오며 한 그 한마디는 '내 평생 간직하고 지켜온 마지막 자존심'을 송두리째 짓밟아버린 거야. 나는 오늘날까지 내가 나 혼자 이룩했다고는 한마디 말도 안 했어. 말은 안 하지만 당신과 함께라고 생각했지. 내 마음대로라고는 감히 이야기할 수 없지.

내가 가진 모든 것은 우리 것이고, 전부는 당신 것이라고 생각하면 된다고, 모든 것은 주님이 허락해주셨으니 기회 있을 때마다 어려운 사람과 나누고 있잖아. 나만큼 하는 사람 있으면 나오라고 해봐. 다른 사람은 몰라도 당신은 알잖아. 나는 나 자신을 위한 옷 하나 안 사고 구두 뒷굽이 닳아져도 허리띠가 해어져도 나를 위해서는 안 한다는 것을, 진정한 이웃과 사랑을 나누며 산다는 사람인 것을 당신은 알잖아.

여보, 나 지금 정말 힘들다. 무엇보다 당신으로부터 제일 인정받고 싶은데 항상 이 문제 때문에, 이 문제만 가지고 그러니 제발 부탁이다. 남자라는 가장이라는 직책의 무게가 너무 무겁고 힘들다. 가슴을 열어 보여줄 수도 없고, 내가 항상 주장하는 것에 내가 매긴 점수는 80점인데 당신의 요구는 100점이잖아. 이건 내 노력으로는 할 수 없어. 다시 한번 부탁한다. 아니, 부탁드린다.

세월이 정말 많이 흘렀지. 겨울은 가고 봄이 오는데 이런 일로 인하여 당신의 마음을 녹이지 못해 미안하다. 이 못난 놈 이해해주시고 당신이 이야기하는 승현이 마음도 안 되는 졸부 같은 이 사내를 품어주시고 상한 마음을 따뜻하게 위로해주시고 기도로 도와주길 바란다.

제발, 부탁은 과거 50년 전 이야기부터 하지 마. 또 하고 또 하고 리바이벌하지 마. 그리고 "여보, 그렇게 아프다고 말고 병원에 가보세요." 병원에 갔더니 큰 병원에 가보라고 할 때는 진짜 듣기 싫어.

한 가지 더, "여보, 여기 앉아보세요" 하면 뭔 소리를 할지 공포를 느
낀답니다.

　그건 지난번에 벌써 시효가 지난 거잖아. 다른 것은 기억 못 하면
서 자꾸 흘러간 추억의 녹음기를 틀지 마. 그런 일이 있을 땐 그 자
리에서 나를 이기려고 하지 말고 잠시 시간을 가지고 나를 설득하
여 이 못난 놈을 잘 부려보세요. 이 세상에서 당신을 제일 사랑하
는 당신의 남편이 고백합니다.

　오후에는 드라이브도 하고 저녁 먹으러 갑시다.

- 당신의 보호자 -

오늘

점심은 데수꾸리에 달아놓은 보리밥에 열무김치 너코 빨간 고추장 쓱쓱 비비가꼬 먹자꼬 케 바야지.

그라고 정지에 있는 막껄리 한 사발 옆에 노코 커커 하미서 시기 머거볼 끼다.

이런 날은 삼베 사리마다 입꼬 우물에 가서 목말이나 하고 대청마리에서 낮잠이나 한숨 디비져 잤으면 조커따.

- 辛丑年 中伏, 浩然은 덥다 -

251

가을이 열리는
창틈 사이로

향긋한 남도의 가을 내음이 느껴지는 해무 가득한 이 아침. 자연에 자연을 더한 찬란한 계절에 묶였던 마음의 자유를 찾고자 동가식 서가숙(東家食 西家宿) 하며 잊어버린 그 언젠가의 희미한 기억을 더듬으며 고요히 눈을 감고 숨을 가누며 멀어진 추억의 페이지를 넘겨본다.

생각 같지 않게 정리되지 못한 답답하고 헛된 생각들로 마음이 어지럽다. 주마등처럼 흘러갔던 지울 수 없는 이야기들이 뇌리에서 지워지지 않는구나.

선(禪)이란 결과를 원했으나 여러 번의 실패로 포기하고 말 것 같았지만 깊은 숨을 몰아쉬며 느리지만 정돈된 마음을 얻을 수 있었다. 이것이 평화(平和)구나. 은혜(恩惠)의 선물이구나. 참된 '쉼'이란 이런 것. 고요한 음성이 들려온다. 이것이 천상(天上)의 소리로구나.

지금은
몇 시입니까?

지난해 한국의 1인당 국민총소득(GNI)이 3만 5,000달러를 돌파하는 등 사상 최고를 기록했다고 기획재정부가 발표했습니다. 전후 60여 년 만에 엄청난 성장을 했습니다. OECD에도 가입했고 세계 무역 규모도 10위권에 들어간다니 정말 자랑스러운 나라입니다. 우리 국민은 과거와 달리 법과 질서도 잘 지키고 생활 환경도 급격한 변화를 했습니다.

그런데 나는 가끔 이런 생각을 해봅니다. '배가 난파되어 표류하다 무인도에 50명이 있는데 마지막 구조선에 승선 인원이 10명만 탑승할 수 있다고 가정을 해보았습니다. 또 중국 성도시같이 코로나로 인해 갑자기 도시가 봉쇄되기 10분 전의 마트의 모습은 어땠을까요?' '병원이나 은행에 번호표가 없이 볼일을 보러 갔을 때도 이런 질서를 지킬까?' 괜히 이런 생각들을 해봅니다. '서울에 1,000만 명이 넘게 사는데 모두 어떻게 먹고 살까?' 왜, 나는 엉뚱한 일들을 상상할까요?

내가 아는 지인 이야기를 할게요. 이 사람은 아침마다 동네 목욕탕에 나왔다가 오전 10시에는 꼭 호텔 커피숍으로 출근합니다. 자동차는 구형이지만 벤츠 600을 타고 다닙니다. 휘발유 넣을 때는 꼭 주유소 여기저기 기웃거리며 가격표를 봅니다. 내가 얘기합니다. "김 사장 명색이 벤츠 600 타면서 꼴 좋다. 차라리 변소를 타고 다녀라." 농담도 합니다.

커피숍에는 언제나 양복을 차려입은 일행들이 함께 자리하고 있습니다. 손님을 만나며 커피 한 잔에 만오천 원짜리를 같이 먹고 나올 때 계산은 손님이 합니다. 또 식사하러 갈 때도 우르르 같이 갑니다. 이번 식사 값은 누가 지불할까요?

우리는 돈에 대한 가치의 감각이 무디어졌습니다. 커피 한 잔에 오천 원 하든 만 원 하든, 점심값이 팔천 원 하든 만오천 원 하든, 펜션의 하루 숙박비가 이십만 원 하든 삼십오만 원 하든, 자동차 값이 오천만 원 하든 칠천오백만 원 하든 상관하지 않는 사람들이 되었습니다.

11월 공연하는 '웨스트 사이드 스토리' VIP 티켓이 16만 원, 역대 최고 조성진 협연 오케스트라 공연도 R석 40만 원, 롯데 시네마나 메가박스 영화관의 주말 입장 요금 만오천 원. 4 DX 등 특별관은 이만 원을 훌쩍 넘습니다.

하기야 명품 핸드백 천만 원짜리 하나 사기 위해 새벽부터 백화점 오픈런 해서 사는 거나 아파트 값이 몇 달 사이에 삼억씩 오억씩 오르락내리락하는 판에 무슨 가치 판단이 서겠습니까? 이런 국민들에게 갑자기 상상도 못 하는 국가적 위기가 닥치면 어떻게 살 수 있을까 염려도 해봅니다.

기자들 있잖아요. 뭐 먹고 사시는지 궁금합니다. 그중에 사진 기자들 있잖아요. 국회에도 여당 야당 사무실에도 대통령실에도 법원 검찰청에도 잠실 운동장에도 이곳저곳 쎄 빌랐는데, 카메라 플래시가 몇만 번 터지는 것 같은데 신문에는 그저 한 컷만 나옵니다.

그냥 연합뉴스에서 사진 전송받으면 될 텐데 또 무슨 신문사 종편들 그렇게 직원들 많은데 모두 잘 먹고 잘사는 것 보면 신기하고 이해가 가지 않습니다. 지방마다 지역 신문 인터넷 뉴스들 보면 뭘 먹고 사는지 정말 재주 좋은 사람들 많습니다.

북한은 조선 중앙통신 하나만 있어도 잘 돌아가는 것 같은데, 우짜만 좋노?

그냥

그렇게 사는 거야

아침엔
일어나고

저녁엔
자는 거야

그냥

그렇게 사는 거야
인생은 그런 거야

또

하루가 간다
내일도 그렇게 사는 거야

그냥

그렇게 사는 거야

아침에 밥 먹고
점심에 밥 먹고
저녁에 밥 먹고

밤이 되면 자는 거야

또

그렇게 사는 거야

만나서 이야기하고
헤어지고 그리워하고

그냥

그렇게 사는 거야

실패했다고?

그러면 걸어라
걷고 또 걸어라

억울하다고?

그러면 걸어라
걷고 또 걸어라

괴롭다고?

그러면 걸어라
걷고 또 걸어라

아침에도 걷고
저녁에도 걷고
땀이 날 때까지

오늘도 걷고 내일도 걸어라

Heaven Chosun이라고
아세요?

얼마 전 한국을 다녀간 미국 교포의 이야기를 옮겨본다.

한국에 와 보니 웬만한 동네에는 모두 고층 아파트가 들어서 있다. 가정집뿐만 아니라 심지어 공중화장실에도 미국에서는 부자들만 쓰는 비데가 설치되었고, 모든 대중교통은 카드 하나로 해결되고, 집에 앉아서 롯데리아 햄버거를 배달시켜 먹고, 어느 집을 가도 요즘은 비밀번호나 카드 하나로 모든 문을 열고 들어간다. 열쇠, 주차 티켓, 화장실 휴지 등등은 이제 구시대의 물건이 되었다.

차마다 블랙박스가 달려 있고 방문하는 집마다 거실에 목받이 소파가 있고 집안의 전등은 LED이며 전등, 가스, 심지어 콘센트도 요즘은 리모컨으로 켜고 끈다.

집집마다 수십 개의 스포츠 채널을 포함 끝없는 채널이 나오고 가는 곳마다, 즉 지하철 고속철도 음식점 상점가 심지어는 버스 정류장에서도 자동으로 초고속 와이파이가 잡힌다. 역마다 정류장마다 몇 분 후에 내가 기다리는 차가 온다는 정보도 뜨니 옛날처럼 도로를 쳐다보며 버스를 놓칠까 염려하는 모습은 사라진 지 오래다.

나도 우아하게 비데를 사용하며 편리한 지하철 고속열차를 이용하고 요금이 싼 택시도 타고 다녀보고, 몇 걸음만 걸으면 먹을 수 있는 수없이 다양한 음식과 디저트를 즐기면서 목받이 소파에 눕듯이 앉아 수많은 채널을 돌려보는 이 고급스러운 생활을 며칠만 있으면 두고 떠난다는 것이 못내 아쉽다.

그런데 아이러니한 것은 만나는 사람마다 한국에 사는 것이 얼마나 힘든지를 토로한다는 점이다. 전셋값이 얼마나 비싼지, 정치는 얼마나 헛짓을 하는지, 아이들 교육시키기가 얼마나 힘이 드는지 만나는 사람마다 자신이 지옥에 살고 있다고 모두들 아우성이다.

돈이 없다고 하면서 땅이나 주식투자 안 하는 친구들이 거의 없고, 고급차 한 대 안 가지고 있는 사람이 별로 없고 아이들 스포츠나 과외 안 시키는 사람이 드물다.

같은 가격이면서 우리 집보다 방은 두 배 많고, 연이자도 2%대인 모기지를 가진 한국에서 전세라는 훌륭한 제도를 통해 매달 이자를 안 내고 살 수도 있는 이곳 사람들이 오늘도 모기지로 매달 3~4천 불을 내며 미국에 사는 우리들보다 행복하지 않은 이유는 무엇일까?

연봉이 나보다 반이나 적은 사람이 나보다 더 좋은 차를 몰고 더 비싼 걸 먹고 더 편리하고 더 고급스러운 제품이 가득한 삶을 살면서도 만족스럽지 않은 진짜 이유는 무엇일까? 의료보험은 열 배나

싸고 치료비도 열 배 싸게 느껴지는 이곳에서 같은 10불짜리 밥을 먹어도 팁이 없어서 늘 몇 프로 할인받는 느낌인 이곳에서 많은 사람들이 삶이 지옥이라고 느끼고 생각하는 것이 참 신기하다.

냉장고를 두세 개 가지고 고기를 종종 먹으며 사시미를 먹고, 좋은 차를 몰고, 편하고 고급스러운 집에서 살면서도 만족을 모르고 가난과 위기를 노래하게 된 내 조국, 이들에게 하나님이 주시는 진짜 안식과 평안이 필요함을 느낀다.

언제쯤 되면 우리는 진짜 가난한 북쪽의 동포를 돌아보는 그런 여유가 생기는 진짜 부자가 될까?

'스스로 부한 체하여도 아무 것도 없는 자가 있고 스스로 가난한 체하여도 재물이 많은 자가 있느니라(잠 13:7).'

대한민국은 초고속으로 압축 성장한 나라다. 아마도 기네스북에 올려야 할 나라다. 세계가 다 아는데 우리만 모르는 사람들이 있다. 바로 대한민국 국민이다. 그래서 이민을 가려는 자들이 줄을 선다. 자신은 아니더라도 자식만은 미국에 보낸다. 국회 인사청문회를 보면 거의 다 그렇다. 자식을 이중국적자로 만든다.

무엇이 불안한지 위장 전입도 서슴지 않는다. 그렇게 바쁜 인생들을 산다. 우리나라는 국토도 최선진국이다. 산에는 나무가 너무 많아 간벌을 해야 할 지경이다. 공중에서 본 국토는 온통 푸르다. 그리고 넓게 거미줄같이 뻗은 고속도로, 다목적댐과 4대강 사업으로 물은 항상 넘실댄다. 홍수와 가뭄은 이제 옛날이야기가 되었다.

더 기가 막히는 사연이 있다. 한민족은 5천 년을 배고프게 살았다. 그러나 지금은 아니다. 쌀이 넘쳐나 저장할 창고가 없다.

그뿐이랴, 각종 먹거리가 산을 이루고 있다. 그래서 뚱보가 늘어나고 당뇨와 혈압 환자가 줄을 잇는다. 세상은 이렇게 풍요로운데 왜 우리는 바쁘고 불안하고 불만족스러운가? 더 많이 소유하고 싶고, 남보다 더 앞서고 싶은 욕구를 이루지 못한 불만 때문이 아닐까?

그렇다. 욕심이 잉태하여 죄를 낳고 죄가 성장하여 사망에 이른다는 진리를 깨닫고 주어진 현실에 만족하며 살아야 하지 않을까?

그분의 부탁은 이렇게 끝을 맺는다. 행복한 삶을 살아가면서 우리 조국 대한민국을 위하여 무엇을 어떻게 하며 살아야 할지 한번 생각해보는 시간을 가져보기를 부탁드린다.

이러고도 헬조선이라고 말하는 당신은 어느 나라 사람입니까?

꼬리를 낮추고

깃털을 바짝 세우고
어디 보자.

눈알을 요리조리 휘둘러 보고 난 다음
일단은 자세를 낮추고 기다려봅니다.

또
그렇게

또
그렇게

한참을 기다려봅니다.

오해하지 마세요
개구리의 오후입니다.

- 浩然의 觀察 -

넘쳐나는 물건들

여기도 저기도 어제도 오늘도 넘치고 넘칩니다. 옛날에는 공급이 수요를 못 따라갔지만, 이제는 수요가 공급을 못 따라갑니다. 백화점, 아울렛, 양품점 특히 여성 옷 파는 가게를 볼 때 장사하는 분보다 내가 더 걱정됩니다. 참외, 수박, 포도, 사과, 복숭아, 자두 그 많고 많은 과일들, 저 많은 것들 누가 다 먹어 치울까?

과거엔 아기들이 빨리 자라니까 아는 사람들끼리 서로 주고받고 했는데 요사이 그런 옷 주려다가 망신만 당합니다. 아파트에서 나오는 쓰레기들은 어제도 오늘도 쏟아져 나오는데 이러다가 '근검절약 (勤儉節約)'이라는 단어는 사전에서 없어질 것 같습니다. 집안에서 부모(父母)들이 본(本)을 보여 자식들이 어릴 때부터 절약하는 습관을 가르치는 게 학교 교육보다 우선시되어야 하는데 오늘도 지구 환경은 숨이 막혀 답답합니다.

30년 전만 해도 해외여행은 특권이었습니다. 해외 파견 근로자나 무역회사 직원, 출장 가는 공무원이나 기자, 유학생과 교수, 국가 대표급 운동선수와 문화 예술인 등이 고작이었습니다. 당시에는 관광 목적으로는 여권을 내주지 않았습니다.

인천공항에는 출입국하는 사람들로 인해 공항 청사는 늘 북적거렸고 환전도 액수를 엄격히 제한해 남대문 시장 인근의 암달러상에게 필요한 외화를 더 바꿔서 나가는 일이 많았습니다. 이젠 우리나라 전체 국민 5,170만 명 가운데 약 63%(3,262만 명)가 여권을 소지하였고 독일 여권과 함께 세계 3위 '여권(旅券) 파워' 국가입니다.

세계 10위의 경제 대국, 정말 대단한 것 아닙니까?

1979년 11월입니다

그때는 여권 가지기도 어려웠지만 특히 나라마다 VISA 받기는 개인의 자격이 문제가 아니라 우리나라 자체가 심사 대상에 올라갈 수 없는 현실이었습니다.

중남미에 과테말라라는 국가가 있습니다. 고향 후배가 미국 올 때 꼭 한번 들러달라고 해서 딱히 미국 갈 일도 없고 비자 발급 받기도 어렵고 하던 차 홍콩 가는 김에 들렀다 오려고 마음먹고 가려는데, 올 때 라면 좀 많이 사오라고 해서 이 친구가 혹시 한국 라면 수입하여 사업하려나 생각하고 더플백으로 두 상자나 사서 그 무거운 것을 들고 홍콩 공항에 맡겼다가 다시 미국 LA 공항에 들러서 과테말라로 가야 합니다.

여행 이야기가 중요한 것이 아니고, 당시 우리나라 위상에 관해 이야기하고 싶습니다.

미국 VISA 없이 LA 공항에 도착해서 과테말라행 비행 대기 시간에 혹인 용역들이 기내에 들어와 스튜어디스로부터 내 여권을 회수하여 강제로 공항 인근 Hilton Los Angeles Airport 호텔 방에 넣고 자기는 문 앞을 지키며 6시간 정도를 절대 밖에는 못 나가게 합니다.

당시 LA 공항에는 한국 사람 12명이 동시에 동서남북으로 달아나서 한국 사람에 대한 감시가 심했다고 하는데 영국 사람이나 선진국 사람들은 자유롭게 공항을 나가는데 참 약소민족의 자괴감을 느꼈습니다.

환승 시간 될 때까지 방구석에 처박혀 있으려니 좀이 쑤셔서 그 흑인 용역을 꼬셔서 1층 면세점에 가서 마누라 주라고 화장품 사서 주고 대신 LA에 계시는 이모님 오시라고 하여 면회하고 다음 비행기 탈 때 그 친구는 나를 비행기 트랩까지 따라와서 스튜어디스에게 나와 여권을 인계하였습니다.

과테말라 가서 그 후배에게 VISA 없이 겪은, 공항에서 있었던 이야기를 했더니 "형님 그러지 말고 한국 갈 때는 생각을 바꿔서 그 친구가 내 비서다 하고 짐도 다 맡기고 맨손으로 다니세요. 그 사람은 형님을 에스코트해야 되니 말을 들을 겁니다." 그 이야기대로 올 때는 그 친구를 비서같이 짐을 맡겼지요. 아 이것도 요령이구나. 인생은 생각하기 나름이구나!

과테말라는 미국과 나프타 협정 국가라 관세 없는 무역이라 봉제 사업을 하기에는 지상 최고라고 하였습니다. 다른 특별한 경험은 생각나는 게 없고 '아띠뜨랑' 산속에 있는 호수에서 낚시도 하고 사흘 있다 오려고 떠나려는데 밤에는 산속 강도 때문에 가지 말라고 합니다. 오늘 아니면 시간도 없어 강행하였는데 정말 아름다운 호수라 여러분들에게도 추천하고 싶습니다.

돌아오는 길은 마음의 여유도 있고 JFK 공항에 도착하니 태극기도 선명한 KAL을 보고 마음이 두근거렸습니다. 우리나라 자국 항공기를 미국 공항에서 만나는 그 당시의 경험은 큰 감회였습니다.

그 후, 그 후배는 사업에 크게 성공하여 LA Palos Verdes Hills에 고급 주택을 구입하여 LA 갈 때 2번 정도 그 후배 집에 있다가 오고 했습니다.

지금은 어떻습니까? 전 세계에 존재하는 약 210개국 중 한국 여권 소지자는 191개국을 무비자로 여행할 수 있다는 게 대단한 거 아닙니까? 요즈음 한글을 자기 나라 국어로 사용하는 국가가 늘고 있다는데, 흥분되는 것은 저 혼자만의 마음일까요?

이래도 Hell Chosun입니까? 여기가 바로 Heaven Chosun이 아니고 어디겠습니까? 풍요로운 우리나라 삼천리 반도 금수강산 잘 지켜 우리 후세에 물려줄 수 없을까요?

오늘도 할아버지의 마음은 그저 답답할 뿐입니다.

반공일

옛날이라고 하긴 그렇고 얼마 전까지만 해도 반공일이라고 있었습니다.

그전 사람들은 토요일은 반공일, 일요일은 공일이라고도 했습니다. 할아버지들은 반굉일이라고 했습니다. 모두들 들뜬 마음으로 그날을 학수고대했고 가슴이 설레던 때가 엊그제 같은데 요즈음 공휴일 일요일 대체휴일 추석은 내리 일주일씩 달력에 빨간 글씨가 있어도 옛날의 반공일 같은 기분이 들지 않으니 나이 때문만은 아닌 것 같습니다.

오늘의 달력은 빨간 날입니다. 한글날입니다. 아주 중요한 날입니다. 요것이 공일인지 아닌지가 궁금합니다. 그건 그렇고 세상이 시끄럽습니다.

계절은 가을입니다. 창공의 푸른 하늘엔 뭉게구름이 두둥실 떠 있고, 가을하늘 공활한 대한민국, 세계에 자랑할 만한 한글날입니다. 세종대왕은 54세로 승하하실 때까지 31년 재위 기간 동안 집현전을 통하여 세계에 길이 빛날 한글을 주셨습니다. 할아버지, 감사합니다.

   이 계절에 듣기 좋은 우리 가곡을 한 번쯤 들어보시길 추천합니다. 들으시면 기분도 맑아지고, 상쾌한 공일 기분 좋은 시간이 될 것입니다.

어디 갔다
이제 오니?

갈 때는 말없이 떠나더니 올 때도 말없이 왔구나

어디 보자, 혼자 오기가 부끄럽더냐?

작년에도 올해도 진달래 민들레 벚꽃도 함께 왔구나
혼자만 와도 좋은데 친구들 고운 옷 덧입혀 왔구나

그래

진달래는 붉게, 개나리는 더 노랗게 덧입혀 오느라 수고했다

그런데

심술쟁이 바람은 왜 데리고 다니냐?

우리 할매 좋아하는 목련이 필 때는 꼭 비를 몰고 오더라

봄아

너의 심술은 아무도 못 말려
우리가 노는 게 질투가 나냐?

그리고

장미와 매화 아카시아는 언제 데리고 올 건데
그땐 잊어버린 첫사랑의 편지도 가지고 오렴

봄아

언제 또 갈 거야 이번에도 인사 없이 몰래 떠날 거지
내년엔 더욱 아름다운 너를 기다리는 우리가 될 거야!

- 봄을 기다리는 浩然 -

어느 날

나는
혼자다.

불현듯 밀려오는 외로움과 허무함에 맥이 풀리고
다리에 힘도 없다.
가슴이 터질 것만 같은데 누군가를 만나고는 싶은데
만날 사람이 없다.

저마다 삶의 무게를 감당하기 힘든 분들께
나의 답답한 심정을 하소연하여
마음의 짐을 맡겨두고 싶지 않구나.
함께 사는 세상인데 나는 지금 혼자다.

주위에 벗들이 있는 줄 알았는데
이런 마음을 받아줄 사람이 없구나.
수첩에 적힌 이름과 전화번호를 읽어 내려가 보아도
모두가 아니다.

허파에는 바람이 전부 빠진 것 같다.

거리를 걸어본다.

카페에 들어간다. 따뜻한 한잔의 커피.

아! 삶이란 때론 이렇게 외로운 거구나.

- 浩然의 心情 -

내 어릴 적
예배당은

마룻바닥엔 하얀 뺑기줄로 남녀 자리가 구분되어 있었다. 마룻바닥이라 교회 양쪽에는 방석을 쌓아놓고 있었고 겨울철엔 난로에 코크스라고 석탄에 진흙을 섞어 만든 연료로 난방을 하였다. 더 오래 전에는 남녀(男女)를 분리하는 커튼이 중간에 있었다고 한다. 들어오는 출입문도 왼편은 남자, 오른편은 여자 출입구였다.

강대상 뒤쪽에는 십자가가 커다랗게 걸려 있었고, 우리는 어린 나이에도 강대상에는 무서워 올라가지 못했다. 헌금 시간에는 기다란 작대기에 천으로 된 헌금 바구니를 사용해서 잠자리채라고 했다. 예배당 앞에는 풍금이 있었고, 창호지로 된 찬송가 가사를 적어놓은 쾌도가 있었다.

그때는 문맹자가 많아 찬송가 곡이 아니라 가사 전달이 먼저였고, 모든 예배는 은혜로웠고 매시간 성령님이 함께하셨다. 예배당 마당에는 종탑이 있어서 예배 시간 30분 전에 치는 종은 초종이라고 하고, 시작 시간에는 재종이라고 하여 발걸음을 재촉하였다. 부인 집사님들은 집에서 성미라고 하여 쌀을 가져다가 예배당 성미함(誠米函)에 바쳤다.

275

그때는 헌금을 드린 게 아니고 바쳤다. 예배 시간에는 엄숙하고 경건했다. 성도들끼리는 서로 예수쟁이라 특별히 사랑이 돈독했다. 부흥회를 하면 일주일씩 했다. 부흥사 목사님의 권위는 대단했다. 목소리는 뱀 장사같이 굵직했고 성도들 혼도 내고 그랬다.

당시 호텔이나 숙박 시설이 부족해 부흥사 목사님은 주로 성도들 집에 유하게 되는데 서로 자기 집에 모시고 가려는 사람들도 많았다. 흰색 저고리에 검정색 치마를 입으신 전도부인이라고 계셨다. 교인 집에 심방 갈 때는 목사님을 따라다니셨다.

외할머니는 성경 읽고 싶은 게 소원이셨는데, 어리고 철없이 노는데 정신이 팔려 할머니에게 한글 가르쳐드리지 못한 게 정말 죄송하고 가슴 아프다. 나는 어머니 뱃속에서부터 다녔으니 모태 신앙이라고 하면 맞다.

당시 주일날 교회에는 학생들도 많았다. 교회에 헌금하면 하나님이 쓰시는 줄 알았다. 그렇게 배웠고 그런 줄 알았는데 지금 보니 하나님이 직접 쓰시는 건 아니고 회계 집사님이 그 헌금 가지고 교회 운영하고 월급 주고 차량 기름 넣고 주방 식당에서 밥도 하고 가끔은 구제도 한다.

어릴 때 거짓말하면 하나님이 녹음기로 녹음하여 나중에 심판 한다고 했다. 나는 설마 어떻게 이 넓은 세상에 수많은 사람들의 이야기를 전부 녹음할 수 있을까 궁금했는데, 지금 세상에 나온 AI를 보고 하나님은 그렇게 하실 수 있는 분임을 알고 궁금증이 풀렸다.

주일학교 학생회 등을 다니며 하나님의 말씀을 깨닫고 배웠다. 교회 종소리를 듣고 찬송과 기도로 주님의 임재하심을 믿었다. 교회의 십자가만 보아도 가슴이 설레고 목사님은 주님의 종이라고 배웠다.

교회의 목사님을 담임 목사라고 부르는데 학교에도 담임 선생님이 계신다. 학교 담임 선생님은 우리 반 학생의 이름과 형편과 처지를 잘 알고 계신다. 담임은 언제든지 가까이서 만나고 상담도 받고 언제나 가까이 계신다.

그런데 서울에 삐까번쩍한 대형교회 목사님도 담임 목사라고 부른다. 내 생각엔 그 목사님을 부를 때는 회장 목사님으로 부르는 게 맞는 말이다. 그분은 구름 위를 걷는 분 같다.

교인 한 사람 한 사람 형편도 모르실 것 같고, 회장 목사님은 비서에 고급 승용차를 타고 다니시는 데 회장 목사님은 교회에 나올 때는 경호원들이 함께하며 무전기를 소지한 집사님들이 골목골목 기다리며 목사님 어디쯤 가신다고 무선 중계를 한다.

그 회장 목사님은 기분이 매우 만족하실 것 같다.

개기고 버티면 해결해주신다.

한국 교회에 세습 금지법이란 게 있는데 대형교회의 그 회장 목사님은 굳이 자기 자식을 후임으로 맡기려고 한다. 교회 돈으로 자식 유학 보내고 훌륭하게 키웠으면 얼마든지 자립할 텐데 꼭 말썽을 일으키며 한국 교회를 시끄럽게 해야 하는 것인지 모르겠다.

내 생각엔 하나님 앞이나 성도들 앞에서 되게 부끄러울 것 같은데 두꺼운 철판이 깔린 것 같다. 성도들이 성토하고 재판해도 갈 데까지 가보자는 식으로, 강한 자가 살아남는 자가 아니라 살아남는 자가 강한 사람이라는 진리를 터득하신 것 같다.

자식 앞장세우고 은퇴라고 말씀하신다. 은퇴가 무슨 뜻인지? 모르지만 내 생각엔 수렴청정하시는 것 같다.

세월이 가면 잊힐 걸, '역시 개기는 자가 승리했다'라고 자만 하고 계실까?

그를 추종하는 세력들은 '아멘'으로 화답한다. 또 강남의 어느 대형교회 목사님 미국 학위 진위 여부 때문에 시끄러웠지만 개기고 버티셔서 승리했잖아요. 이대로 쭉 정년까지 가시면 퇴직금 100억 정도는 따놓은 당상 같습니다.

갑자기 찬송가 한 대목이 생각난다.

'부름 받아 나선 이 몸 어디든지 가오리다 괴로우나 즐거우나 주만 따라 가오리니 어느 누가 막으리까 죽음인들 막으리까' 목사님은 아골 골짜기도 아닌데 시골 교회는 굳이 가지 않으려고 하신다.

예배당은 없어지고 교회만 있다. 옛날엔 예배당 십자가 밑에서 예배를 드렸는데 지금은 교회 모니터 앞에서 예배를 본다. 드리는 예배에서 보는 예배로 바뀌고 있다. 집에선 스타 목사님 유튜브로 여기저기 찾아 침대에서 설교 듣다가 잠이 든다.

옛날엔 주일 예배 대표기도 시간에 장로님이 나오셔서 기도를 드렸는데, 지금은 장로님이 나오셔서 기도를 읽고 있다. 어느 장로님은 미사여구(美辭麗句)를 사용하여 이렇게 기도를 드린다.

"지금도 살아 계셔서 우주와 만물을 주관하시는 하나님 아버지." 기도를 듣고 있는 나는 "지금도 살아 계신다"란 대목에서 갑자기 그게 아닌데 생각이 든다.

"하나님 여호와", "야훼의 하나님" 구약 시대에는 감히 쳐다볼 수 없는 분을 그 장로님은 극존칭을 쓰는 것까지는 좋은데 "지금도 살아 계신다"라는 현재형(形)을 사용하시면 장래는 어떻단 말입니까?

지금 우리나라는 이념의 갈등으로 분열되어 있다. 지도자, 특히 교회의 담임 목사님은 자기의 정체성을, 분체성을 밝혀야 한다. 특히 좌인지 우인지 정치적인 노선 말이다. 영적 지도자의 방향이 어느 쪽인지 나와 신앙 노선이 같은지도 알아야 하고 과거에는 그냥 십자가 걸린 교회에 나가면 되는데 요사이는 교회를 정할 때 가나안을 정탐하듯 교회 투어를 해야 한다.

옛날에는 예수쟁이라고 했다. 그래도 그때 그 소리가 그립다. '쟁이'라면 다 같은 한편인 줄 알았는데 '강남에 살면서 S 교회 다니고 단발머리를 한 권사님'을 시어머니로 만나면 조심해야 된다는 우스갯소리가 있다.

장래 목사님이 될 신학교에서 시험 볼 때 컨닝을 한단다. 강남의 어느 교회는 노조가 있다는 걸 여러분은 알고 계시는가? 어느 대형 교회 한 주일 십일조 헌금이 8억 6천만 원, 한 주일 헌금 합계가 11억 7백만 + 외화란다.

교회 헌금 종류가 십일조 외 85가지가 넘는다는 것도 아시는지? 그 헌금 종류 만든 사람 마태보다도 능력 있는 사람 같다. 국세청 특채하면 우리나라 세수 걱정 없겠다. 교회에서는 일일이 컴퓨터로 이름과 금액을 적는다. 그 일을 하기 위해 직원을 뽑아 월급도 줘야 한다. 우리나라에도 얼마 전부터 미국식 크리스천이 상륙해 있다. 예수쟁이는 술을 먹어도 남 눈치 보고 하는데, 이 미국식 크리스천은 술을 잔뜩 먹고도 자랑하고 다니고 할 것 다 하고 불교 신자들 사월 초파일 절에 한번 가면 불교 신자이듯이 교인도 그런 시대가 온 것 같다. 아들이 목사라고 천국 보장 없듯이, 아들이 의사라고 죽음을 막진 못한다.

나는 예수쟁이 소리를 듣고 싶다.

호스피스 병동에서

임종을 앞둔 할아버지 주위로 가족과, 교회에서 목사님과 집사님 몇 분이 임종 예배를 드리러 오셔서 찬송가 493장 '하늘 가는 밝은 길'을 찬송하고 있는 중입니다.

할아버지는 귀도 어두 우시고 숨이 차서 힘드신데 딸내미 둘이 할 아버지 귀에다가 큰 소리로 외친다. 아버지, 믿는다고 해요. 예수 믿 는다고 하세요, 아버지 하면서 재촉한다. 할아버진 다문 입을 반쯤 열어 으음 신음 소리로 응대한다. 그것을 본 딸들 감격하여 "아멘, 아멘, 목사님 보셨지요?" 따님들은 기뻐서 목사님께 이야기합니다.

"우리 아버지 아멘 했습니다."

목사님은 곡을 바꿔서 찬송가 436장 '나 이제 주님의 새 생명 얻 은 몸'을 힘차게 부른다.

함께 있던 김 집사, 나는 수십 년간 주차장 차량 봉사, 안내 봉사, 찬양대 했는데도 구원의 확신이 없는데 할아버지는 한 번에 천국 입장권을 획득했습니다. 김 집사 조용히 혼자 소리로 주님께 외쳐봅니다. 예수님 이건 십자가 옆 우편 강도가 아니잖아요?

"하나님, 이건 좀 불공평하신 것 아닌가요?"

- 浩然의 救援 -

여러분은?

과거 30여 년 동안 우리 주위에서 사라진 것들을 기억하시는가? 요즈음엔 상여를 메고 가는 사람이 없다. 상여는 무겁기 때문에 상당한 상여꾼들이 메고 가야 한다. 그때는 장례식장도 영구차도 없던 시절이라 호상계의 위력은 대단했다.

지역마다 계원이 많은 곳엔 50명 정도가 되는데 가입하려면 절차가 매우 복잡하고 까다롭다. 지역 선거 정도 나오려면 이 사람들하고 척을 질 경우 꿈도 꾸지 말아야 한다.

상(喪)을 당한 집은 이튿날 상여가 나가기 하루 전날 저녁은 온 동네 도박꾼들이 모여 막걸리와 화투로 밤을 지샌다. 그리고 아침에 상여가 나가게 되면 맨 앞에 상두꾼으로 불리는 사람이 "이제 가면 언제 오나…"라고 앞에서 종을 치는 사람이 선창하면 상여꾼들이 "어어야… 이이제…"라고 부른다. 지역마다 다르지만 경기도, 경상도에서는 대부분 이렇게 불렀다.

인제 가면 언제 오나 오마 나를 일러 주오 오… 호호이 오…
호호이

병풍에 그린 빛이 오륙 빛을 건너 오시려나 오… 호호이 오… 호호하

인제 가면 언제 오나 오마 나를 일러 주게 오… 호호이 오… 호호하

뒷동산 고목 남구에 꽃이나 피면 오시려나 오… 호호이 오… 호호하

가마솥에 삶은 개가 커컹컹 짖건 오시려나 오… 호호이 오… 호호하

오신 날은 암암한데 아이고나 데고가 웬 말이냐오… 호호이 오… 호호하

신구명산 만장 봉이 바람이 불어 쓰러지니 오… 호호이 오… 호호하

해도하여 잔나비야 꽃이나 진다고 서러 말아 오… 호호이 오… 호호하

꽃은 피어 만발이고 잎은 피어 청산인데 오… 호호이 오… 호호하

인생은 한번 가고 보면 다시 오기가 어려워라 오… 호호이 오… 호호하

우리 인생 수심 온다 다시나 못 가 한이로다 오… 호호이 오… 호호하

인생이 백 년을 너는다가 기약하리 오호 허허이 오호여야 호
허해야

우리는 간다 우리는 간다 삼천 초목아 들어 봐라 헤이헤 어허
허허 어이나 갈까 어허

자료: 정동화, 『경기도 민요』 중에서

또 옛날 재래식 변소는 똥의 무게와 속도가 비례하여 변소 밑으로
굵고 큰 것이 떨어질 때는 궁디를 빨리 들었다 놓아야 한다. 타이밍
을 맞추지 못하면 똥물이 철썩 올라 묻어서 기분이 상한 적이 한두
번이 아니다. 그것도 지나고 보니 추억의 한 페이지가 되었다.

이젠 우리 주위에서 상여(喪輿) 소리도, 통시도 없어지고⋯. 지게,
버스 차장, 다딤돌, 재봉틀, 바늘, 골매, 머리 빗는 챔빗, 소달구지,
소 마구 구루마, 섶다리, 검정 고무신, 데수꾸리, 호롱불, 요강, 뒷
간, 통시, 담배, 빨뿌리, 삿갓, 빈대, 벼룩, 30촉 전구다마, 갱지, 선화
지, 화선지, 잉크, 펜대, 동동구리무, 삼베 사리마다, 전화번호부, 빨
간 공중전화, 초가집, 노란 벤또, 아이스께끼, 성냥, 워크맨, 비디오
테이프, 흑백 TV, 버스 토큰, 볼 마우스, 플로피 디스크, 삐삐를 보
신 지가 얼마나 되셨는가? 통행금지와 미국과 유럽에서 시행하는 섬
머타임도 언제 없어졌는지 아시는지?

연필 깎아보고 바느질해보신 지는?

요강과 만년필을 사용해보신 지는?

옛날엔 장관 이름이 시험 문제로 나온 것을 아시는지?

장독대에 올라가본 지가 얼마나 되었는지 기억나시는지?

지난날을 회상하며 행복하고 즐거운 시간 되세요.

- 浩然의 記憶 -

무슨 교단과 교파
신학교는 왜 그리 많은지?

장로회 교단만 200개가 넘습니다. 교단뿐 아니라 노회, 지방회 등 등 하늘을 두루마리 삼고 바다를 먹물 삼아도 다 기록할 수 없을 지경입니다. 행사에 나가서 기도 한번 해도 봉투 받아 옵니다. 그 목사님은 교회 헌금으로 출장비 받아 그런 회의에 다녀오십니다.

그리고 조금만 잘 나가면 2단 3단 멋대로 심판당합니다. 신문 보셨지요? 큰 행사 하면 대문짝만하게 총회장, 부총회장, 총무회장 무슨 회장님들이 많으신지 번지르르하게 생기신 회장님들의 사진을 보면서 주 예수여 어서 오시옵소서 하고 싶습니다. 롯데호텔, 신라호텔, 워커힐이 아니면 만남이 안 됩니다.

얼마 전까지 총회장 선거는 3당 2락이란 소문이 있었습니다. 지금은 10당 9락 정도 되겠지요. 총회장은 청와대 초청도 받습니다. 아주 목에 힘주고 다녀와서 설교 시간에 폼도 잡습니다.

북한을 몇 번씩이나 다녀오신 목사님이 계십니다. 카더라 방송인지 모르지만 깔려 있는 비하인드 스토리가 장안에 퍼져 있습니다.

그곳에 있는 씨앗은 언제 호적에 올리시려나? 하나님과 그분만이 아시겠지요.

믿는다는 것 좀 생각해보았습니다. 믿는다는 것은 믿지 못하는 것을 믿는 것이라는데, 우리는 보고 믿으려고 하니 참 안타깝습니다. 시몬 베드로의 대답같이 주는 그리스도시요, 살아 계신 하나님의 아들이심을 믿고 고백하며 아멘으로 받아들이면 됩니다.

한번 믿습니다 하면 되지, 무슨 죽을죄를 지은 사람같이 자세를 숙여 믿습니다, 믿습니다. 이중부정(double nagation)이라고 있지요. '부정의 부정은 긍정', '긍정의 긍정은 부정'으로 잘못 환상에 빠질 수도 있습니다.

우리 예수 믿는 것 당당하고 자랑스럽게 믿을 수 있잖아요? 그런 척하지 맙시다. 뭐가 염려되세요? 저는 제 자신이 하는 기도의 방향을 보고 이건 아닌데 하며 부끄러울 때가 많습니다.

제 침대 곁 30㎝와 서재 책상 위엔 항상 성경책이 있지만 표지 한번 터치하지 못하고 지나온 날들이 너무 많아 부끄러움을 고백합니다.

제가 드리는 기도는 대부분 감사 기도보다 간구하는 기도가 많았고, 사람에게 잘 보이려는 기도와 또 버스 타고 갈 때 기도할 때보다 비행기 타고 기도할 때가 가족의 어려움이 있을 때 병원에서 수술할 때 더욱 간절한 기도를 하게 됩니다.

기도하고 일어나려고 할 때 누가 들어오면 시간 끌기도 하고, 신자들과 목사님과 같이 식사할 때는 더 근사한 말로 더 오래 기도하고 통성 기도할 때 지구가 떠나가라 하다가도 막상 끝나면 희한하게도 말똥말똥합니다.

이러한 저의 기도와 간구에 하늘에 계신 하나님께서도 당황하실 것 같습니다. 세계에서 한국 교회만큼 신자들을 교회에 가두리해서 우려먹는 나라도 드물 것 같습니다.

1885년 미국 장로교회의 언더우드와 미국 감리교회의 아펜젤러 등이 입국하면서부터 본격적인 선교가 시작되었고, 제중원의 업무를 도우면서 교육 사업이 시작되었고, 배재, 이화, 경신, 정신과 같은 기독교 학교들이 설립되었습니다. 기독교가 한국 사회를 새롭게 만들 세력으로 부상하면서 그 결과 많은 사람들이 기독교에 입문하였고, 기독교도들은 독립협회와 만민 공동회를 주도하면서 근대적인 민족운동을 이끌어나갔습니다.

벌써 136년이 지난 오늘날에 와서는 개신교 일천이백만의 성도와 칠만 교회와 삼십만 목회자들이 있다 생각하면 우리나라에 기독교가 들어오지 않았다면 어떻게 되었을까 싶습니다. 불교, 유교로 과연 오늘날의 이런 눈부신 국가의 발전이 왔을까? 민주주의, 학교, 병원 등의 선진 문물은 기독교의 산물이라고 할 수 있습니다.

기도는
어떻게 해야 합니까?

주님께서 이렇게 하라고 가르쳐주신 기도 있잖아요.

또 항상 기뻐하고, 쉬지 말고 기도하고, 범사에 감사하라는 주님의 뜻을 따르고 순종하고 이웃 사랑하기를 내 몸같이 하라는 말씀대로 순종하면 되는데 무슨 주문들이 많은지 교회 처음 오시는 분들은 무척 힘들고 어려울 것 같습니다.

제 친구 장로는 이렇게 이야기합니다.

"나는 항상 기쁩니다. 항상 기뻐하지 않는 사람은 이해할 수 없습니다."

제가 생각할 때는 그 장로님이 자신을 속이고 있거나, 혹은 저능아 아닌가 생각이 듭니다. 주님께서 말씀하셨잖아요. 인간은 항상 기뻐할 수만은 없는 존재니까 기뻐하라고 부탁하신 겁니다. 성경에서 예수님께서는 수없는 말씀을 비유로 말씀하셨습니다.

어떤 목사님께서는 비유의 말씀을 굳이 자기 뜻과 생각에 맞추어 해석하려고 합니다. 예수님이 모르셔서 딱 부러지게 말씀하지 않으시고 비유로 이야기하셨을까요? 특히 요한계시록의 144,000명을 이야기할 때 다른 목사님은 잘못 알고 계시고 자기 설교가 맞다고 할 때는 주여, 어디다 청원해야 할까요?

인생은 우문현답(愚問賢答)입니다. 세계 220개 국가 중 우리나라 사람의 기도가 세계 일등입니다.

교회에서 새벽부터 밤늦게까지, 병원에서, 입시장 교문에서, 오산리 기도원에서, 장위동 사랑제일교회에서. 그런데 너무 큰 통성 기도에 묵상 기도하는 남의 기도가 묻혀 방해가 될 것 같습니다.

간증 이야기 중에서, 어떤 권사님은 10여 년 넘게 기도했는데 드디어 주님이 응답해주셨다고 합니다. 교인들은 "아멘" 했습니다. 인디안의 기도는 하나님께서 들어주신답니다. 언제까지? 비 올 때까지 기도하면 된답니다.

신앙생활은 생활 신앙입니다. 최소한 초중고 학생회 때 성경적 말씀의 바탕만 몸에 잘 배면 그 인생은 어딜 가나 천국 소망하며 주님의 말씀대로 행하며 살 수 있습니다.

저는 방언도 못 하고 통성 기도도 못 합니다. 남들은 신앙이 없어서 그렇다고 합니다. 나는 그렇지 않은 거 같은데 남이 그렇다면 그렇겠지요. 어떤 교인은 이런 자랑을 합니다.

기도하면 2시간씩 하고 그리고 새벽기도 빠지지 않고 매일 나간다고 자랑하면 저는 사실 움츠러듭니다. 딴에는 양심적으로 말씀대로 생활한다고 생각하는데 그걸 보여줄 수는 없고. 그런데 그 장로님 오늘날까지 평생 "우리 모여서 짜장면 한 그릇 합시다"라는 소리를 오늘까지 듣지 못했습니다. 먼저 해야 하는 일은 야고보서의 행하라는 말씀이 우선일 텐데.

남편이 집사로 있을 때는 김 집사 이 집사 하다가도 장로가 되면 우리 장로님, 우리 장로님을 입에 달고 삽니다. 장로들은 무슨 수양회 모임이 그렇게도 많은지 거드름을 피웁니다.

나는 주일학교 출신에다 어머님의 철저한 신앙 교육 때문에 좀 삐딱한 것은 참지 못합니다. 졸업 후 40년 만에 만난 친구인데, 얼마 전 장로라고 하더니 한번은 목사 안수 받았다고 해서 가까운 기도원 교회에 원목으로 소개해주었습니다. 매일 친구들과 놀러만 다니고 교회에서 주일 설교할 때는 인터넷에서 설교 프린터로 읽기만 해서 제가 물었습니다.

"친구 자네 어느 신학교 졸업했나?"

알고 봤더니 6개월짜리 2층 뜨내기 신학원에서 안수를 받은 겁니다. 제가 이야기했습니다. "친구야, 육신의 병을 고치는 의사도 하려면 6년을 공부해야 되는데, 영혼을 치료하는 목사를 그렇게 하는 것 아니야. 친구가 도둑이나 사기꾼이라도 친구가 될 수 있지만 나는 자네가 목사라고 하면 지금부터 만나지 말자"라고 하여 만나지 않았습니다. 세월이 흐르고 내 눈에 들보도 못 보는 내가 친구 눈의 티끌을 탓했구나 싶어 미안해서 "친구야 내가 잘못했다. 한번 만나자" 했더니 됐다고 거절하는 것을 보고 나는 방구 뀐 놈이 성낸다는 격언이 생각납니다.

한국 사회 목사님들의 수준이 정말 걱정입니다. 이런 한심한 분들 때문에 정작 주의 사명을 감당하는 분들이 어려움을 겪고 있습니다. 금(金) 99.99%의 순도를 순금이라고 합니다.

그래도 천주교(정의구현 사제단은 제외)의 신부들이나 수녀들은 우리들이 볼 때 사제들로 인정되는데 도대체 우리 교회의 목사님들은 어떤 기준으로 판단해야 할지 앞으로 우리 한국 교회의 앞날이 암울함을 느낍니다. 누가 봐도 한국 교회 목사님들 80%가 주님 제자가 되는 날이 언제나 올까요?

목사님들은 우리보고 99.99% 되기를 원하십니다. 주여, 목사님들이 우리보다 먼저 그렇게 되기를 기도합니다.

사람들은 하루를 24시간 살지만 나는 소설 작가 게오르규의 25시가 아닌, 일반인들보다 1시간을 더 살고 있습니다. 사람은 누구나 24시간을 살지만 +1시간을 잘 이용합니다. 노래를 들으며 컴퓨터를 하는 것같이 하루에 한 시간은 일을 하며 기도하고 멍때리는 동안에 찬송하고 잠을 줄여서 말씀을 듣습니다.

특별히 정하지 않아도 습관이 되면 가능합니다. 그러니까 남들과 같은 시간을 같이 살지만 주님과 대화를 한 시간 더 한다는 이야기입니다. 그게 모이면 360시간이 됩니다. 그것마저 안 했다면 그 시간은 공중에 날려버리는 것입니다.

나는 교인이 무섭습니다. 교회 소문은 쿠팡 총알 배송만큼 빠릅니다. 통성 기도도 그렇습니다. 통성 기도는 간구하는 게 대부분인데 옆자리에 김 집사가 있으면 겁납니다. 그렇다고 나는 방언 기도도 못 하고, 한국말로만 하자니 비밀 유지도 안 되고, 김 집사 귀에 들어가면 카더라 방송 타고 순식간에 번집니다.

누구 장로는 새벽 기도도 안 나오고 누구 집사는 십일조도 안 하고 기쁨을 나눴더니 질투가 되고 슬픔을 나눴더니 약점이 됩니다.

교회 헌금도 그렇습니다. 누구는 얼마, 누구는 뭐 해서 그렇게 벌었나 봐, 이것도 소문에 소문을 타고 교회 울타리를 넘습니다. 교인은 한번 삐치면 주님 오실 때까지 회복이 어려울 것 같습니다. 새벽 기도에 봉투를 강대상에 올리고 기도 받는 사람은 누구십니까? 봉투 말고 그냥 메모지만 올리면 안 되는가요?

전도

'예수 천국 불신 지옥' 그분들 보면 저도 민망합니다.

여러분은 전도를 어떤 마음으로 하십니까? 예를 들어, 여러분이 좋은 영화를 보았다든지 맛있는 음식점을 알고 있다든지 할 때 친구나 지인에게 입에 침이 마르듯이 '강추'하시잖아요. 여러분은 전도하실 때 그런 '강추'하는 마음으로 하세요? 그냥 의무적으로, 관광 차원으로 교회 한번 가자고 하십니까? 죽고 사는 문제인데 그럴 수 없습니다. 강력한 의지와 불타는 성령의 체험 없이 그냥 교회에만 데려온다고 되는 게 아닙니다.

목사님들은 그냥 교회만 데려다놓으라고 합니다. 목사님은 새로 온 성도들을 각 기관에 엮어놓고 꼼짝 못 하도록 하는 전술을 쓸 겁니다.

전도 말이 쉬워서 그렇지, 정말 어렵습니다. 교회에는 표준 매뉴얼이 있어야 되고 예배의 중심은 설교보다 찬양입니다.

천국에서

천사장: 하나님, 지금 한국 사람들 온라인 접속 순위 세계 일등이
　　　라 서버가 터질 것 같습니다.

천사 1: 김 집사 작년에 천당 밑 분당에 아파트 샀는데 이번엔 반
　　　포로 옮겨달랍니다.

천사 2: 이 집사는 남편 이번 인사에서 이사(理事) 승진하고 싶답
　　　니다.

천사 3: 박 집사는 사윗감으로 다른 건 필요 없고 키 크고, 머리
　　　좋고 집안 좋고 돈 좀 있고 아파트와 직업만 있으면 된답
　　　니다.

천사 4: 윤 권사는 방언 받고 성령 세례 받고 싶답니다.

하나님: 윤 권사는 장위동 사랑제일교회 모셔다드리고, 나머지는
　　　응답청(應答廳) 신설하여 삼성전자에서 AI 가져와서 자동
　　　응답하도록 하세요.

오 주여! 오늘도 내려주씨옵소서!

- 浩然의 믿음 -

이 질문(質問)에 여러분은
무엇이 생각납니까?

고향이 어디냐고 물으면 웃으며 대답하는 사람
고향이 어디냐고 물으면 화내며 인상 쓰는 사람

긴 건 기고 아닌 건 아니고를 구별할 줄 아는 사람
아닌 것도 기고, 긴 것도 긴 것이라고 우기는 사람

투표도 내 편 네 편 없이 공평하게 표현하는 사람
내 편은 좌우 없이 무조건 90% 이상 지지하는 사람

백 명이 붙어도 한 사람에게 상대가 안 되는 사람
한 명이 붙어도 백 사람을 상대하여 이기는 사람

지도자의 잘잘못을 논리적, 합리적으로 지적할 수 있는 사람
슨상님 이야기만 하면 앞뒤 안 보고 무조건 공격하는 사람

6·25가 확실히 새벽을 틈탄 남침이라고 굳게 믿는 사람
6·25가 남침인지 북침인지 아리까리하다고 우기는 사람

당신 직업이 교사이지요 물으면 웃으면서 대답하는 사람

당신 직업이 전교조지요 하면 대답을 망설이며 꺼리는 사람

성품이 대체적으로 온순하고 남의 이야기를 경청하고 방어적인
사람

성격이 대체적으로 과격하고 남의 이야기를 외면하고 공격적인
사람

5·18 묘역에서 무릎 꿇고 눈물 흘리는 인간을 찌질하다고 말하는
사람

5·18 묘역에서 엎드려 눈물 콧물 흘려도 택도 없는 쇼라고 말하는
사람

파묘 발언했다가 본전도 못 찾고, 백억 빨리 밝히고 사퇴하라는
사람

백억 아니라 천억 있어도 슨상님 자식이라 입도 뻥끗하지 못하는
사람

오늘은 테스 형이 어디에 계신지?

날씨가 추울 때는 잠지 단디 보존해야 할 낀데…

- 浩然의 質問 -

황당한 그녀

산다는 게 네 집 내 집 할 것 없이 거기서 거기겠지요?

결혼도 이제 내일모레면 50주년이 눈앞에 다가오고 특별나게 잘 난 것도 없이 필부필부(匹夫匹婦)로 살면서 상선약수(上善若水)의 인생길을 걷고 있습니다.

그런데 댁(宅)의 사모님은 어떠십니까?

사랑한다는 말은 자꾸자꾸 해야 한답니다. 나는 갱상도 사내라 그 소리 하려면 소름 돋아요. 또 우짠 생일이나 결혼기념일을 그렇게 챙겨달라고 하는지, 생일은 음력으로 쓰던 것을 양력으로 바꿔서 그런대로 익힐 만한데 그것도 일 년에 한 번씩 오는 거라 이제는 깜빡깜빡합니다.

며칠 있으면 결혼기념일이라 단풍 구경을 가자고 하여 의무 방어전으로 가까운 속리산 세조길을 다녀오기로 하고 주유소에서 기름을 만땅 넣고 보니 512㎞ 갈 수 있다고 나옵니다. 평소 알고 있는 길이지만 그래도 요즘 도로엔 카메라가 많아 내비게이션을 켭니다.

속리산 '문장대'와 헷갈릴까 봐 속리산 '법주사 주차장'을 치니 54㎞에 10시 30분 도착이 나와서 평소 생각 같으면 90㎞에 1시간 30분 정도 걸리는데 1시간 걸린다니 새로운 길이 있나 하여 출발합니다.

평소 아는 길은 국도로 하여 가는데 내비게이션은 언제나 고속국도를 우선합니다. 하이패스 톨게이트를 지나고 대전 방향으로 가서 옥천에서 가겠지 했는데, 아니 대구 쪽으로 안내합니다. 아, 아포 분기점에서 중부내륙으로 가는가 하니 역시 아포 분기점 돌아서 잘 가다가 선산 방향으로 나가라고 합니다. 아무래도 이상은 했지만 믿고 갈 수밖에. 처음 가는 지방도를 따라 오른쪽 방향, 왼쪽 방향 하다가 군위군 소보면 한적한 촌락에 와서 목적지에 가까이 왔으니 안내를 종료하겠답니다.

내비게이션 아가씨, 이건 아니잖아요? 내 평소 아가씨 안내 받으면서 고맙다는 인사도 안 하고 명절 선물을 드린 적도 없지만 이렇게 여기다가 데려다놓으면 어떡합니까?

가끔 친구들로부터 엉터리 안내에 쓴웃음을 지었다는 이야기를 듣기는 했지만, 막상 이런 일을 당하니 아가씨 황당합니다. 하기야 그 많고 많은 자동차를 안내하시느라 불철주야(不撤晝夜) 수고하시는데 제가 이해하겠습니다.

그곳에서 다시 속리산 주차장까지가 92㎞였습니다. 덕분에 만산홍엽(滿山紅葉)을 한 시간 더 구경하게 되었습니다. 평일이라 인파는

붐비지 않았고 세조길은 조용하고 아름다운 호수와 단풍으로 그 시간만큼 충분한 보상은 받았습니다. 지금은 허리가 아파 오를 수 없는 형편이지만 멀리 뵈는 문장대는 오늘도 그 자리에 아름다운 자태로 있었습니다.

속리산 친구들아, 여름 내내 싱그러운 푸르름으로 함께하더니 이 계절엔 황금빛 색깔을 뽐내며 내년 봄 약속을 하는구나. 여러분도 찬란한 계절에 사모님 모시고 한 번쯤 다녀오시기를 추천합니다.

내가 볼 때
나의 모습은 어떨까요?

그렇다면, 당신이 보는 당신의 모습은 어떨까요?

역지사지(易地思之)를 이해하는 데는 많은 시간이 필요하지 않았습니다.

- 浩然의 自責 -

싱거운 소리
한번 하겠습니다

정치인은 민심을 읽을 줄 알아야 합니다.

정치인은 지역 정서에 통달해야 합니다.

정치인은 옳은 일에 핏대도 높여야 합니다.

이외에도 여러 가지 덕목을 갖춰야 하지만 이런저런 조건을 다 갖추기는 어려워도 최소한 매일같이 부딪치며 서민의 삶을 알고 계시는 분들로 채웠으면 하는 마음에서 조심스럽게 추천드려 봅니다.

지역구 의원들을 민주당은 호남 기사님들이, 국힘당은 영남 기사님들이, 비례대표는 경기, 강원 기사님들이, 개인택시 기사님들은 제주도에서 뽑으시면 어떨까요?

정치 하면 그래도 우리나라 택시 기사님들께서는 해박한 지식과 해설까지 깔끔하게 해주시니 얼마나 좋을까요?

거기다가 대통령은 허경영 씨가 맡아주시면 매달 몇백만 원씩 돈이 들어오지를 않나, 아기 낳으면 3천만 원, 장가가면 1억 원, 나라 살림 거덜날 때 나더라도 지금보다야 낫지 않을까 생각해봅니다.

기자회견 할 때마다 온 국민들 TV 앞에 모여서 허경영 연호하는 날이 오려나요? 내가 말해놓고도 좀 어색하고 싱겁네요. 즐거운 시간 되세요.

- 2022년 5월 어느 날, 浩然의 妄想 -

지금

나의 나침판은 정확하게 가리키고 있는가?

인생 항로의 방향타는 놓치지 않고 있는가?

어디가 나의 종점인가?

지나온 날들의 때 묻은 헌 일기장을 넘겨보며 다가올 내 인생의
기말고사 성적표를 잘 받아야지 다짐해본다.

- 겨울의 초입에서, 浩然의 設計 -

교인 수가 준다고요?

목회 덕분이 아니라 '목사님 때문에'가 작동해서 그렇다고 생각합니다.

우리는 무엇을 왜 믿어야 합니까? 이것도 저것도 모르고 믿으면 맹신입니다. 근래에 와서 창세기 1장 1절 '태초에 하나님이 천지를 창조하시니라' 이 말씀 한마디가 저의 온 마음을 꽉 잡았습니다.

그분께서 말씀하셨습니다. "I am who I am."

이런 명쾌한 대답을 나누고 싶어도 사람들은 귀를 열지 않아요. 무슨 세상사가 그렇게 바쁘신지 그날과 그 시(時)는 지금도 다가옵니다.

지금 우리 주위에 일어나는 현상에 대하여 생각해보았습니다. 누가 무엇을 주면 고맙다고 인사하는데, 인간들은 하나님한테 요구할 때는 밤낮으로 귀찮게 하면서 막상 받고 나서는 입을 닦습니다. 저도 그중에 포함됩니다.

우리나라 사람들의 간구 기도 때문에 현재 천국 접속 순위 세계 1

위랍니다. 하나님도 좀 쉬도록 삼성전자 AI 천국에 올려놓고 자동 응답 센터라도 만들어야 할 형편입니다.

우리가 속한 교회에 무슨 회의와 교단이 이렇게 많습니까? 당회, 시찰회, 노회, 총회와 치리회도 있고 제직회, 공동의회도 있으며, 심지어 교회마다 각 기관이나 부서에서도, 나아가 여러 종류의 교회 연합회에서도 회의가 있습니다. 회의가 익숙하지 않은 문화에 살아가는 우리가 교회의 여러 회의를 통해 신앙생활에서 얻는 유익한 점을 부인할 수는 없지만 본질보다는 현상에 너무 쏠리는 경향이 있는 것 같습니다.

교회에도 시무장로, 원로장로, 명예장로, 시무권사, 명예권사, 계급장이 뭐 이렇게 많아요?

교회마다 대형버스 동원하여 잠실 교인은 여의도로, 여의도 교인은 성수동으로, 분당 교인은 수서로, 또 어떤 교회 목사님은 설교 중 우리 열렬한 신자는 주일 예배 보러 서울에서 대전까지 온다고 자랑하십니다. 주여, 그 신자 좀 쉬고 안식일 좀 지키도록 합시다.

옛날에는 일요일이 아니고 주일도 아니고 안식일이었습니다. 엿새 동안 열심히 일하고 '네 하나님 여호와가 네게 명령한 대로 안식일을 지켜 거룩하게 하라.' 이제는 안식일이 아니고 주일도 아니고 일요일로 돌아왔습니다.

안수집사 하려면 추우나 더우나 교회 주차장에서 주차 안내해야 지요. 권사 배지라도 달려면 주방에서 그릇이나 날라야지요. 주님을 섬기라고 하는데 눈앞에 계시는 목사님 섬겨야지요. 계급장 달려면 정말 어렵습니다.

현재 한국 교인 1,200만, 성도 7만, 교회 30만 목회자라고 합니다. 대형교회로 몰아넣지 말고 각 동네에 한 교회당 신도 수 300명 정도로 전국에 4만 교회만 있으면 가까운 곳에 걸어 다녀도 되고 주일날 교회 주차장이나 대형버스도 필요 없을 텐데 말입니다.

그리고 목사님들이 30만 명이나 계신다는데 모두 안녕하신지 궁금합니다. 야간 대리운전이나 다단계 사무실을 기웃거린다는 말을 듣고 정말 마음이 상합니다.

여자 목사님들은 갑자기 이렇게 많아지셨어요? 가끔은 생계형 같기도 하고, 저를 더욱 난처하게 하는 것은 제 머리에 안수하신다고 다가오실 때는 황당하다고 표현해야 좋을 것 같네요.

선교사가 이 땅에 온 지 136년이 되었습니다. 오늘날까지 신앙생활 하며 진짜 궁금한 것은, 기독교는 팔레스타인 지방에서 시작되어 시리아, 아시리아, 메소포타미아, 페니키아, 소아시아, 요르단, 이집트와 같은 근동 지방으로 퍼져나갔고 4세기 무렵에는 여러 국가의 국교로 자리 잡고, 유럽을 거쳐 미국 선교사 1885년 아펜젤러와 언더우드 선교사가 제물포항을 통하여 우리나라에 들어오게 됩니다.

그런데 지금도 유태인들은 메시아를 기다리며 신약을 인정하지 않는데도 유태인과 개신교의 경계에 대해 신학자나 목사님들은 한 말씀도 안 하시는지. 모르시는지 알고도 안 하시는지. 신앙생활 하면서 이 문제만큼은 지금까지 굉장히 궁금합니다.

어떤 목사님이 설교를 한번 이상한 방향으로 하면 2단 3단으로 몰면서 왜 유태인들의 신앙생활에 대하여 아무 말씀도 하지 않는지 사실은 묻고 싶어도 우문우답(愚問愚答)으로 돌아올 것 같아 아무에게도 묻지 못하고 있습니다. 먼저 믿은 유럽 국가들은 어떤 식으로 예배를 드리는지, 신앙생활은 어떻게 하는지, 우리나라만 이렇게 교회를 나가야만 구원이 있다고 알려주는지, 새벽부터 저녁까지 뺑뺑 돌아야지 큰 상급을 받는지 알고 싶습니다.

순교도 그렇습니다. 우리 기독교 역사에 길이 남을 순교자들이 계십니다. 자기 자식을 공산주의자에게 총으로 잃고 그 자식을 양자 삼은 손양원 목사, 감옥에서 최후의 순교를 하신 주기철 목사, 신사 참배 회계한 한경직 목사 등 수많은 성직자들이 순교를 당하였습니다.

우리는 남의 이야기라고 친일이니 신사 참배를 했다고 욕을 합니다. 순교는 말이 쉽지, 그냥 되는 게 아닙니다. 첫째는 그렇게 태어나야 합니다. 자기 의지로 되는 게 아닙니다. 나는 순교 할 수 있습니다. 단, 조건이 있습니다.

총부리를 겨누고 "너 예수 믿을래?" 빵 하고 처형은 당할 수 있을 것 같은데, 1분 동안 고문을 한다면 저는 정말 할 수 없을 겁니다. 그러니 지나간 역사의 페이지를 들먹이며 친일을, 신사 참배를 비난하는 것은 정말 자기 자신의 위선을 드러내는 것입니다.

목사님은 말씀하십니다. 예배의 중심은 설교라고요. 그런 말씀은 성경에 없습니다. 같은 설교 주야장천 우리는 10년도 넘게 들어왔습니다. 제 생각에는 예배의 중심은 묵도와 찬양이라고 생각합니다.

교회의 예배 분위기만 해도 그렇습니다. 성당에 가면 일단 분위기가 엄숙하고 경건합니다. 주님이 계실 것 같습니다. 큰 교회에 가면 쇼 무대 같습니다. 목사님의 휘황찬란한 가운, 대형 모니터에 고급스러운 장식과 조명에 예배 순서도 통일되지 않았습니다. 예배를 드리는 게 아니라 감상만 하고 온 것 같고 개신교 예배당의 경건은 없고 형식만 있는 것 같습니다.

어떤 교회는 광고를 설교보다 먼저 하는 데도 있고 어떤 교회는 헌금을 먼저 하는 곳이 있고 심지어 사도신경을 하지 않는 곳도 있고 다른 지역에 가서 예배 참석하다 보면 이 교회는 과연 몇 단 교회인지, 여기서 예배를 드려도 되는지 정말 궁금할 때도 많습니다.

처음 찾은 교회라도 장로님 권사님들은 누구라고 말을 안 해도 금방 알 수 있습니다. 왜 그렇게 표가 날까요? 길거리에서나 다른 장소에서 아 저분은 장로님이구나 권사님이구나 표가 나면 좋을 텐데. 권위주의 형식의 틀을 벗으면 얼마나 좋을까?

지금이라도 총회 회장 선거에만 관심 갖지 마시고 제발 각 교회 예배 순서만이라도 전국 통일시켜주시기를 바랍니다.

목사님은 주식하면 안 됩니까?

맥주 한 컵을 마시면 안 됩니까?

저녁에 노래방 가시면 안 됩니까?

골프장에 가시면 안 됩니까?

고스톱 치시면 안 됩니까?

강대상에서 설교 중에 생수 마시는 건 되고, 콜라 마시면 안 됩니까?

내가 아는 교인 대부분은 유머가 없습니다.

인정이 없습니다.

융통성이 없습니다.

'척'하며 사시는 목사님도 사람이십니다.

- 浩然의 엉뚱한 生覺 -

대법원 화단 정문 앞에

자유, 평등, 정의라고 쓰여 있고 대법정 출입문엔 정의의 여신상이 한 손에는 저울을 들고 또 다른 손에는 칼 대신 법전을 들고 있다. 엄숙하고 마음이 숙연해진다.

법관의 저울은 정의를 상징하는데 실제로도 이 저울이 기울어지면 안 된다. 기울어지면 신뢰를 잃게 되고 품성과 도덕성을 상실하게 되고 국민들의 권리에 영향을 끼치는 것은 물론 공분을 사게 된다.

법관이라고 하면 마지막 남은 양심의 보루라고 생각하고 있는데, 과거와 달리 요즈음은 1심 2심을 진행하면서 언론의 보도나 사건 정황을 보고 우리 국민들도 대법에서는 이런 정도의 판결이 나겠구나 하면서도 설마 하는 마음은 어째서 드는 걸까?

법관은 죽지만 판결의 기록은 남는데 명예로운 흔적을 남기지 못하고 짧은 인생을 권력자의 눈치나 보고 좌고우면(左顧右眄)한다면 훗날 가족이나 선후배, 국민의 기억과 역사에 어떻게 기록될까? 훗날 하늘나라 심판이 기다리고 있는데 무섭지도 않으신가? 오늘날 우리 주위에 신망이 두터운 법관을 찾을 수 없다는 말인가?

법원의 저울을 든 법관은 보이지 않는 무게보다 보이는 죄의 크기로 그대의 삶을 저울질한다. 이제는 지혜로운 재판관을 볼 수도 없고 마음으로 인정하고 감동받는 판결도 없다. 그래도 우리는 솔로몬의 지혜 같은 명판결을 기다린다. 이제는 기울어진 저울이 아니라, 고장 난 저울이 된 것 같아 고물상에서도 받아줄까 염려되는 휴일 오후가 그저 답답하다.

그래, 우얄 낀데

이제 24일 있으면 그날이 오는데 어떻게 보면 우리나라 운명을 통째 바꿀 수 있는 절체절명의 시간을 눈앞에 두고 있는 이때에, 일부 유튜버들의 안타깝고 철없는 행동에 공분을 느낀다. 그것도 보수라고 하는 사람들 중 대표적으로 목숨을 걸다시피 디스하는 정 모 씨라는 분이 계신다. 그분은 자타가 인정하는 지식인이고, 한국 언론계의 대부격이라고 인정받는 분이란 건 확실하다.

사람에 따라 같은 말이라도 어려운 말을 쉽게 풀어 말하는 사람이 있는가 하면 어떤 사람은 쉬운 말을 아주 어렵고 아주 고상하게 이야기하는데 그분은 후자에 속하는, 교만하고 잘난 체하며 자기도취에 취한 사람이다.

또 이런 엉터리 같은 사람도 있다. 예를 들어 대선 토론회에서 상대에게 RE100을 아느냐고 갑자기 질문한 사람이 있는데 그렇다면 우리 집 숟가락이 몇 개인지 아느냐고 질문하고 싶다.

그런데 무슨 자기 부모 죽인 철천지 원수지간인지는 모르지만 그럴 수는 없다고 본다. 무대까리라고도 표현이 안 되고 언론을 품고

317

있다고 저렇게 밤낮으로 나팔을 부는 것도 어떻게 보면 정신 분열자라고 표현해야 될지, 옛말에 듣기 좋은 꽃노래도 한두 번이라고 했거늘 나라의 운명을 눈앞에 두고 있는 이 시점에 너무나 많은 우국충정의 열사들이 거리에서 광장에서 어제도 오늘도 피 터져라 외치며 호소하고 있는데, 도대체 우짜자는 겁니까?

우리는 야당이라고 하는 국힘당의 행태를 보면 동냥 한 푼도 주고 싶지 않고, 철없는 대표의 언행에 끓어오르는 분노도 삼키고 인내하며 이번만큼은 모든 것 함께하자고 표를 달라고 애걸복걸하고 있는 애국 동지들의 울부짖는 소리가 들리지 않습니까?

J 대표님, 당신은 이분들의 동냥 바가지를 망치로 깨는 것도 부족하여 역적질 가담에 동참하여 이 나라의 운명을 망칠 작정을 하는, 철면피적인 역사에 영원히 기록될 인물로 남을지도 모르는 행동을 하고 있는 겁니다.

도대체 이 절박한 시점에 당신이 원하는 것은 무엇입니까? 당신을 대표로 하면 만족하시겠습니까? P시에 시장 출마하여 낙선한 패배의식 때문입니까? 당신은 자기 눈의 들보는 보이지 않으십니까? 무슨 권리로 예수님도 용서한 그 여인에게 돌을 던질 수 있단 말입니까?

J 대표님, 지금 당신께서 하시는 행동은 패거리를 만들어 판을 엎어 적을 이롭게 하자는 선동입니다. 거기에 속아 넘어가는 사람도

없거니와 그런 것이 결과에 영향은 주지 않을 걸로 생각되지만 제발 이쯤에서 마음에 안 드는 여러 가지 일들이 있으시겠지만, 혼자만 생각하시고 동네방네 나팔만 불지 말고 자성해주기기를 간곡히 부탁드립니다.

이제 철수(哲洙)도 철수한다는 절묘한 타이밍에 와 있습니다. 운명과 선택 사이엔 반드시 기회가 있습니다. 최악(最惡)이 아니라 차악(次惡)을 선택해야 하는 안타까운 결정의 순간을 눈앞에 두고 있습니다.

그래, 그라마 우얄 낀데?

- 2022년 4월에 選擧를 앞둔 浩然의 맴 -

어라…!

천둥에 번개까지, 입동(立冬) 지난 지가 벌써 언젠데?

내일모레면 소설(小雪)인데 네가 거기서 왜 나와?

오랜만에 마음껏 내려주는 초겨울 빗소리가 답답한 마음을 씻어주네.

겨울 가뭄 걱정하는 농부(農夫)의 마음인들 반갑지 아니하랴.

이 비로 미세먼지 물리치며 이왕에 가는 길 코로나도 데리고 가렴….

- 2020. 11. 20. 浩然의 걱정 -

가가 누꼬?

내가 나도 누군 줄도 모르는데 내가 우예 알겠능교?

사실 나는 제 자신이 누구인지 모르고 살고 있습니다. 말이 그래서 그렇지, 잘난 체하고 있지만 알고 보면 전부 뻥입니다. 나도 그렇고 너도 그렇고 모두가 그렇고 그런, 사람들입니다.

저는 위선자입니다. 그놈이 그놈이고 그년이 그년입니다. 저도 그놈 중에 포함되어 있습니다.

사람들은 저에게 당신은 좋겠다고 이야기합니다.

"그래요, 맞아요. 또 설령 안 좋으면 우짤 낀데요?"

주님께서 말씀하십니다. 항상 기뻐하고 쉬지 말고 기도하고 범사에 감사하라고. 이것이 주님의 뜻이고 주님의 부탁입니다.

- 浩然의 反省 -

코로나 시대의
철 지난 유머

오늘은 요즈음 시대에 맞는 우스갯소리가 있어 우선 소개합니다. 앞에 가던 예쁜 처녀가 방귀를 뀌어 뒤에 가던 총각이 불쾌한 표정으로 노려보고 있는데 아가씨 왈(曰), "당신이 내 방귀 소리를 들었다면 거리두기를 안 했다는 것이고, 냄새를 맡았다면 마스크를 안 썼다는 증거입니다"라고 했다나(믿거나 말거나).

1960년대 흑백 TV 프로 중에 배삼용, 구봉서 등이 출연했던 '웃으면 복이 와요'란 코너는 온 국민이 TV 앞에 모여서 웃고 즐기던 코미디였습니다. 요즘은 성인들이 보고 즐길 마땅한 코미디 프로가 없는 중 코미디보다 더 막장 코미디가 있어 소개합니다. 사랑제일교회에 방역 수칙 위반, 역학조사 방해, 감염병 예방법 위반 등 희한한 제목의 구상권 청구라는 비열한 무기로 협박하더니, 이번에는 대중교통 승객 감소 배상 청구라나? 정말 꼴값을 떨어요. 박원순 자살 이후 잠잠하다 했는데 서울시에 아직 깊숙이 진짜 숙주(宿主)가 숨어 있는 줄 몰랐습니다.

말도 말 같은 말을 해야지, 길을 막고 백 사람 천 사람에게 물어봐라. 대중교통 승객 감소한 것이 사랑제일교회 탓이냐? 도대체 네

놈이 누군지 알기나 하자. 서울시의 수준이 그렇게밖에 안 되냐? 덕분에 막장 코미디 프로를 본 느낌입니다.

하늘에 계신 이주일 선생께서 보시고 앞으로 네놈이 코미디 주인공 하라고 하겠습니다.

- 2020. 11. 22. 浩然의 유머 -

남자도 울고 싶다

지독한 외로움에 쩔쩔매본 시간도 있었고 모든 것을 이겨낸 바로 그 사람, 그대는 꽃보다 아름다운 사람 노래를 들으며 지금 저는 울고 있습니다. 나라고, 남자라고 울고 싶을 때가 없었을까요?

수많은 시간이 지나갔지만, 펑펑 울고 싶은데 마땅히 울 장소가 없어요. 누가 볼까 봐 조용히 울고 싶기도, 가슴이 터져라 소리 내어 울고 싶기도, 단지 그렇게 그렇고 그런 시간을 순간들을 놓치고 있었습니다.

어느 누가 나와 같은 시간을 나눌 수가 있을까요? 그냥 저런 세월이 오늘도 지나갑니다. 도니제티의 사랑의 묘약 중 '남몰래 흐르는 눈물', 파바로티의 목소리를 통하여 마음을 씻어봅니다. 아⋯ 하늘이시여 나는 할 수 있어요. 나는 죽을 수 있어요. 남몰래 흐르는 눈물이 그녀의 두 눈에서 흘러내려요.

나의 힘이 되신 여호와여 내가 주를 사랑합니다. 여호와는 나의 반석 나의 요새 나를 건지시는 하나님. 내가 그 안에 피할 바위요, 나의 방패이시요, 내 구원의 뿔이요, 나의 산성입니다. 아멘.

- 浩然의 告白 -

성동격서(聲東擊西)

이번 한글날 광화문의 세종대왕(世宗大王)은 경찰께서 지켜주시고 나는 대왕님의 업적(業績)을 기리며 소형 태극기를 지참하여 마스크 끼고 지하철 여행을 떠날 겁니다.

저하고 같이 여행하실 분께서는 함께하셔도 좋습니다. 특별(特別)한 행동(行動)이나 언어도 자제(自制)하시고 각자 가까운 지하철역에서 탑승하셔서 그냥 시간이 날 때까지 마냥 다니시는 침묵시위입니다.

한 사람 두 사람 모이기 시작하면 전국적으로 200만 명이 모일지 누가 압니까? 혹시 누가 홍콩(HONG KONG) 같은 시위가 아니냐 착각하시는 분들도 계실지 모르지만, 그것은 그분들께서 생각하시기 나름입니다.

비가 오지 않기 때문에 우리는 검정 우산도 지참하지 않고 한글날 기념 태극기만 오른손에, 한쪽엔 성조기를 들고 다닐 겁니다. 집회나 시위가 아니기 때문에 신고도 필요 없고 연행될 염려도 없습니다. 말 그대로 가을 여행을 뜻깊게 보내고 싶을 따름입니다. 옆 사람에게 피해 주지 않기 위해 침묵 여행을 하는 겁니다.

혹시 외신기자(外信記者)가 볼 때 신기하여 아, 이것이 그거구나 생각하고 CNN이나 YTN에 실어 대서특필(大書特筆)되는 것은 그 사람 운(運)이고, 그 기자는 특종(特種)을 하는 것이고 홍콩(HONG KONG)에서 보고 배워 간다면 저에게 사용료를 지불해야 되지 않겠습니까?

다시 한번 말씀드리지만, 이것은 절대 강요나 권유가 아니니까 오고 싶은 분만 오세요. 시위나 집회가 아니니 착각하지 마시고 오실 때 운동화 끈 단디 매고 마스크 코 위에까지 올려 쓰시고 코로나 방역을 위하여 안전 거리 유지하시고 옆 사람과 대화도 하지 말아주십시오.

저를 찾으려고 두리번거리지도 마세요. 저는 진인(塵人) 조은산 같은 사람도 아니고 그냥 촌로(村老)에 망팔(望八)을 앞둔 사람이라 허리도 아프고 전철 경로석(敬老席)에 앉아 하루 종일 여러분들에게 찬사(讚辭)를 보내드리겠습니다.

참, 세상(世上)에 별별 일들을 많이 보게 될 것입니다.

- 2020년 10월 光化門 廣場에서 -

327

안 오셔도 되는데

토닥토닥 톡톡톡 창문 두드리는 소리, 새벽부터 눈 비비고 내다보니 비님의 노크였네요. 안 오셔도 되는데 오늘은 우리 새아가 한가위 산소 가는 길 고운 한복 치마 젖을라 염려됩니다.

안 주셔도 되는데 올 여름 그렇게 많이 주셔서 저수지마다 댐마다 가득가득 채워 담을 곳이 없는데 농부의 가을걷이가 걱정됩니다.

그래도 주신다면 잘 받고 감사하겠습니다.

광화문은 안녕하십니까?

내 비록 0.2평이지만… 한 방울의 빗물이 모여 강물이 되고 바다가 된다면, 이 한 몸 보태어 천만 명이 채워진다면 어딘들 못 가리. 왕복 1천 리를 마다 않고 달려가리라.

찬 서리를 맞고 차가운 광화문 아스팔트도 동료와 함께한다면, 양손에 태극기와 말씀에 '아멘'만 해도 그날이 온다면 어떻게 가만히 있을 수 있으랴.

내 앉아 있는 이 자리가 비록 0.2평이지만 내가 이 자리에 있으므로 광화문을 채우고 서울을 채운다면 망팔(望八)을 앞둔 나이에 허리와 다리가 아프단 핑계로 바라볼 수만 있겠는가? 고향도 다르고 처음 만나는 사람들이지만 서로 용기가 되고 격려가 된다면 어찌 친구가 되지 않겠는가?

꺼져가는 암울한 환경에서 이 나라에 한 선지자를 보내어주신 하나님 아버지 감사합니다. 저는 어리석고 비굴하고 겁쟁이지만 선지자가 걷는 길 뒤따라가는 일은 할 수 있으리….

이 자리의 함성과 기도가 하늘에 상달되면 우리가 바라는 그날이 바로 가까운 시기에 이루어지리라. 이 자리에 공감은 하면서도 참가하지 못하는 당신은 누구십니까?

좋은 계절과 화창한 날씨 허락하신 주님 감사합니다. 우리들의 기도를 흠양해주시고 예비해놓으신 이 땅의 평화와 자비를 내려주시고 못된 세력들을 물리쳐주셔서 삼천리 반도 금수강산에 모든 국민들이 하나님의 영광을 찬양하는 아름다운 대한민국이 이루어지는 날이 속히 오기를 주님의 이름으로 기도드립니다. 아멘.

- 光化門의 午後 -

유공자라면

대법원, '5·18 민주화 유공자 명단 비공개는 정당'. 굉장히 자랑스러울 건데 그걸 비공개로 하라고? 이상하네. 어떤 집에는 '유공자의 집'이라고 대문에 문패도 달려 있던데, 명단 공개되면 대출에 지장이 있나? 취직할 때 감점이 되나? 혹시 적군이 쳐들어오면 먼저 해를 끼치나?

초등학교 때 상장만 받아도 자랑으로 여기는데 분명히 나라를 위해 일을 하다가 유공자가 되었을 텐데 우리도 그분들 알아서 고마움도 표시하고, 정부에서는 적절한 보상도 해주셔야 될 텐데 명단이 비공개되면 유공자 보상은 어떡하나?

재판이 어떻게 대법원까지 갔을까? 우리는 대법원의 정치적 판결결과 나오기 전부터 어떤 결과가 나올지 눈치로 알고 있습니다.

그 명예스러운 명단을 비공개하는 것, 아무리 생각해도 이해가안 되네. 누구 아는 사람 없나요?

- 浩然의 要求 -

사회적 거리두기

이것밖에 생각이 없습니까? 이것이 최상의 정책입니까?

코로나로 인하여 많은 인원과 예산을 들여 오랜 기간 동안 이렇게 거리두기로, 집합 명령으로 월급 받고 수당 받고 TV 나와서 국민 불안 조성하고 계십니다. 아직 정부가 인증한 표준 안전 마스크 하나 발표도 못 하고 있습니다.

말 좀 해봅시다. 수많은 사람들이 질문했습니다. 왜 지하철이나 시내버스는 거리두기 안 해도 되고 KTX는 띄어 앉기를 하는지에 대한 명확한 답변이 없었습니다. 이런 것도 청와대 청원 게시판에 올려야 합니까?

교회는 비대면 예배를 해야 하고 공무원은 사무실에서 수백 명씩 근무해도 안전한지, 또 거리 식당은 문을 닫아야 하고 공무원 식당은 안전한지, 그렇다면 학생들 수업 지하철에서 하면 되고 교회 예배는 공연장에서 하면 되지 않는지 묻습니다. 이름 잘도 지어내고 있습니다. 2단계, 2.5단계, 3단계, 참 계단도 아니고 희한하고 멋진 발상입니다.

수고 많았다고 질병관리청으로 승격되셨네. 공무원 늘려야 하고 또 예산은 얼마나 들지 자체 승진 잔치 났습니다. 네 돈 아니니 멋대로 쓰세요.

두 눈으로 확인하시고 거리두기라고 이야기하세요.

주말에 관악산, 청계산, 우이동, 문경새재 등등 전국의 등산객 수만 명이 이동하고 있습니다. 혼자보다 거의 지인들이나 가족 동반하여 마스크 거의 없이 희희낙락하며 가파른 길을 앞서거니 뒤서거니 헉헉 숨을 몰아쉬고 바로 뒤따라가는 사람들, 마주 보고 스치는 사람들 깜짝 놀라 집에 와서 소금 가글, 프로폴리스 가글하고 밤새 찜찜하고 목이 칼칼한 것 같아 애먹었습니다.

국회라고 아시지요, 여의도에 있는 왜, 있잖아요. 그중에 본회의장이라고 있습니다. 본회의 할 때는 국회의원 300명에 방청객, 기자, 보좌관 등등 몇 명이나 있는 줄 아세요? 거리두기 가능합니까?

줄자 들고 가서 재보세요. 도대체 그곳은 어떻게 하시려고요? 말씀 좀 해주세요.

- 2022년 4월 봄날, 浩然의 외침 -

코로나로 인한

신천지 교회 때문에 전국에 산재한 신천지 아파트가 개명하느라고 야단났습니다. 사실 신천지(新天地)는 좋은 이름인데 우짜다가 이런 일이. 1960년대 말 시발택시 다닐 때 우리나라에 코로나 택시가 있었지요.

그때부터 승용차 시대가 열리고 마이카라는 말이 생겨나기 시작했는데, 하필 이름이 코로나냐? 이러다가 코로나 말고 제2의 그랜저, 제네시스 나오면 현대자동차 큰일인데. 오늘도 농협 앞에 마스크 사러 길게 늘어선 줄을 보니 마음만 졸여 오는데, 잠잠한가 했더니 구로동 콜센터가 터졌네. 설마 전화하는 사람에게야 옮길까?

한번 온 코로나는 많은 상처를 남기지만 세월이 약이겠지요.

시청자는 알고 있다

예고편을 보고 나서 언제 방영하나 노심초사(勞心焦思) 기다렸는데 드디어 시작되는 것 같네요. 시나리오는 진작에 다 준비해놓은 거 같고 배우도 주연은 애당초 캐스팅해놓은 상황에서 조연이나 엑스트라 섭외에 문제가 있었던 것 같은데 이제 진행에는 문제가 없을 것 같네요.

또 조연 중 한 사람인 유동규 씨는 출연료 없이 봉사하는 차원에서 전 국민께 화끈하게 연기에 열중한다고 하니 기대해볼 만합니다. 남욱 변호사나 국립호텔에 들어가신 김용 씨는 지금 대사 외우기에 정신이 없겠지요.

모르쇠도 자주 하면 자물쇠가 열립니다. 특별한 세트장이나 무대장치 필요 없이 대장동이나 성남 FC 근방을 다니며 촬영하면 되겠고 찬조 출연으로 나올 혜경궁 김씨의 시나리오도 궁금합니다. 사도세자 이야기는 나오지 않겠지요? 미루어 짐작건대 배 모 씨도 고무신을 거꾸로 신을 가능성이 있겠지요?

거기다가 주역에서 나온 '천화동인 화천대유'라는, 정조대왕이 가장 좋아하는 괘역을 들먹거려 대왕께서 무덤에서 벌떡 일어나 성남의 뜰에 왕림하여 화를 내실 것 같네요. 오늘 대사 중 일부가 흘러나왔습니다. "천천히 말려 죽이겠다." 무서버요. 주인공도 울면서 한 말씀 하셨네요. "국민 여러분, 역사 현장 잊지 말아 달라."

아마 모르긴 몰라도 줄줄이 사탕이란 말 아시지요? 전국에 국립 호텔 방이 모자랄 것 같네요. 연속극은 언제나 내일이 궁금합니다.

- 浩然은 궁금합니다 -

교회(教會)가
눈치를 챘습니다 (1부)

씨름 선수들은 샅바를 잡아보면 상대를 알 수 있다고 합니다.

교회가 배지기 한 방에 가고 말았습니다. 개구리가 냄비에 있다가 물이 끓는 것을 알았습니다. 문주란의 노래 '때는 늦으리'가 생각나는 시간입니다. 지금 진행되고 있는 코로나 방역은 기획자들의 철저한 분석과 고도의 심리 전술을 망라한 전대미문의 전략이 통한 것입니다.

교회가 이제 눈치를 채기 시작하여 아차 하는 소리가 여기저기서 들려옵니다.

J 목사님 이야기를 해봅시다. 그분은 정치가가 아닙니다. 오늘 같은 현상을 예견하고 교회에 대하여 호소했습니다. 그분은 비폭력 목사이자 선지자이자 자유 대한민국의 애국자이십니다.

한 번도 정치를 위해서나 자신의 영광을 누리려고 한 적이 없으신 분이고 그분의 요구 사항은 간첩의 두목인 신영복을 존경한다는 대통령 발언의 사과와 대한민국의 건국일을 사실대로 밝히라는 게 주된 요구였습니다.

우리는 생각했습니다. 대형교회들의 목사들이 목소리를 내지 못하는 이유를 우리는 눈치로 알고 있습니다.

자신의 영달을 위해서는 교회법을 무시하고 세습은 목숨을 걸다시피 하면서도 또 학력 미달인 사람이 개기고 버텨서 오늘까지 직업을 유지하고 있지만 언젠가는 심판의 날이 올 것을 그분들도 알고 있으리라 생각됩니다.

기도해서 될 때도 있지만 행동 없는 기도는 야고보서 보기를 권합니다. 오늘날 같은 정치 현실에서 말입니다. 이번 기회에 자신의 정체성을 확실하게 밝혀주시기를 부탁합니다.

겁쟁이 목사들은 정교분리를 이야기합니다. 잘못 이야기하면 교인들이 떠날 것을 두려워하기 때문입니다. 목사이기 전에 대한민국 국민이시니까 여러분의 담임 교회에서 저의 질문에 대해, 최소한 아래 내용에 대하여 공개적으로 밝혀주시기를 부탁드립니다.

1. 나는 현 정부가 하는 모든 일이 100% 잘하고 있다고 생각한다.

2. 나는 현 정부가 하는 일들이 100% 잘못하고 있다고 생각한다.

3. 어떤 것 (구체적으로) 경제, 교육, 아파트, 군사, 대북관계 등등은

몇 점을 줄 수 있다.

이에 대한 소신을 밝혀야지 교인들이 헷갈리지 않습니다.

지금 대형교회 예배 시간 대표 기도에서 현 정부의 정책에 대해 하나님께 호소하는 기도 소리가 들리십니까?

- 2020년 10월 초순에 -

교회(敎會)가
눈치를 챘습니다 (2부)

지나가던 고양이도 웃을 일이 얼마 전에 벌어졌다는 걸 알고 계십니까?

한기총(한국 기독교 총연합회) 이야기입니다. 창립된 지 약 30여 년가까이 된 단체인데 25대 회장이신 J 목사를 두고 이단 여부에 대한투표를 하겠다는 이야기입니다. 일단(一段)들이 모여서 투표하면 모르지만 3단(三段)도 넘는 자들이 모여서 작당하는 모습을 보고 실소(失笑)를 금할 수가 없었습니다.

이 이야기는 소문날까 두려워 유야무야(有耶無耶) 구렁이 담 넘어가듯이 슬며시 자취를 감췄지만, 그 사람들 제가 생각할 때는 그분의 발바닥 때만큼도 못한 사람이었다고 생각됩니다.

저도 처음엔 그분을 빤스 목사에다가 욕쟁이 정도로, 알기도 듣기도 싫었던 분인데 이번에 나라를 위하여 불편하신 몸을 아끼지 않으시고 불철주야로 애국하는 모습을 보고 존경하게 되었습니다. 도대체 무슨 잘못을 했길래 구속에 재구속이라니, 재판관들이 어느 분들이신지? 꼭 구속을 해야 입을 막을 수 있었는지? 다른 사람들 구속영장은 몇 년씩 걸리는데 참 기술이 좋으신 분들입니다. 우리나라에 빨리 국립호텔을 신축해야 되지 않을까 생각합니다.

이번 연휴에 서울대공원에 2만 명, 제주공항 4만 명, 매일 전철에 747만 명. 실내 밀집해도 코로나 걱정 없는 것 같은데 코로나 걸린 사람이 부산 가자면 KTX도 탔을 것이고 지하철도 이용했을 것인데 그곳은 관계없다고 하는 것 같은데 귀신 곡(哭) 할 노릇 아니고 무엇이겠습니까? 우야든동 10월 9일(한글날)만 잘 버티면 다음 봄까지는 열중쉬어 해도 되니 그때까지는 빈틈없는 방역 정책이 실시될 것 같습니다.

등신들아 광화문만 삐델라꼬 카지 말고 광화문은 가들한테 지키라 카고 우리는 전국 지하철, 서울대공원, 전국 공항에 태극기 들고 마스크 단디 쓰고 '지하철 침묵 탑승 가즈아.' 그것은 신고나 허가도 필요 없고 시위도 아니고 그냥 지하철 타고 하루 종일 놀이하는 거다.

생각하마 전국적으로 200만 명이 지하철 타면 이 '퍼포먼스'는 세계적인 뉴스가 되고 홍콩 이상의 홍보가 될 뿐더러 외신기자들한테도 좋은 자료가 될 것입니다. 10월 9일 지하철 어떠세요? 그날은 출퇴근하는 사람도 없고 우리 한번 놀아봅시다.

웃으면서 태극기 휘날리며 거기서 만나요. 지하철 가즈아!

- 2020년 10월 초순에 -

341

교회(敎會)가
눈치를 챘습니다 (3부)

만약에, 만약에 말입니다. 오늘과 같이 기독교계에 이루어지는 현상들을 불교계, 특히 조계종엔 감히 적용할 수 있을까?

만만한 '기독산성'을 공격했다고 봅니다. 그곳에는 7만 교회, 1,200만 성도, 30만 목회자, 25만 장로가 나라를 위하여 소리높여 새벽부터 기도한다고 자랑만 하고 있습니다. 그 '기독산성'은 마치 여리고 성(城) 같았습니다. 교회의 사명은 불의를 보고 항거하며 저항하는 것입니다. 3·1 운동 때도 그랬고 모든 역사를 들추어보아도 그렇습니다.

지금이 바로 언론을 내세워 공정하지 못한 잣대로 새로운 박해의 시대에 살고 있습니다. 행동하는 양심은 사라지고 호사(好事)를 누리는 기득권층은 열매만 따 먹고 아스팔트에서 항거하는 이들은 여기저기로 쫓겨 다니며 애달픈 메아리만 울려 퍼지고 있습니다.

요사이 정치인들의 행태를 보면 한 마디로 부정부패 물류창고 같습니다. 해도 해도, 까도 까도, 끝도 없습니다. 워낙 많은 사건들이 빠른 속도로 진행되기 때문에 수사가 사건을 따라갈 수가 없습니다.

이제 기회주의 보신주의자 이 눈치 저 눈치 보는 대형교회 얌체 목사님들께서 이쪽을 기웃거리는 것 보니 정치의 계절에 분명히 봄이 가까워진 것 같습니다.

재미있는 지옥 가실래요? 심심한 천국 가실래요? 여러분은 어디를 가시렵니까?

- 2022년 10월 초순에 -

이 생각 저 생각

이 궁리 저 궁리 하다 보니 오늘은 약속이란 단어에 생각이 머무는 아침이구나.

약속이란 단어는 아담 시대부터 있었던 거구나. 하나님께서 아담에게 선악과만 따먹지 않으면 낙원의 약속이 있을 것이고, 또 '예수만 믿으면(Ask and it shall be given you)'이라는 기가 막힌 약속을 주셨고, 아브라함에게 주신 약속의 언약도, 모든 성경의 말씀에 therefore라는 전제가 있고 하나님이 결과론적인 선물을 주실 것을 생각하니, 우리 인간이 모든 것을 먼저 구하고, 노력하고, 실행하면 반드시 주님의 약속이 기다리고 있다는 것, 이것이 믿음이고 신앙이다.

그래서 성경 말씀 전부가 언약의 말씀, 약속의 말씀이 우리를 위하여 준비하고 기다리고 계신 것을 알 수 있구나. 우리는 단지 그분의 말씀에 의지하여 하루하루를 믿고 그분 뜻대로 살아가는 생활만 한다면 모든 것이 합력하여 선한 결과를 얻을 수 있는 것을 다시한번 깨닫게 되는구나.

사실 우리가 살아가면서 약속 아닌 것이 하나도 없구나. 도로의 교통 신호도 법이지만 무언의 약속이다. 파란불이 나면 간다, 빨간불은 멈춘다. 그래서 법도 약속이구나. 사람 이름도 약속의 일종이겠지. 시간표도 약속이지, 공중에 많은 비행기도 시간표를 지키지 않으면 엄청난 혼란이 오겠지.

행인끼리도 눈빛으로 당신은 왼쪽, 나는 오른쪽으로 정확하게 빨리 약속을 정해야 부딪치지 않고 다닐 수 있겠지? 확신이란 약속을 기다린다는 전제가 우선이겠지.

우리가 생활하는 모든 것이 약속이라는 틀 속에서 갇혀 살아야 하기 때문에 우리가 무의식 중이지만 지키고 산단다. 그런데 중요한 것은, 우리 가족들은 너무 정확하게 약속을 지키기 때문에 사람들에게 가끔은 마음의 상처를 받고 산다. 태어난 성격들 때문에 어쩔 수 없지만 다시 한번 인간관계를 정리하고 구별할 수 있는 지혜를 달라고 기도해야 되겠지?

나는 정확한 계산, 정확한 시간, 정시에 도착했는데 늦고도 아무렇지 않게 사는 인간들을 보면 정말 한심하단다. 그런 사람은 그렇게 태어났으니 어떻게 하겠나. 그냥 그러려니 인생을 살아야지.

우리의 모든 것이 철로 위에 놓여 있는 운명의 기차 여행 같다는 생각이 드는구나. 어떻게 보면 재미있고, 어찌 보면 우습고 하여튼 세상만사 요상하고 신기하구나.

어제 설교 중에 창세기 49장 22절에 '요셉은 무성한 가지 곧 샘 곁의 무성한 가지라 그 가지가 담을 넘었도다' 하더구나.

비록 요셉 인생이 팔려 가는 운명의 시간표 속에서 감옥에 들어갔지만 '그것을 넘어(over a wall)' 결국은 총리까지 되었다는 설교였는데, 좀 역설적이긴 하지만 '팔리지 않았으면', '감옥에 가지 않았으면', 또 '담을 넘지 않았으면' 하는 이야기도 결국은 오늘 아침 생각하는 약속과 일치(?)하는 것 같다.

나이 들어 생각해보니 그런저런 일들이 모두가 약속이라니 다시 한번 재미있어서 너에게 보낸다.

인생살이의 계단도 생각하기 따라서는 힘겹지만, 결코 그것이 전부가 아니고 마음먹기에 따라서 천국과 지옥의 약속의 방향이 정해지는 것 같구나. 너도 찬찬히 깊이 생각하는 행복한 하루가 되기를 바란다.

그래,
뜻대로 안 살면 우얄 낀데?

그렇게 살면 주님이 좋은 게 아니라 제가 좋다는 걸 압니다.

저는 한없이 나약하고 비천한, 망팔(望八)을 앞둔 인간입니다. 말을 안 해서 그렇지, 몸도 아프고, 외로움에 울고 싶을 때도, 지쳐 쓰러질 때도 많은 인간입니다.

그냥 그런 척, 좋은 척, 알량한 인간으로 살아가고 있습니다. 맞아요, 저는 그분의 위로와 은혜가 없으면 하루라도 살아갈 수가 없습니다. "메마른 땅을 종일 걸어가도 피곤치 아니하며 저 위험한 곳에 이를 땐 큰 바위 뒤에 숨기시고 주 손으로 덮으시는" 찬송가를 부를 때는 온몸이 하늘로부터 내려오는 뜨거운 감격의 눈물로 기쁨을 맛봅니다.

오늘은 아버지, 어머니가 많이 생각납니다. 사랑합니다.

- 浩然의 눈물 -

십이월의 생각

겨울비에 젖은 낙엽(落葉)처럼, 떨어지지 않는 인연(因緣)처럼 영혼(靈魂)은 자꾸만 메말라 가는 것 같구나.

해는 짧고 마음도 짧고 12월도 짧구나. 아쉽고 안타까운, 텅 빈 정신세계(精神世界)를 살다 보니 한 해를 결산하는 마음도 복잡하구나. 분주한 삶을 살아가면서 그날이 속속 다가옴을 모르고 살고 있는지도 모른다.

매일 눈을 뜨고 몸을 움직이고 건강(健康)한 날이 영원(永遠)할 줄 알았다.

언젠가는 마지막 달 마지막 날 마지막 시간(時間)이 올 텐데, 모든 것을 할 것 같은 교만(驕慢)함으로 살았구나. 큰 날개 그늘 위를 덮으시는 보호에 감사 찬송을 드리지 못하고 주님 뜻 이루는 일에 너무 게을렀음을 발견한다. 사랑한다 하면서 용서하지 못하고 상처받은 이에게 용서(容恕)를 구한다.

변하고 바뀌는 자연에서 나는 왜 움켜쥐고만 있으려고 할까. 청춘은 짧고 노년은 길다고 한다. 길을 나섰는데 딱히 갈 곳도 없고 하루의 해는 길기만 하구나.

산 위의 까마귀가 맴도는 것을 보니 겨울은 겨울이다. 하늘이 이렇게 잿빛으로 보이는 걸 보니 곧 첫눈이 내릴 것 같고 나무의 초연한 겨울나기가 보이는구나.

나는 어디서 왔으며 지금은 무엇을 하며 어디로 향하고 있는가?

울고 싶어도 울지 못하는 그대 이름은 남자.

- 浩然의 獨白 -

문득 생각이

차창 밖엔 온통 단풍
내 마음은 온통 감사

나에게 주신 주님의 풍성한
은혜가 제 마음을 감싸주는
빛나고 아름다운 아침입니다

볼 수 있고,
들을 수 있고

만질 수 있고
걸을 수 있고,
느낄 수 있는

한없는 은혜를 잠시 잊고 있었습니다.

어느 요양시설 원훈석 글귀 중

"얻어먹을 수 있는 힘만 있어도 주님의 축복입니다."

오늘은 이 글귀로 저의 생명의 양식으로 삼겠습니다.

- 浩然의 糧食-

저의 단점은

한 가지를 계속 못 합니다. 책도 여기저기 다른 책들을 가져다놓고 한 번에 3가지 책을 여기저기 다니며 읽어야 하고 같은 자리에 오래 있지 못하고 뭔가 생각합니다.

때문에 오해도 받습니다. 이것저것 새로운 일을 하고 도대체 궁금한 것은 보지 않고 하지 않으면 안 되는 성격입니다. 우리 친구 김 사장과 바둑 둘 때는 바둑판을 얼마나 뚫어지게 보는지 바둑판 구멍 날까 겁납니다. 그래서 성질 급한 내가 집니다. 바둑도 연속 세 판을 못 두고 깊이 집중도 못 합니다. 집중하면 좀 더 잘 둘 것 같은데 저는 남하고 이야기하는 중에도 한쪽 귀에는 이야기가, 한쪽 귀에는 음악이 들립니다.

그러나 결심이나 결단은 단칼에 합니다. 그런 성격 때문인지 남들이 하기 힘든 백두대간 완주, 4대강 자전거 국토 종주, 아마추어 무선사(HAM) 3급 자격증, 소방 관리자 2급 자격증, 발명 특허, 상표 다수, 인터넷 도메인 등 좀 특별한 취미를 가진 것 같습니다. 새로운 정보에 특별한 관심이 많고, 좌우지간 알 때까지 찾아보고 끝까지 파고 들어갑니다.

나는 손목시계가 12개 됩니다. 모양도 회사도 제각각입니다. 내가 차고 나가면 다른 사람들은 비싼 시계인 줄 압니다. 사실은 쿠팡에서 한 개에 10만 원 왔다 갔다 하는 시계입니다.

태엽 감는 시계, 전자시계, 무브먼트 등 여러 가지가 있는데 어떤 것은 매일 찰 때마다 시간을 맞춰야 합니다. 안 차면 손목이 허전해서 찹니다. 요새는 시간 보려고 차는 사람은 없을 겁니다. 아침마다 그날의 기분에 맞춰 차고 나가면 한결 기분이 즐겁습니다.

우리는 침대 위에 베개 두 개 말고 별도로 베개가 다섯 개 있습니다. 팔에, 다리에 얹고도 자고, 팔베개 다리에도 감고 자기도 합니다. 여러분도 해보시면 압니다.

왜 사람들은 왕년의 계급장을 내려놓지 못할까요? 왕년에만 찾다가 고독한 시간을 보내지 마시고 각 지방자치단체마다 어른들을 위한 복지 센터가 너무 많습니다. 처음에는 망설여질 수 있지만 나오시면 친구도 많아요. 제가 시설에 대해 설명드리겠습니다.

우리 지역에는 얼마 전 신축 5층 건물에 냉난방은 기본이고 에어로빅, 붓글씨, 컴퓨터, 외국어(영어, 일본어, 중국어), 바둑실, 장기실, 탁구장, 당구장, 노래방, 미니 도서관, 물리치료실, 건강 센터, 시중보다 위생적이고 저렴한 식당, 자격증을 갖춘 위생사에 자원봉사자도 15명 이상입니다. 직원들은 가톨릭 봉사관에서 나오신 관장님과 이하 30여 명의 직원들로 얼마나 친절하고 예의 바르게 안내하는지

너무 감사합니다. 모든 시설의 예약은 키오스크를 통하여 사용할
수 있습니다.

저도 옛날에 나이 많은 분들에게 공경하는 뜻으로 어르신이라고
호칭을 했는데, 내가 막상 듣고 보니 그 호칭이 마음에 들지 않아
요. 할머니들도 할머니 소리 듣기 싫다고 합니다.

저는 무조건 90대 할머니도 아주머니라고 부릅니다.

- 浩然에게 어르신 어르신 하지 마요 -

2022년 5월 10일,
윤석열이 20대 대통령으로 취임합니다

2022년 소설로는 최은미의 『눈으로 만든 사람』과 윤성희의 『날마다 만우절』, 2016년 인터내셔널 부커상을 수상한 한강의 『채식주의자』에 이은 5년 만의 신작 『작별하지 않는다』 최은영의 『밝은 밤』이 있다. 최진영의 『내가 되는 꿈』, 장류진의 『달까지 가자』, 정지돈의 『모든 것은 영원했다』, 이유리의 『브로콜리 펀치』, 정유정의 『완전한 행복』, 『일주일』 등이 있었다.

드라마는 시청률 33%의 '한번 다녀왔습니다', '오 삼광빌라', '기막힌 유산', '꽃길만 걸어요', '비밀의 남자', '오징어 게임', '이상한 변호사 우영우', 영화는 475만 명이 입장한 '남산의 부장들', '범죄도시 2', '탑건', '한산 용의 출현' 등이 세계 영화계를 흔들었다.

가요계에는 K-Pop 아이유, 지코, 방탄소년단 등이 세계의 연예계를 이끌었다.

2022년 10월 5일 김동길 명예교수는 콧수염과 나비넥타이, 유행어 "이게 뭡니까"를 남기고 94세의 일기로 소천(召天) 하셨다. 정치적으로는 바이든 미국 대통령과 시진핑 중국 주석의 강경한 자세가 앞으로 국내 정치에 어떤 영향을 미칠지, 2024년 총선의 결과는 어떨지, 북한은 어떤 식으로 우리나라에 영향을 줄지, 다가올 역사의 프로그램은 내일도 계속 궁금하다.

곧 다가올 시대에는
무엇이 기다리고 있을까?

인간은 농경사회를 지나 철기시대를 거쳐서 1760년 영국에서 비롯되어 1830년까지 이어진 석탄, 증기기관, 철도 등 그 당시의 기술적인 혁신으로 1차 산업혁명을 지나 전기 에너지 기반 대량생산의 2차 산업혁명, 컴퓨터와 인터넷 지식 기반의 3차 산업혁명을 지나 오랜 세기를 거쳐 오늘의 4차 산업을 맞이하게 된다.

이렇게 급변하는 시대에 4차 산업이라는 신산업을 만날 준비가 되었는지 각자 생각해보기 바란다.

에디슨의 친구들은 에디슨을 1,000번이나 실패했다고 비웃었지만 정작 자신은 1,000번의 실패하는 방법을 알았다고 했다. 젊을 땐 실패도 해보아라, 그리고 포기하지 말아라(don't give up). 잘된 실패는 잘못된 성공보다 낫다. 똥이 방에 있으면 오물이 되고 밭으로 가면 거름이 된다. 생각도 마찬가지다. 처박아놓은 생각은 곰팡이만 슬 뿐이다. 생각을 창조의 책상 위로 올려놓아라.

마지막 열쇠가 자물쇠를 푼다는 말이 있다. 한동안 인터넷이 나왔을 때는 인터넷 버블이라고 비웃었다. 그렇지만 아마존, 애플, 구글, 마이크로소프트나 우리나라 네이버, 카카오 등은 실패와 고난을 딛고 세계적인 기업이 되지 않았나?

사업을 하여 '성공하면 투자 실패하면 투기'라고 비웃는다.

우리나라 관료들의 무지로 인하여 세계 선두 주자의 기회를 놓친 안타까운 경우가 많았다. 대표적으로 장래의 금융혁신 대표로 부상할 가상자산 시장을 막아놓은 소위 박상기의 난(亂)이라고 있었다. 거기다가 백치 같은 유시민이가 합세하여 TV에 나와 깽판을 쳐서 우리나라가 세계 산업의 리드 국가의 기회를 상실하였다.

세상은 급변하고 있다. 특히 화폐의 미래는 벌써 미래 학자들이나 AI는 예언하고 있는 블록체인(blockchain) 기술이다. 대상 데이터를 '블럭'이라고 하는, 소규모 데이터들이 P2P 방식을 기반으로 생성된 체인 형태의 연결고리 기반 분산 데이터 저장 환경에 저장하여 누구라도 임의로 수정할 수 없고 누구나 변경의 결과를 열람할 수 있는 분산 컴퓨팅 기술 기반의 원장 관리 기술이다.

여기서 파생되는 게 암호화폐(cryptocurrency)다. 사람들은 암호란 단어가 있어 거부감을 느낀다. 이것을 디지털 머니(digital money) 혹은 전자화폐라고 부르지만, 요새는 그냥 암호화폐라고 부른다. 그중 제일인 비트코인(BTC)이 세상을 지배하는 날이 온다.

먼저 배우고 먼저 시작한 사람의 99.9%와 0.1%의 차이라고 인텔의 부회장이 이야기했다. 바로 시작한 사람은 50%를 먹고 간다고 한다. 모든 투자엔 'High Risk High Return'이란 말이 있다.

사람들은 증권이라고 하는데 사실 증권은 개인이 하기는 쉽지 않다. 기관에서 하는 거다. 아무것도 모르는 인간들은 삼성전자 주식을 10년만 묻어두라고 한다. 천하에 게으르고 무지한 사람이다. 금융의 패러다임이 바뀌고 있다. 앞으로 은행도 없어진다. 시대의 흐름이 그렇다.

예를 들어, 5년 후 중학교 과학 시험에 자동차는 어떻게 가느냐는 문제가 나왔을 때 지금같이 생각하여 '흡입 압축 배기 폭발의 4행정을 거쳐 휘발유를 넣고 갑니다'라고 답안지를 냈다면, 그 학생 시험은 0점이고 선생님께 혼날 것이다. 현재의 정답은 전기다.

새 기술은 급변하고 장래, 아니 5년 이내에 그런 시대가 분명히 도래한다. 10시간 집중 강의해도 시간이 모자란다. 아빠는 이 분야에 공부도 많이 한 전문가다. 세계 큰 기업, 큰 은행, 아마존, 구글, 애플 등등 이 사업에 서서히 참여하는데 그중에 제일 대장은 비트코인(BTC), 다음은 이더리움(ETH)이란 것을 기억하기 바란다. 알고 준비하는 자만이 누릴 수 있다.

자식들 경제 교육은? 우크라이나 전쟁도 끝날 것이고 좋은 날이 온다. 기회는 언제나 있는 것이 아니다. 5년 전 신라호텔에서 이야기할 때 너희들이 그건 사기라고 펄펄 뛰던 기억이 나는구나. 인생은

'껄'로 시작하여 '껄'로 마친다. 할껄, 말껄, 살껄, 말껄, 갈껄, 말껄. 그때는 이미 버스는 떠났다.

이제 세계는 CBDC로 넘어간다. 언젠가는 우크라이나 전쟁은 끝날 것이고 금리만 안정되면 To the Moon이다. 언제나 Risk Taking은 항상 대비하거라. 메타버스(Metaverse)가 문 앞에 기다리고 있다. 훗날엔 지금이 바로 그때가 되는데 지금은 아무렇게나 보내면서 자꾸 그때만을 찾는다.

기회가 너의 문을 두 번 두드린다고 생각하지 말라. 낙관적인 사람은 고난에서 기회를 보고, 비관적인 사람은 기회에서 고난을 본다.

아름다운 계절을 주신 하나님 감사합니다.

11월 11일은 저희 부부 결혼 49주년이고 92년을 함께한 사랑하는 어머니 주님 나라 가신 지 9주년 되는 날입니다. 생전에 살갑게 해드리지 못한 게 생각만 하면 가슴 저며오고, 좋아하시고 즐겨 부르시던 찬송을 틀어놓고 멍하니 먼 산을 쳐다보며 눈시울을 적셔봅니다.

가시기 며칠 전 어머니께 함께 살며 지나온 세월 동안 잘못한 것 있으면 용서해달라고 말씀드렸더니 "없다. 사랑한다" 하시며 저의 손을 꼭 잡아 기도해주시던 그 모습 지금도 생생합니다. 돌이켜보면 정말 지나온 세월이 꿈만 같고 받은 축복이 너무 커 가슴이 벅차옵니다.

보석 같은 자녀들을 선물로 주시고 각자 맡은 자리와 일터에서 열심히 일하게 하시고 하나님 자녀로 삼아주신 은혜에 감사드립니다. 즐겁고 기쁠 때도 있었지만 앞이 캄캄해 도무지 한 발자국도 전진할 수 없을 지경에서도 빛으로 인도해주시고 위험한 지경에 이를 때는 큰 바위 뒤에 숨겨주시고 주님의 손으로 감싸주시는 그 손길을 지금도 기억하고 있습니다.

헛된 욕심과 욕망 앞에서 저의 마음은 흔들렸습니다. 아니, 오늘도 지금도 흔들리고 있으며 매번 잘못인 줄 알면서도 마치 어떤 블랙홀에 빨려 가듯이 벗어나지 못하고 빠져들곤 합니다. 주님께서는 언제나 제 앞에 계신다는 생각을 늘 잊고 산 때도 많습니다. 정돈되지 못한 생각들로 남의 마음을 아프게 한 적도 많았습니다.

저의 잘못은 보지 못하고 남의 티를 만천하에 터트린 것과 미련함을 용서해주시옵고 듣는 마음을 저에게 허락하시고 다른 사람을 판단하지 않게 도와주세요. 모든 것을 아시는 주님, 그 어떤 것도 숨겨질 수 없다는 현실을 제가 결코 잊지 않게 해주시고 그 모든 기억을 돌아보며 회개합니다.

주님, 오늘날까지 시부모님 잘 모시고 자녀들 모두 잘 성장할 수 있도록 뒷바라지하고 또 부족한 저를 위하여 헌신을 아끼지 않고 기도로서 이 가정을 이끌어온 저의 집사람에게도 감사드립니다.

앞으로 남은 인생은 주님이 말씀하신 항상 기뻐하고, 쉬지 말고 기도하고, 범사에 감사하는 생활을 잘 감당할 수 있도록 기도드립니다. 아멘.

- 浩然의 祈禱 -

기다리던 계절

5월이 온단다

아카시아 꽃을 피우러 온단다 마산리의 벌들은 좋겠다

5월이 온단다

시집간 막내 첫 번째 나들이다 친정엄마는 좋겠다

5월이 온단다

겨우내 가뭄을 견뎌낸 산천의 논두렁 개구리는 좋겠다

5월이 온단다

어린이날을 손꼽아 기다리던 목동의 승현이는 좋겠다

5월이 온단다

푸르른 계절이 손짓하며 부른다

들판의 싱그런 냄새를 마중 나가자

- 오월을 마중 가자 -

지금도 역사의 초침(秒針)은
돌아가고 있습니다

정치는 여당(與黨), 야당(野黨), 네 편 내 편 없이 오늘도 물고 뜯고 싸움박질입니다. 그래도 문화, 체육, 예술, 과학 분야에 계시는 분들 덕분에 우리나라의 위상도 높아지고 국민들이 위로를 받는 것 같습니다.

오늘까지 살면서 불가근 불가원(不可近不可遠) 이 한마디를 배웠습니다.

　　삶이 그대를 속일지라도

　　　　　　　　　　　　- 알렉산드르 푸시킨(1799~1837)

삶이 그대를 속일지라도 슬퍼하거나 노하지 말라! 우울한 날들을 견디며 믿으라. 기쁨의 날이 오리니 마음은 미래에 사는 것 현재는 슬픈 것 모든 것은 순간적인 것 지나가는 것이니 그리고 지나가는 것은 훗날 소중하게 되리니….

아들아!

네가 한 질문이 너무 어렵구나. 허나 지금 나이에 그런 질문과 궁금증을 가질 수 있다니 정말 놀랍구나.

난 단지 내가 이루지 못한 꿈 그리고 열정 모든 것을 네가 가지고 그 소망이 이루어지길 바라는 마음, 그것이 대리 만족일지 몰라도 부탁한다.

나도 네 할아버지를 생각하면 이럴 때 우리 아버지라면 어떤 생각을 하셨을까? 어떤 말씀을 하셨을까? 묻고 싶은 때가 한두 번이 아닌데 지금은 안 계시고 묻고 싶어도 물을 곳도 없구나. 그래서 생각하면 혼자 목이 메일 때가 있단다.

그렇지만 인생은 살아보면 그렇게 골치 아픈 것만 있는 게 아니란다. 너희들이 키도 크고 마음도 자랄 때 정말 행복을 느낀다. 너희들을 보고 있으면 어떻게 저런 선물들을 우리 가정에 주셨을까 하나님께 정말 감사를 드릴 때가 한두 번이 아니란다.

오늘은 이쯤하고 네가 낸 문제들을 보관하였다가 하나씩 시간 날

때마다 풀어보기로 하고 모레 우리 모임에서 아빠를 위해서 기도해
주렴.

- 浩然의 아들에게 -

아빠의 잔소리

옛 선현들의 말씀에 '세월이 화살같이 빠르다', '눈 깜빡할 사이'가 이런 거였구나. 그런저런 이야기로 흘려들었지만 막상 이 나이에 뒤를 돌아보니 즐겁고 기쁜 날도 있었고 후회스러운 일들도 주마등같이 연상되는구나.

예순아홉에 내년이면 일흔 살이 될 거니 이렇게 저렇게 살아야지 계획을 세웠는데 언제 일흔다섯이 되었더라. 그 지나간 육 년이 순식간에 지나가버린 거야.

봄, 여름, 가을, 겨울이라는 세월도 있지만 인생도 생, 로, 병, 사라는 누구나 피할 수 없는 과정을 겪게 되지. 나는 지금 겨울의 초입에 들어온 것 같구나. 생각도 무뎌지고 책도 보기 싫고 뭘 생각하고 뭘 쓰려고 해도 도무지 신경 쓰는 것 자체가 귀찮아지는구나.

인생이 이 나이 되도록 이놈 저놈에게 이용당하고 여러 가지 사업하면서 말 못할 고통도 많았단다. 보증 한 번 잘못으로 나락에 빠진 순간에 어느 누구에게도 말할 수 없는 고통과 외로움도 모두가 내가 감내해야 할 숙제더라. 심지어 금전적으로 필요해서 엄마에게 잠시만 금전을 좀 빌려오라고 딱 한 번 부탁했지만 거절할 때는 모든 것을 포기하고 인생을 작별하려고 마음먹은 적도 있었다.

그렇지만 늘 마음속에는 그분의 위로와 도움이 있었다. 메마른 길을 종일 걸어도 피곤치 아니하며 내가 큰 위험에 부딪쳤을 때, 나를 큰 바위에 숨기시고 주의 손으로 감싸시는 놀라운 은혜를 받으며 오늘까지 살고 있다.

데살로니가전서 5장 16절에 '항상 기뻐하라 쉬지 말고 기도하라 범사에 감사하라' 말씀은 우리 집의 가훈이다. 그럴 때 혼자 기도한다. "주님, 이럴 때도 기뻐하고 기도하고 감사해야 됩니까?" 자문(自問)하다가도 "네, 아버지께서 그렇게 하라고 하시면 그렇게 하겠습니다" 하며 독백의 기도를 한 적이 한두 번이 아니란다.

노인(老人)이 되면 3고(苦)를 겪는다. 아프고 외롭고 금전적인 고통, 어느 것이 크고 어느 것이 먼저인지 사람에 따라 정도의 차이는 있겠지만 말을 안 해서 그렇지, 누구나 이런 과정을 겪으며 인생의 길을 걸어가고 있단다. 한 가지 부탁은 내가 나이 들어 귀도 안 들리고 밥알을 흘리고 거동이 불편해도 큰 소리로 혼내지 말아다오.

많은 이야기를 하고 싶지만 줄여서 한다. 자네들의 직장이나 사업이 영원할 것 같지만 그것도 잠시 이 자본주의 사회에서 자식에게 손 안 벌리고 노후를 살려면 대책이 있어야 할 건데. 자네들은 계획이 있겠지만 노파심에서 말한다. 부모는 아낌없이 주는 나무, 자식

369

은 생색내며 주는 계산기 같은 존재다.

물 들어올 때 배 띄우고 바람 불 때 연 날리자. 좋은 습관은 익히기 어렵고 나쁜 습관은 버리기 어렵다.

많은 돈 쌓아두라는 게 아니다. 모든 건 시간이 있다. 또 기회란 게 있다. 때를 놓치고 그 기차가 떠나면 그만이란다. 너희들같이 공부 많이 하고 똑똑한 사람들에게 가르치려고 하는 게 아니다. 내가 보내주는 이 EBS 영상을 한 번쯤 꼭 시청하거라. 시간이 없으면 다시보기 하거라.

10년 후면 아버지 말씀이 옳았구나, 덕분에 우리의 오늘이 있구나 생각할 날이 있을 것이다.

- 2022년 10월 -

참 딱한 목사님 (1)

한국 개신교 역사 136년에 7만 교회, 목회자 30만, 1,200만 성도로 세계가 깜짝 놀랄 정도로 성장했습니다. 정치, 경제적으로 수많은 사건 사고가 있었지만, 그런 것과 상관없이 꾸준히 부흥했습니다.

한때는 은행에서 목사 건강 진단서만 첨부하면 대출은 얼마든지 된다고 하여 우후죽순 더 크게 더 높이 경쟁적으로 교회 건립하다가 결국은 엄청난 부채를 감당하지 못하고 경매로 나오게 되는 안타까운 현실을 목도하기도 했습니다. 과정 중 신도들의 채무 보증으로 인하여 가정이 파탄나고 심지어 이혼까지 하는 현실을 듣고 바라보는 우리의 심정도 막막합니다.

모든 일에는 때가 있다고 성경 전도서 3장에서는 이야기합니다. '범사에 기한이 있고 천하만사가 다 때가 있나니 날 때가 있고 죽을 때가 있으며 심을 때가 있고 심은 것을 뽑을 때가 있으며 죽일 때가 있고 치료할 때가 있으며 헐 때가 있고 세울 때가 있으며, 울 때가 있고 웃을 때가 있으며 슬퍼할 때가 있고 춤출 때가 있으며 돌을 던져버릴 때가 있고 돌을 거둘 때가 있으며 안을 때가 있고 안는 일을 멀리할 때가 있으며 찾을 때가 있고 잃을 때가 있으며 지킬 때가 있

고 버릴 때가 있으며 찢을 때가 있고 꿰맬 때가 있으며 잠잠할 때가
있고 말할 때가 있으며 사랑할 때가 있고 미워할 때가 있으며 전쟁
할 때가 있고 평화할 때가 있느니라.'

교회에도 목사님 정년(停年)이 72세로 되어 있습니다. 그런데 유일
하게 담임목사의 정년을 폐지하는 헌법 개정안을 상정하기로 한 교
회가 있습니다. 담임목사가 80세건, 90세건 마르고 닳도록 할 수 있
다는 겁니다. 얼마 전 우연히 TV 채널을 돌리다 보니 Y 교회의 4부
예배 실황 방송을 잠시 보고 깜짝 놀랐습니다. 방송국에 출연하면
출연료를 받는데 기독교 TV에 출연하는 목사님들 대부분은 출연료
를 지불하고 계십니다.

85세의 노구(老軀)에 가발 쓰시고 오른쪽 눈은 뜨지 못하고 굽은
허리로 강대상 위에서 설교하시는 모습과 밑에서 아멘을 외치는 광
경을 바라보는 다른 사람들의 생각은 어떨까요? 한국 기독교의 금
자탑을 쌓으신 분인데 주위에서 말리셨어야 되는데 저의 마음은 안
타까웠습니다. 저 교회 신자들은 세뇌가 되었나? 맹종(盲從)이라고
하나? 남의 교회 이야기라 간섭할 문제는 아니지만 마음이 답답합
니다.

하늘에 계신 하나님께서 보고 계시다면 전도서 3장을 보라고 하
실 것 같은 주일 아침입니다.

참 딱한 목사님 (2)

내로라하는 목사님이십니다. 그분은 스타 중에 스타, 코미디언 중의 코미디언이시고 요즈음은 권력 중에 권력이라 할 수 있는 금배지 달기 일보 직전에, 아뿔싸! 큰 사단을 일으키셨습니다.

남들은 애국운동 한다고 바람이 불고 비가 오나 눈이 오나 차가운 아스팔트에서 뜨거운 태양빛 아래에서 새벽밥 먹고 수백 리 길 버스 왕복을 마다 않고 4년여 동안 몇백만이 모여 태극기를 들고 애국을 외치고 옥고를 치르면서 이룩한 당에 대표를, 그것도 느닷없이 나타나서 숟가락을 올렸는데 그런대로 그때까지는 좋았습니다.

아주 중차대한 시기에 깨끗한 생수를 기름에 섞었습니다. 그것도 아무에게도 상의 없이 일을 저질렀지요. 전국적으로 난리가 났습니다.

그렇게 분탕을 일으켜놓고 미안하다거나 죄송하단 말씀 없이 이튿날 개인 방송에 나와서 생글생글 웃으며 언제 그랬냐는 듯 여러 사람 심장에 불을 질렀습니다. 그 상처받은 불을 끄기엔 상당한 시간이 필요할 겁니다.

우리나라 교회 중에 개척교회나 미자립 교회 목사님들 형편과 처지를 알고 계시나요? 택배에, 심야 대리운전에, 막노동으로, 심지어 다단계에 빠져서 헤어나오지 못하는 것이 눈물겨운 현실입니다.

가족 중 사모와 아들딸 모두 목사님이십니다. 정말 훌륭하십니다. 따님은 이번 이쪽에서 그렇게 정치적으로 도저히 함께할 수 없는 상대 당에서 지역구 출마하십니다. 아빠인 목사님께서 덜컥 합당이라고 이야기한 것이 발단이었지요. 얼마든지 울타리 안에서도 박수받고 출마할 수 있었을 텐데. 맞아요, 요사이는 자식도 어쩔 수 없다고요. 사상이 하루 이틀에 만들어지는 게 아니에요. 집안의 오랜 분위기에서 형성된 것을 어떻게 하겠습니까?

따님 목사님은 사업가이기도 하십니다. 요즈음 같은 시기에 자기돈으로 two job을 한들 누가 탓하겠습니까. 지역구 선거 나오는 것누가 시비 걸겠습니까만 위에서 열거한 미자립 목사님들과는 경우가 다르잖아요.

코미디를 하시든 금배지를 다시든 언제나 돌아오시면 무소불위의 담임 자리가 기다리고 있으니 얼마나 행복하시겠습니까. 내 교회니까 당연하지요. 그런데 그 내 교회는 성도들의 헌금으로 세워졌다는 것을 기억하시기 바랍니다. 그러나 제가 보기에는 철이 없으시거나 참 딱하게 보이십니다.

마늘 이야기

첫째, 뚜뚜뚜⋯ "지금은 고객께서 통화 중이므로 잠시 후에⋯."

또 하고, 또 하고, 또 하고. 그놈의 전화만 잡았다 하면 통화 중, 남편은 일단 온도 메타가 슬슬 올라가기 시작한다.

"영숙아, 우리 남편 지금 전화 온다. 끊고 나중에 만나서 이야기하자."

둘째, 출산할 때 불안하고 고통도 디기 심할 낀데, 두 명이고 세 명이고 쑥쑥 뽑는 당신을 우리 남편들은 사랑하고 존경합니다. 당신들은 영웅입니다.

셋째, 허벌나게 밤새 이 갈고 방귀 뀌고 뒤집어 자서 머리 산발한 채로 외출하기 전 2시간씩 거울 앞에서 미술 공부 끝내고 집을 나가는 마눌에게 "여보, 여기 속눈썹 떨어졌다. 붙이고 가세요."

여자(女子)로 태어나지 않은 게 천만하고도 다행입니다.

- 열불 나는 浩然 -

부치지 못한 편지

사랑하는 목사님.

매일같이 목사님의 주옥같은 은혜의 말씀에 어제도 오늘도 감사한 시간을 보내고 있습니다.

목사님과 같은 동시대에 살고 있다는 게 정말 행복합니다. 힘이들 땐 격려와 위로의 말씀으로, 지칠 땐 용기로 채워주시고 어려운성경 말씀도 동화같이 쉽게 이해시켜주시고, 가끔씩 징역 이야기나넝마주이 콩고물 같은 이야기는 들어도 들어도 재미있습니다. 카세트테이프를 집에서나 차에서나 듣고 다니던 시절, 새벽을 깨울 때저의 마음도 깨웠습니다.

한동안 목사님의 건강 상태가 염려되고 교회의 폭행 사건으로 인하여 가슴 아파한 적도 있습니다. 요즘에는 유튜브를 통하여 가까이서 뵐 수 있어 더욱 신선한 은혜의 시간을 가질 수 있습니다.

저는 유튜브 프리미엄 회원이라 중간에 광고가 없어 불편 없이 듣고 있는데 목사님 유튜브에는 중간 광고가 너무 많습니다. 그래도 설교인데 중간 광고로 인하여 흐름이나 맥이 끊겨서 불만인 사람들이 많이 있습니다. 설교란 특히 마음을 모아 집중하는데 광고가 워낙 많아 끊어버리고 맙니다. 물론 광고 수익이 무시할 수 없는 수입이 될 수 있겠지만 법륜스님이란 분의 '즉문즉설'은 많은 유저가 있지만 광고가 일체 없습니다.

목사님의 기도는 하나님께서 빨리도 응답하시는 것 같습니다. 그것도 신속하게. 예를 들어 수련원에 체육관이 필요하다고 하면 미국에서 14억 원, 포크레인 중고가 필요하다고 하면 8천만 원 등등. 그런데 목사님은 은밀하게 기도하시는 게 아니라 유튜브에 기도를 알리면 하나님께서 속히 응답하시는 것 같습니다.

제 생각엔 그동안 목사님의 사역을 위하여 세계 이곳저곳에서 어마무시한 금액을 응답받으신 것 같습니다. 물론 목사님이 개인적으로 사용하셨다고는 꿈에도 생각지 않습니다. 건축 문제도 그렇습니다. 물론 자랑이시겠지만 관공서 건축 공무원들 정말 어려운 사람들입니다. 건축 허가가 어려운 지역 같은데 도지사 정도는 변소 앞에서 뒷집 똥개 부르는 정도의 실력이니까 가능하시겠지요. 좋습니다. 그게 자랑이십니까? 유튜브에 동네방네 떠들고 다니시면 우리 같은 사람 열받고 기도로 된 건지 빽으로 된 건지 헷갈립니다.

교인들은 교회에 십일조 등 85가지 정도의 헌금을 하나님께 드립니다. 10여 년 정도 교회 시무하시다가 퇴직금으로 상상할 수 없는 그 큰 금액의 돈을 받을 때는 어떤 생각이 드셨습니까? 그 돈 디기 많은 겁니다. 교인은 하나님이 쓰실 줄 알고 드린 겁니다. 물론 주의 일을 했다고 하시지요. 맞아요. 그렇지만 명목은 퇴직금이잖아요. 장로들도 마찬가지입니다. 내 돈이 아니기 때문에 얼마든지 주는 돈입니다.

얼마 전 우리 부부가 금식 수련회에 참가비를 문의하였더니 3박 4일에 한 사람당 40만 원이라고 하는데 밥도 안 주는데 그렇게 뭐 그렇게 비싸요?

목사님께서 이렇게 결정하셨을까? '목사님은 아마 모르고 스텝들이 결정했을 거야'라고 생각해보았고 우리는 참가를 포기하였습니다. 수도원에서 나오는 꿀로만 100% 공급하시나요? 혹시 다른 곳의 꿀을 납품받지 않으시나요?

그럴 수 있지만 헷갈립니다. 참 탁월한 사업 수단도 있으십니다. 근간엔 어마어마하게 사업을 확장하셨네요. 목사님보다 그룹 회장님 같습니다. 본질과 현상의 경계선이 아리까리합니다.

그 이야기는 그 이야기고, 혼탁한 우리 정치 현실에서 목사님 같은 분이 우리나라 정치 지도자를 하셨으면 하는 바람은 있습니다. 카리스마와 전근대, 현대사를 통달하시고 설교 중에 설교, 말씀 중에 말씀이시고, 기억력은 여야 정치인 누구도 목사님 앞에서는 감히 신발 끈도 못 매고, 3년 안에 남북통일도 이룩하실 분이라고 생각합니다.

또 한 가지 말씀. 전화드리고 싶지만 바쁘신 분이라 전화 안 합니다. 궁금한 건 건의 사항이 있어 사무실에 전화를 했지요. 목사님께 한 말씀 전달해달라고 했더니 직원 대답이 '우리는 목사님께 이야기할 수 없다'라고 합니다.

목사님도 사람이십니다. 지금 그대로도 존경하는데 제가 욕심이 많아 100%를 요구한 것 같습니다. 그것은 목사님을 너무 사랑하기 때문이지 곤란하게 하려고 그러는 게 아닙니다. 멀리서 들리는 작은 소리도 귀담아 들어주시기를 부탁드리는 마음에서 드립니다.

- 즐거운 주일 되세요 -

사랑하는 승현아

엊그제 같았는데 어느새 또 다른 한해를 맞게 되었구나.

추수를 끝낸 풍성한 계절에 할아버지 할머니 그리고 많은 사람들은 '봄이'를 만나기 위하여 기도하였고 꽃보다 아름답고 보석보다 빛나는 모습으로 너를 선물로 주신 하늘에 계신 하나님께 감사 기도드린다.

100일 지난 지가 며칠 전 같았는데 어느새 첫돌을 맞이한 너에게 축하의 박수를 보낸다. 엉금거리고 기어다닌 것 같은데 벌써 뚜벅뚜벅 걷는 모습과 눈을 맞추고 박수치는 모습을 보며 우리는 생각만 해도 그 자체가 기쁨이구나.

옛말에 될성부른 나무는 떡잎부터 알아본다는 이야기가 있다. 의젓하고 싱긋이 미소 짓는 여유에 너의 모든 성품이 담겨 있는 것 같구나. 세상 살다 보면 즐거운 시간도 있지만 힘들 때도 있단다. 헛발질했다고 낙심하지 말아라. 인생은 후반전과 연장전도 있단다.

할아버지는 그럴 때마다 성경을 통하여 위로와 격려의 힘으로 이 세상을 살아간단다. 성경의 모든 말씀은 하나께서 우리에게 주신 선물이자 약속의 말씀이란다. 어디 한 구절 빼놓을 데가 없지만 할아버지는 구약성경 중에서 창세기, 출애굽기, 욥기, 시편, 잠언, 나이가 들어서는 전도서를 주로 보고 신약 성경은 복음서를 중심으로 요한계시록은 빼고 보고 있다.

특히 많은 구절 중에 한두 가지를 읽으며 묵상하고 있단다.

시편 1장의 말씀, 시편 23장의 말씀, 요한복음 3장 16절 말씀 등등.

세상 살며 위로와 격려가 필요할 땐 다윗의 시를 통하여 영적인 에너지를 채운다.

어릴 때부터 영어 주기도문 기도를 매일 하고 익혀라.

- 할부지의 당부 -

할아버지의 기도(祈禱)

하늘에 계시는 우리 아버지 은혜를 감사드립니다.

오늘은 우리에게 선물로 주신 승현이의 첫돌을 맞아 가족들이 한 자리에 모여서 주님께 감사드리고 승현이를 축복하기 위해 모였습니다.

우리 승현이 세월이 갈수록 키가 자랄수록 지혜와 명철을 더해주시고 주님께서 기뻐하는 삶을 살게 해주시며 겸손과 절제와 온유와 이웃과 사회를 위하여 헌신 봉사하는 생활과 한번 한 약속은 꼭 지키고 부모를 잘 섬기고 일평생 건강 지켜주시고, 주님을 따르며 주님 말씀 가운데 거하게 해주시고 어디를 가거나 누구를 만날 때에도 항상 동행해주시고 지켜주시옵소서.

오늘 승현이의 첫돌을 맞이하여 여기 모인 모든 사람들의 가정과 하시는 모든 일들 위에 주님의 축복이 함께하시기를 예수님의 이름으로 기도드립니다.

- 2018년 11월 24일 승현이 첫돌에 -

내 사랑하는 자식들에게

신앙은 선택이 아니라 필수다. 나에게 예수님을 알게 하고 믿게 해주신 우리 아버지 어머니께 항상 감사드린다.

한 살이라도 젊을 때 말씀을 묵상하고 익혀서 가슴속 창고에 차곡차곡 쌓아뒀다가 좋을 때나 힘들 때 꺼내 보아라. 우리 주님을 친구로 스승으로 모시고 살자. 기회가 되면 신앙 이야기 해줄게. 우리 민지와 준우도 카톡 하니 할아버지 이야기에 함께 참여하면 좋겠다.

남들처럼 커다란 체험이나 화끈한 경험 없이 무덤덤한 신앙생활이라 그냥 그럭저럭 지났다. 그렇게 세월이 많이도 흘러 오늘에 이르렀다.

나이가 들어서 그런지 철이 들어서 그런지 그 말씀, 말씀들이 그렇게 은혜가 되는구나. 어머님께서는 평생 기도와 말씀 상고로 사셨고 오늘날까지 우리를 있게 해주신 게 부모님의 기도 때문이라고 생각한다.

평소 어머니는 말씀이 꿀보다 달다고 하셨다. 나는 뭘 그럴까 생각했는데 그 말씀은 진리였다. 꼭 교회에서 주여 주여 하는 것보다 평소 신앙생활을 잘 감당하기를 바란다.

막상 여러 가지 신앙 이야기를 나의 살아온 간증으로 여러 차례 열거하고 싶지만 너희들이 잘 알아서 하길 바라고 무엇보다 중요한 것은 체험이다. 나라고 왜 어려움이 없었겠나. 생각하면 가슴이 뭉클하고 모든 게 은혜다. 신기한 것들이고 익숙하면 별것 아니듯이 인생도 지나고 보면 한여름 밤의 꿈만 같단다.

요즈음 이야기하는 인생은 욜로(YOLO)라지만 정년 후의 삶이 너무 길다는 말이다. 퇴직 후 나이 들어 자식들에게 용돈이나 구걸하며 기다리는 그런 노년이 되지 않으려면 내 말을 명심해라. 나는 나이도 있고 지금까지 공부한 것을 자네들에게 가르쳐주는 것이니 꼭 잊지 말아라.

오늘 아침 욥기를 보고 내가 찾는 하나님은, 내가 앞으로 가도 그가 아니 계시고 뒤로 가도 보이지 아니하며 그가 왼쪽에서 일하시나 내가 만날 수 없고 그가 오른쪽으로 돌이키시나 뵈올 수 없구나. 그러나 내가 가는 길을 그가 아시나니 그가 나를 단련하신 후에는 내가 순금같이 되어 나오리라. 아멘.

나의 공허한 부분을 채워줄 수 있는 사람은 이 세상에 없다. 이 시간 누구에게도 말 못 할 나의 마음을 그분은 알아주시니 정말 감사하지 않을 수 없다.

- 나의 권면 중-

봄도 가고
여름도 갔습니다

가을인가 싶더니 겨울이 왔네요. 다가올 봄은 어떤 모습으로 나를 기다려줄지 기대해도 되나요?

- 기다리는 계절-

지금이 좋다

어제는 좋았고 오늘도 좋았고 내일도 좋을 것이다.

어제는 어제대로, 오늘은 오늘대로, 내일은 내일대로 좋을 것이다.

볼 수 있고 걸을 수 있고 먹을 수 있고 사랑을 느끼고 만질 수 있어 더더욱 좋다.

어느 요양원 표지석에 이렇게 쓰여 있다.

"얻어먹을 수 있는 힘만 있어도 주님의 은총입니다."

봄은 봄대로, 겨울은 겨울대로 해 뜨면 어떻고 해 진들 어떠리. 주의 지팡이와 막대기가 나를 안위하시는 오늘이 있어 지금이 좋다.

- 浩然은 感謝 中 -

그리고

뚝딱 한 해가 지났습니다.

뚝딱 한 살 더 먹었습니다.

양력에 먹고, 음력에 먹고, 떡국 한 그릇 먹고 나니 또 한 살 더 먹었습니다.

그렇다고 어제와 달라진 것도, 뚜렷한 목표나 다짐도 없이 한 달이 지났습니다.

그리고 또 한 달이 지났습니다.

춘삼월(春三月)이 왔다고 야단입니다. 양지바른 뒤뜰에서 몽실이와 오후 내내 졸았습니다.

- 浩然은 詩人 -

요즈음
뭐 하고 지내냐고요?

그럭저럭 동가식 서가숙(東家食 西家食) 하며 살고 있지요. 허리 아파 산에도 못 가고 무릎 아파 자전거도 못 탑니다.

대신 도서관에서 책 빌려 보고 하늘나라 갈 준비 해야지요. 버킷 리스트에 빠진 것 정리하고 천국에 입학할 내신 성적 높여서 아버지 어머니 계시는 천국에 가야 하지 않겠습니까?

계절마다 옷장 정리하며 1년 동안 한 번도 입지 않은 옷 깨끗이 빨아서 재활용에 보내고 냉장고도 냉동실부터 하나하나 점검하고 앨범이나 일기장도 시골집 가서 태우고 근간에 연락 한번 없는 전화번호 지우고 남 탓하지 말고 내의는 매일 갈아입고 귀찮아도 샤워는 빠지지 말고 지난 과거 남 탓하지 마시고 식사 후는 반드시 양치하시고 코도 세게 행 풀지 말고 계단 조심 하고 자리에서 일어날 때는 휴대폰, 열쇠, 지갑은 꼭 챙기고 특히 목욕탕 낙반 사고 조심하고 하루하루를 후회 없이 살아보자.

인생을 덤으로 허락하신다면 적응하며 살겠지만, 억만금을 주며 과거부터 다시 살라시면 저는 사양하겠습니다.

우리 모두는 같은 방향으로
가고 있습니다

어떤 이는 걷고, 어떤 이는 달려가고, 심지어 날아가는 사람도 있습니다. 시작이 있으면 끝이 있고 출발이 있으면 도착지가 있습니다. 어제도 걷고 오늘도 걷지만 내일은 기약할 수 없는 시간입니다.

세상 여행하러 집을 나왔으면 돌아가야 하듯이 우리의 인생도 돌아갈 곳과 그때가 있습니다. 세상에서 제일 무거운 게 눈꺼풀이라고 합니다. 100㎏ 역기를 무난히 드는 사람도 죽을 때 눈꺼풀을 떠보라고 해도 도무지 그 무게를 감당하지 못합니다.

"모든 사람은 죽기 마련이다. 그러나 내 경우에는 그것이 예외일 거라고 믿었다." 아르마니아계 미국 작가 고(故) 윌리어 사로얀의 말처럼 누구나 죽음을 맞을 것이지만 대부분의 사람들은 죽음을 그저 막연하게만 생각할 뿐 애써 외면하려 합니다.

죽음이란 인간으로서 넘을 수 없는 벽, 한계 상황입니다. 단순히 육체가 소멸하는 일에 불과합니다. 육체에서 벗어난 영혼은 사라지지 않고 영원히 살아가기 때문에 사는 동안 도덕적 이상과 지혜를 추구해야 한다고 생각했습니다.

교회에서 목사님 설교 중에 천국 가고 싶은 사람 손들라고 했는데, 뒤이어 지금 가고 싶은 사람 있느냐는 우스개 이야기가 있듯이 누구나 죽음은 두려움의 피할 수 없는 단어입니다. 존엄한 죽음은 인간의 권리인가, 아니면 생명과 신에 대한 불경인가? 한 해에 8,000명이 안락사를 선택하는 네덜란드, 안락사를 허용하는 나라는 유럽의 네덜란드, 벨기에, 룩셈부르크, 스페인 등이 있으며 얼마 전 93세의 네덜란드 전 총리 부부도 안락사로 인하여 세계적인 토픽이 되기도 했습니다. 우리나라에도 얼마 전 폐암으로 고생하던 H 모 씨가 조력 사망을 위하여 사랑하는 사람들과 함께 스위스에 가서 죽음을 맞이하였습니다.

우리나라 평균수명을 조사했더니 1960년 52.4세에 불과했던 기대수명이 1990년에는 71.4세, 2016년에는 82.4세로 증가했다고 합니다.

주검과 죽음은 각각 의미가 다른데, '죽음'이라는 것은 '죽는 일'을 뜻하는 반면에, '주검'은 '죽은 상태'라는 뜻과 '시체'라는 뜻이 있다고 합니다. 죽는 사람에 따라서 불리는 유형이 있습니다. 그 표현이 수도 없이 많아서 ChatGPT의 도움을 받아 열거해봅니다.

※ 주의 사항: 심약하신 분들께서는 다음 내용들이 다소 충격적일 수 있으니 주의 부탁드립니다.

객사(客死): 객지에서 죽음

고문사(拷問死): 피의자가 공권력자로부터 여러 가지 신체적 고
통을 당하여 죽음

고사(枯死): 나무나 풀이 말라죽음

괵수(馘首): 목을 자름

교살(絞殺): 목을 매어 죽임

교수(絞首), 교살(絞殺): 중한 범죄자의 목을 옭아 죽이는 형벌

구살(構殺): 없는 일을 꾸며서 죄로 몰아 죽임

구살(毆殺): 때려죽임, 타살(打殺)

귀적(歸寂): 불교에서 수도승의 죽음을 이르는 말

급사(急死): 갑자기 죽음, 돈사(頓死), 급살(急煞)맞음

기사(飢死): 굶어 죽음, 아사(餓死)

기세(棄世): 윗사람의 '죽음'을 완곡하게 이르는 말

뇌사(牢死): 감옥살이를 하다가 감옥에서 죽음

단절(短折): 젊어서 일찍 죽음

돈사(頓死): 죽음, 급사(急死)

돌아가다: '죽다'의 높임말

돌연사(突然死): 외관상 건강하던 사람이 갑자기 죽는 일

동사(凍死): 얼어 죽음

등하(登遐): 임금이 세상을 떠남, 승하(昇遐)

망종(亡終): 사람의 목숨이 끊어지는 때, 임종(臨終)

멸도(滅度): 죽음, 특히 석가나 고승의 입적(入寂)을 이르는 말

명목(瞑目): 눈을 감음, 편안한 죽음을 비유적으로 이르는 말

모살(謀殺): 사람을 죽일 것을 꾀함, 또는 계획적으로 사람을

죽임

몰(歿): 약력(略歷) 같은 데서 '죽음'을 뜻하는 말

몰사(沒死): 모조리 죽음, 몰살(沒殺)

박살(撲殺): 때려죽임, 타살

별세(別世): (세상을 하직한다는 뜻으로) '죽음'을 높이어 이르는 말

병몰(病沒): 병으로 죽음

병사(病死): 병으로 죽음, 병몰, 병폐(病斃)

병살(倂殺): 더블 플레이(double play), 야구나 소프트볼에서 두
　　　　　사람의 살(倂殺)

병졸(病卒): 병사(病死: 병으로 죽음)의 높임말

병폐(病斃): 병으로 죽음, 병사(病死)

복상사(腹上死): 남녀가 잠자리하는 중에 남자가 심장마비 등
　　　　　으로 죽는 것

분사(憤死): 분을 이기지 못하여 죽음

붕어(崩御): 임금이 세상을 떠남, 선어(仙馭), 안가(晏駕)

비명횡사(非命橫死): 뜻밖의 재난이나 사고 따위로 죽음

사거(死去): 죽어서 세상을 떠남, 사망(높임말), 서거(逝去)

사망(死亡): 죽음, 사거(死去)

서거(逝去): 사거(死去: 죽어서 세상을 떠남)의 높임말

선어(仙馭): 신선이 탄다는 '학(鶴)'을 이르는 말이나 붕어(崩御)
　　　　　와 같은 뜻

선종(善終): 가톨릭에서, 임종할 때 성사(聖事)를 받아 대죄(大
　　　　　罪)가 없는 상태

소사(燒死): 불에 타 죽음, 분사(焚死)

소천(召天): 하늘의 부르심을 받아 돌아간다는 뜻으로, 기독교 개신교에서 쓰는 말

순교(殉敎): (자기가 믿는) 종교를 위하여 목숨을 바침

순국(殉國): 나라를 위해 목숨을 바침

순사(殉死): 나라를 위해 스스로 목숨을 버림

순절(殉節): 나라를 위해 스스로 목숨을 버림

승천(昇天): 하늘에 오름, 등천(登天), 가톨릭에서 '죽음'을 이르는 말

승하(昇遐): 임금이 세상을 떠남, 등하(登遐)

아사(餓死): 굶어 죽음, 기사(飢死)

안가(晏駕): 임금이 세상을 떠남, 붕어(崩御)

안락사(安樂死): 살아날 가망이 없는 병자의 고통을 덜어주기 위하여 시행

압살(壓殺): 눌러 죽임, 와석종신(臥席終身)

원사(寃死): 원통하게 죽음, 원한을 품고 죽음

열반(涅槃): 죽음, 특히 석가나 고승의 입적(入寂)을 이르는 말

영면(永眠): (영원히 잠든다는 뜻으로) '죽음'을 뜻하는 말

영서(永逝): (영원히 잠든다는 뜻으로) '죽음'을 뜻하는 말

예척(禮陟): 죽음을 높여서 부르는 말

옥사(獄死): 감옥살이를 하다가 감옥에서 죽음

요사(夭死): 젊어서 일찍 죽음

요서(夭逝): 젊어서 일찍 죽음

요절(夭折): 젊어서 일찍 죽음, 단절(短折), 요사(夭死), 요서(夭逝)

원사(寃死): 원통하게 죽음, 원한을 품고 죽음

음독사(飮毒死): 독약을 먹고 죽음

의문사(疑問死): 원인을 알 수 없는 죽음

의사(義死): 의로운 일을 위하여 죽음

임사(臨死): 죽음에 다다름

입멸(入滅): 불교에서, 수도승의 죽음을 이르는 말

입적(入寂): 불교에서, 수도승의 죽음을 이르는 말

자결(自決): 스스로 자기의 목숨을 끊음

자살(自殺): 스스로 자기의 목숨을 끊음, 자결(自決)

자살(刺殺): 메어쳐서 죽임, 척살(刺殺)

자재(自裁): 스스로 자기의 목숨을 끊음

자진(自盡): 식음을 끊거나, 병들어도 약을 먹지 아니하여 스스
　　　　　로 죽음

자처(自處): 스스로 자기의 목숨을 끊음

자해(自害): 스스로 자기 몸을 해침, 자상(自傷)

작고(作故): 죽은 사람을 높이어 하는 말

잠매(潛寐): 영원히 잠든다는 뜻

장살(杖殺): 왕조 시대 때, 매로 쳐서 무참히 죽이는 형벌

장서(長逝): 영원히 가버린다는 뜻

적멸(寂滅): 죽음, 특히 석가나 고승의 입적(入寂)을 이르는 말

전몰(戰歿): 전장에서 적과 싸우다가 죽음

전사(戰死): 전쟁터에서 싸우다가 죽음

절명(絶命): 목숨이 끊어짐, 죽음

정사(情死): 사랑하는 남녀가 사랑을 이루지 못하고 함께 목숨
　　　　　을 끊는 일

조사(早死): 젊어서 일찍 죽음

조서(早逝): 젊어서 일찍 죽음

조세(早世): 젊어서 일찍 죽음

조졸(早卒): 젊어서 일찍 죽음

졸(卒): '죽음'을 완곡하게 이르는 말

참(斬): 목을 자름, 참수(斬首)의 준말

참두(斬頭): 목을 자름

참수(斬首): 목을 자름, 괵수(馘首), 참두(斬頭)

척살(刺殺): 칼 따위로 찔러 죽임, 자살(刺殺)

척살(擲殺): 메어쳐서 죽임

최후(最後): 맨 끝, 맨 마지막

추락사(墜落死): (높은 곳에서) 떨어져 죽음

치사(致死): 죽음에 이르게 함, 치폐(致斃)

치폐(致斃): 죽음에 이르게 함, 치사(致死)

타계(他界): 다른 세계, 저승, 어른이나 귀인(貴人)의 죽음

타살(他殺): 남이 죽임

타살(打殺): 때려서 죽임

폭사(暴死): 갑자기 참혹하게 죽음

폭사(爆死): 폭발로 말미암아 죽음

폭졸(暴卒): 갑자기 참혹하게 죽음

횡사(橫死): 뜻밖의 재앙을 당해 죽음

효수(梟首): 지난날, 죄인의 목을 베어 높이 매달던 일

왕의 죽음은 사(死), 몰(歿), 망(亡) 등의 직설적인 표현은 하지 않

았습니다. 그 외에도 나라마다 표현 방법이 다양하게 있습니다.

몸에서 혼이 빠져나가는 유체이탈(幽體離脫)과 기독교에서 말하는 영육분리(靈肉分離)는 같은 뜻으로 불리고 있습니다. 기독교에서는 심판을 통하여 영(靈)의 가는 길이 천국과 지옥으로 분리되고 믿음이 있은 사람은 영혼구원(靈魂救援)을 얻는다고 믿습니다.

어떤 사람은 묻지요. "에이, 천국이 어디 있어" 하며 마구잡이로 사는 사람과 천국을 준비한 사람이 있는데 실제로 가서 보니 천국이 있다면 어떡할 겁니까. 아마 허공을 치며 통곡하는 사람이 될 것입니다. 불교식 용어이지만 인과응보(因果應報)란 말도 있잖아요.

좀 오래된 이야기지만, 시한부 종말론자 이장림 목사가 이끄는 '다미 선교회'가 1992년 10월 28일 휴거한다며 순진한 교인들을 데리고 집 팔고 논 팔아 산속으로 간 희대의 해프닝도 있었고, 앞으로도 끊임없이 여기저기서 같은 현상들을 보게 될 것입니다.

마태복음 24장에 제자들이 예수께 조용히 와서 이르되 어느 때에 이런 일과 주님 임하심과 세상 끝에는 무슨 징조가 있느냐고 물을 때 주님께서 대답하십니다. '너희가 미혹받지 않도록 주의하고 내 이름으로 와서 나는 그리스도라 하여 많은 사람을 미혹하고 난리와 난리 소문을 듣겠으나 두려워 말고 이런 일이 있어야 하되 아직 끝은 아니고 민족과 민족이 나라와 나라가 대적하여 일어나고 처처에 기근과 지진이 있으리니 이 모든 것이 재난의 시작'이라고 하셨습니다.

세상에 죽고 싶은 사람 어디 있겠습니까? 얼마 전 모임에서 올해 90세 된 선배와 자리를 함께했는데 제가 물었습니다. 선배님은 얼마까지 살았으면 좋겠습니까? 했더니 85세에는 90세까지 살았으면 했는데 막상 이 나이가 되니 95세까지는 하시며 말끝을 흐렸습니다. 정말 솔직한 심정에 동의합니다.

요즈음 일어나는 여러 가지 일들을 보면 곧 세상의 끝 날이 가까워진 것 같습니다. 그렇지만 우리는 스피노자가 이야기한 것처럼 '내일 지구의 종말이 오더라도 한 그루의 사과나무를 심어야' 되겠습니다.

그런 종말도 있지만 사실은 내가 죽는 것 자체가 종말 아니겠습니까. 한동안 유행하던 '구구팔팔이삼사' 대부분 노인들의 희망 사항입니다. 이애란의 '백세인생'이라는 노래가 유행한 적이 있습니다.

"육십 세에 저세상에서 날 데리러 오거든 아직은 젊어서 못 간다고 전해라. 칠십 세에 저세상에서 날 데리러 오거든 할 일이 아직 남아 못 간다고 전해라. 팔십 세에 저세상에서 날 데리러 오거든 아직은 쓸 만해서 못 간다고 전해라. 구십 세에 저세상에서 날 데리러 오거든 알아서 갈 테니 재촉 말라고 전해라. 백 세에 저세상에서 날 데리러 오거든 좋은 날 좋은 시에 간다고 전해라."

말이 요양병원이지 대부분 병원 출입문은 잠가놓고 외출도 자유롭지 못하고 어떤 곳에서는 잠만 자라고 수면제를 먹인다는 뉴스도 있고 한번 입학하면 살아서 세상 구경하기는 힘든 곳입니다. 다음 나라 가는 정류장 같은 곳이라고 보면 됩니다.

가보면 죽지 못해 안타깝게 고생하는 분들이 많아요. 왜일까요? 죽음은 한 번도 경험하지 못한 두려움 자체입니다. 노인들은 이야기 합니다. 잠자다가 불러주면 좋겠다고. 그 목표와 희망 사항은 고급 아파트에서 자가용 타고 엘리베이터 타고 가정부 둔 사람은 자격이 안 되니 꿈을 깨시고 논밭에서 부지런히 육체노동 하는 사람만이 가질 수 있는 특권입니다.

사실 육신의 마지막 순간은 그냥 '꼴까닥'으로 끝납니다. 그렇지만 내가 갈 나라가 확신이 있다면 웃으며 안녕을 할 수 있지 않을까요?

White Joy Beautiful을
아시지요?

벌써 3년이 되어 갑니다. 지금도 귓가에 아련하게 들려 오는 듯합니다. 바람 따라 왔다가 낙엽 따라간 그 친구는 풍운아였고 도시의 이단아였습니다. 참 많이도 왔던 길로 돌아가셨네요.

중학교 때 창우 삼촌 이종운이 송정 연못에서 꽃도 피지 못하고 부산으로 이사 간 축구 잘하던 우민홍의 비보를 듣게 되고 뒤따라서 송휘정 대구 검찰에 있던 할마이 영희 구미에서 사업하던 강철수 대구에 있던 한치옥 곰내기 유도선수 손상태 박광식 평생 총무 김재헌 영등포의 대부 모가지 강병용 춘천에서 당구장 하던 김점보 따라서 소주를 한 말씩 나팔 불던 진우, 골통 문효일을 비롯하여 앞뒤 볼 것 없이 따라나선 박상용 이성우 김훈 이행삼 김교원 구일철 장군 주무시다가 떠나신 인원신 속리산에서 호텔 준비하시던 김수한 이규찬 짝두 전원조 최근엔 노인복지원 바둑 관장 윤정웅 병원장 김수 작년 10월에 돌아가신 부산 황성록 친구들에게 삼가 조의를 표하며, 남아 있는 가족들께는 주님의 은혜가 함께하시길 기도합니다.

여기 있는 우리 모두 몸은 성치 않지만 홍모 친구가 항암 치료 때

문에 여러 가지로 힘들어합니다. 정성과 기도가 필요합니다. 새 달
력을 넘겨보며 생각이 나서 올려봅니다.

우야든동 개길 때까지 버텨봅시다.

경북선

원고를 마무리하고 홀가분한 기분으로 멀리 있는 친구에게 택배 보내려고 우체국 다녀오는 길에 역 광장을 지나오게 되었다. 오전 시간이라 그런지 사람들이 보이지 않고 빈 의자들만 놓여 있다. 그냥 엉덩이를 붙여보았다. 날씨가 추워서 그런지 느낌이 싸하다.

앞에 있는 편의점에 들어갔더니 중년의 아주머니가 휴대폰에 집중하고 있는데, 우유가 어디 있느냐고 물으니 그냥 턱으로 방향만 가르쳐준다. 친절하고는 관계가 없다. 계산하며 보았더니 게임에 열중하고 계신 것 같고, 대합실 안의 TV에는 뉴스가 나오고 있는데 할아버지 세 분이 정치 토론으로 열변을 토하고 계신다.

옛날 같으면 매표소에 줄을 서서 기다리지만 요즘은 스마트폰으로 예약하기 때문에 창구는 한산하고 손님이 없다. 그 때문에 매표원도 손에 잡은 휴대폰에 정신이 팔려 있고 벽에는 커다란 열차 시간표가 전광판을 흐르고 갑자기 여행이란 두 글자에 마음이 당긴다. 예정은 없지만 나 홀로 기차 여행을 하고 싶다. 경북선의 시발역이라 50여 년 전에 타본 경북선이 궁금해 창구 직원에게 "예천역으로 부탁합니다"라고 하니 요금이 3,700원이다. 택시 기본요금이 5분

타는데도 4,000원인데 한 시간 정도 거리를 커피 한 잔 값도 안 되는 요금으로 여행을 할 수 있다니 겨울 여행의 '득템'인가?

경북선 철로는 1931년 10월 김천에서 점촌 예천을 거쳐 안동 구간까지 개통되었는데 1944년 당시 일본 군수물자 확보를 위하여 점촌 안동 구간의 궤도를 철거했다가 해방 이후 경제 개발기에 다시 복구된 노선이다.

10시 50분에 출발하는 영주행 승객께서는 3번 승강장으로 가라는 안내 방송이 나온다. 플랫폼에는 나를 태우고 갈 기차가 기다리고, 기관차 포함하여 3량이 전부다. 요즘 시외버스를 타면 버스 기사에게 미안한 생각이 든다. 어떨 때는 기사와 둘이 갈 때도 있다. 요즘은 개인 승용차나 KTX를 이용하기 때문에 그렇다. 그전에는 통근열차, 비둘기호, 통일호라는 열차가 있었지만 전부 무궁화호로 바뀌었다.

기차가 출발한다. 승객이라곤 아주머니 2분과 학생 3명, 그리고 내가 전부다. 발밑에서 전해오는 찰가닥찰가닥 소리는 엄마 품에 안겨 조용히 잠자는 아기의 등을 토닥거려주는 것 같고 빨리 달릴 때의 진동은 마치 오케스트라 연주 소리 같다. 하늘이 뿌옇더니 금세 비가 내리고 곧이어 눈으로 변했다. 먼 산이 하얀 눈으로 덮여 있는 창밖의 풍경은 한 폭의 수채화다. 겨울을 견뎌낼 나무들의 벌거벗은 모습이 지쳐 있는 듯하다.

승객이 몇 명 없어 편한 자리에 앉았더니 검표원이 내 자리 맞느냐고 물어본다. 검표원은 승객 모두에게 요구하는 게 아니라 단말기에 몇 호에 있는 승객이 어디까지 간다는 내용이 나오기 때문에 지정석에 앉아 있지 않으면 체크를 한다고 한다.

갑자기 가슴이 쿵쿵거린다. 가만히 눈을 감았다. 마음이 고요하고 평안하다. 아련한 지난 기억들이 머리에서 가슴으로 흘러내린다. 레일이 복선이 아니고 단선이기 때문에 상주역에서 상대 열차를 기다렸다가 다시 출발한다. 열차는 1시간 정도 달려서 점촌을 지나 용궁역에 멈췄다. 다음이 예천역이지만 구태여 예천까지 갈 일이 없이 용궁역에서 그냥 내린다.

군대 생활할 때 경북 북부 지방으로 출장을 많이 다녔기 때문에 추억이 있는 동네다. 시골이다 보니 변한 게 없다. 맛집으로 소문난 박달식당의 순대를 먹으려 들렀다. 맛집이라고 소문나서 그런지 손님으로 발 디딜 자리가 없다. 나그네 같은 인생의 하숙생으로 살다가 '욕망이라는 이름의 전차'를 타고 다녀왔다.

'고기는 씹어야 맛이고 여행은 다녀보아야 맛이다.' 바람은 불고 강물은 흐른다. 혼자라도 외롭지 않은 행복한 여행이었다.

마치는 말씀 드립니다

덜컥 겁이 납니다. 딴에는 힘들었습니다.

제목은 정해놓고 무엇을 어떻게 채워야 할지, 쓸 때는 몰랐는데 막상 원고를 출판사에 넘기려니 우리 가족 외에 내가 모르는 분들도 볼 수 있겠구나 하는 생각에 은근히 걱정도 되었습니다.

요즘 베스트셀러라고 해서 책을 구매해 읽어보면 실망스러울 때가 너무 많습니다. 이 책은 독자님께서 책을 덮으려 하다가도 다음 이야기가 궁금해 다음 페이지 다음 페이지 하다가 끝까지 읽히는 책이 되었으면 좋겠습니다.

더 나아가서 "영숙아, 경자야, 너 그 책 읽어봤니?" 추천받는 책이 되었으면 하는 욕심입니다.

한 달 전 생각도 안 나는데 몇십 년 전 기억들이 소록소록 기억나는 게 신기했습니다. 가물가물 혼미해져가는 기억을 찾아 걸으면서 생각하고, 생각하며 걷곤 했습니다. 그만 포기할까 했지만 나 자신과의 약속이라 여기까지 왔습니다.

저는 소설가나 시인이 아닙니다. 내용이 다소 산만하고 정리되지 않은 엉성한 문법, 그리고 표현도 촌스럽고 어눌합니다.

혹시 가족 외에 다른 분께서 읽어주시면 너그럽게 사랑의 응원 부탁드립니다. 이 나이에 탈고하게 된 것이 저 자신에게는 자랑스러운 경험이 될 것이고, 나같이 망설이는 분들께는 도전이 되었으면 합니다. 여기저기 흩어져 있는 낡고 해진 일기장에서 자료도 주워보았고 기억이라는 창고에도 없었지만 자다가 문득 생각날 때가 많았는데 자고 나면 머릿속이 하얗게 지워져 있었습니다.

거기다가 독수리라 앞서가는 생각들을 잡을 수 없어 기억을 놓칠 때가 많았고, 오자 탈자 맞춤법이 힘들었습니다. 바탕화면에 아이콘을 띄워놓고 USB 256GB도 하나 샀습니다.

혹시 자료가 날아갈까 작업이 끝날 때마다 백업을 하는데, 한번은 A4 82페이지 분량을 바탕화면에서 복사하여 붙여넣기 하면 되는데 아이콘에서 끌어 USB로 옮기다가 한 번에 없어지고 바탕화면의 아이콘도 보이지 않고 휴지통이나 문서 검색에서도 찾을 수 없었습니다. 난감하고 화도 나고 노욕을 부렸나 포기하려고도 했는데 다행히 여기저기 조몰락거리다가 찾은 순간, 여러분께서는 이 기분을 아시겠나요?

이 글을 쓰면서 많은 것을 느꼈습니다. 해방둥이로 태어나 전후 75여 년을 지나며 한국의 근현대사를 체험하고 자랐습니다. 정치도 그렇지만 문화 예술 각 방면이 괄목할 만한 성장에 이른 오늘, 나는 국가와 사회를 위해 무엇을 했는가 반성도 했습니다. 나의 조국 대한민국이 위대한 나라라는 것, 글을 쓰며 자료를 찾으며 알게 되었습니다. 세계 220개국이나 되는 나라에서 세계 10위라니! 우리 여권으로 북한 놔두고 세계 어디라도 갈 수 있는 나라라는 게 흥분됩니다. 저는 사진, 일기, 심지어 앨범도 이번 기회에 전부 없애버렸습니다.

평생 써오신 아버지의 일기장, 손때 묻어 너덜한 어머니의 성경책과 부모님과 함께 찍은 가족사진만 가지고 있습니다. 이 한 권의 책이라도 남긴다면 제가 왔다 간 흔적이 되지 않을까요?

저는 내 손자가 아빠라고 부르는 그 '아빠의 아버지'입니다.

이제 정리하고 마칩니다. 끝까지 읽어주셔서 무한한 감사를 드립니다. 보슬비가 내리네요. 긴장이 풀려서 그런지 몸이 나른합니다. 낮잠이나 한숨 자야 하겠습니다.

浩然 / 安東允

nongmin@korea.com

못다 한 이야기 영상으로 보기

1. 휴대폰 카메라 앱 실행

2. QR코드에 갖다 댄다.

3. 링크(m.site.naver.com) 터치, 자동으로 실행